JN022156
神神化身《かみがみけしん》
壱
春《はる》惜《おしみ》月《づき》の回《かい》想《そう》
斜線堂有紀 画 秋赤音

櫛魂衆

KUSHI-SHU

闇夜衆

KURAYAMI-SHU

KUSHI-SHU
Everyday Clothes

KURAYAMI-SHU
Everyday Clothes

C O N T E N T S

Design：木村デザイン・ラボ

第1話「線上の十三階段」

皐所縁《さつきゆかり》はいつも同じ悪夢を見る。事件を解決出来ない夢だ。

皐は知らない家の中に佇《たたず》んでいて、近くには泣いている少年がいる。暗い部屋の中で、彼に求められているのはいつものような名探偵としての役割だ。

皐は事件を解決して、近くにいる少年を泣き止《や》ませなければならない。けれど、皐には事件の真相はおろか、何が起こっているのかも全く理解出来ないのだ。事件を解決出来ない探偵に価値は無いのに。そのうちに、少年が縋《すが》るように皐の着ているスーツを摑《つか》む。

いつもそこで目が覚めた。

「あー……クソ。なんなんだよ」

夜明け前の寝床で、皐は小さく舌打ちをする。パジャマ代わりに着ているTシャツがじっとりと濡《ぬ》れていた。

しっかりと断っておくと、皐を苦しめているのはただの夢だ。純然たる悪夢でしかない。こんな経験が昔ありました、なんて悲しい話はどこにもない。

何しろ、皐所縁に解決出来なかった事件は無いのだから。未《いま》だかつて迷宮入り無しの本物の名探偵、それが皐所縁だ。

だからきっと、この夢は心を映しているのだろう。事件を解決出来なかったらどうしよう？という皐の不安の表れだ。ケーキを焦《こ》がしてしまったらどうしよう？とパティシエが不安がるのと同じ、生産性の無い不安だ。

しかし、原因が分かったところで避けようもない。

それもこれも、探偵なんかをやっている所為《せい》だ。こんな仕事をしている限り、安眠は訪れないだろう。ふざけんな。辞めてやる。そう思いながら、皐は必死で目を閉じた。この夢を見た後の寝つきは、大抵《たいてい》の場合最悪だった。


幼い頃から探偵小説が好きだった。

どんな酷《ひど》い事件が起こっても、探偵は真相を見抜き、犯人を指摘して事件を終わらせる。その快刀乱麻《かいとうらんま》の活躍が格好良かった。

中でも一番好きだった小説には、人が幸せになるように事件を解決する『名探偵』が出てきた。事件を解決した上で、誰《だれ》かを幸せに出来る。皐の憧《あこが》れはその姿に集約された。

憧れが高じすぎて、自作の祭壇《さいだん》に祈りを捧《ささ》げていたこともある。読んで面白かったミステリで棚を作り、どうか自分を名探偵にしてくださいと祈るのだ。今思えば馬鹿《ばか》げたことをしていたものだと思う。そんなことで探偵になれるはずがない。だったらまだミステリゲームの攻略に勤《いそ》しんでいた方がいい。

しかし、何の因果か皐の願いは叶《かな》ってしまった。

高校一年生の頃、通っていた学校で殺人事件が起こったのだ。

被害者は英語を教えていたとある男性教師で、放送室で胸を刺されて殺されていた。あまりにもセンセーショナルな事件に、学校中が騒然となった。

この事件を解決したのが、他ならぬ皋所縁だった。

第一発見者であった彼は、現場の状況からすぐに犯行方法と犯人に辿《たど》り着いた。小説で読んでいた探偵と同じだ。一つ一つの手がかりがパッと繋《つな》がって、神託のような閃《ひらめ》きが得られた。死体の発見を知らせる為《ため》に向かった職員室で、初めての推理を披露《ひろう》した。時間にすれば三十分にも満たなかった。小説の中の探偵と同じくらい、むしろそれ以上のスピード感だ。

そうして、自分が好きだった定年間際《まぎわ》の化学教師が逮捕された。教え方が丁寧《ていねい》で、面倒見のいい先生だった。要領の悪い皋を色々と気に掛けてくれていた人だ。肝心《かんじん》の動機はといえば、被害者に貸していた二十数万円だった。到底《とうてい》、人一人の命に見合うとは思えない。

——探偵は憧れるようなものじゃないのかもしれない。

デビュー戦からそう思った皋だったが、転がり始めた石は止まらなかった。

母校で起きた殺人事件を解決した彼は、あっという間にメディアの玩具《おもちゃ》になった。頂戴《ちょうだい》した高校生探偵という肩書きは、ちょっと恥ずかしくなるくらい扇情的だった。

皋所縁がただの玩具《おもちゃ》で終わらなかったのは、彼に紛《まが》うことなき実力があったからだ。

高校生探偵として持て囃《はや》された彼は、その後も引き寄せられるように事件に巻き込まれ、その度《たび》に離れ業《わざ》の推理を披露してみせた。不可解な事件が起これば、そのトリックと犯人がすぐさま分かった。まるで何かに導かれているかのように。

事件は凄惨《せいさん》でやりきれないものも多かったし、高校生探偵・皐所縁は、かつて憧れていた探偵像とはかけ離れている。誰かを幸せに出来ている実感がまるで無い。皐はただ事件に巻き込まれ、犯人を指摘するだけの装置だった。

それでも、真相を明らかにするしかなかった。だって、皐にはそれが出来るのだから。

鰯《いわし》の頭だって神になるような世の中だ。実力が伴うならばさもありなんである。皐の待遇は目に見えて変わっていった。玩具《おもちゃ》であり娯楽であることには変わりなかったけれど、向けられる関心の熱度が変わった。

警察と関わりを持っても不自然ではなくなった。警察関係者から意見を求められることも増えた。そして何より、困っている人々が直々に解決を依頼してくることも増えた。

「あなたがあの有名な皐所縁さんなんですね。……どうか、私に力を貸してください」

瞳《ひとみ》に涙を溜《た》めながら必死に頼ってくる依頼人の手を取った。動揺《どうよう》しつつも、まだ幼さの残る顔を必死に取り繕《つくろ》う。そして、なるべく自信ありげに言った。

「任せてください。俺は最高にして最強の名探偵・皐所縁です。どんな事件でも、必ず解決してみせます」

そう不遜《ふそん》に笑って言うだけで、相手が少しだけ表情を柔らげる。自信過剰《かじょう》の名探偵は、寄り掛かるに足るほど頼もしい。

これこそが探偵の役割なのだ、と皐はその時やっと理解した。

こうして名探偵・皋所縁としての生活が始まった。

日々の依頼を順調にこなしながら、少しずつメディアへ進出していった。今話題の事件や、過去の未解決事件についてスタジオの中で堂々と発言し、顔と名前を売っていく。

元々、皋は人前に出るのが得意なタイプではない。社交的な人間でもないし、注目されると居心地《いごこち》の悪さで逃げ出したくなってしまう。休日だって家でずっと寝ていたい。

けれど、テレビに出てショービズの世界の探偵として知られることには明確なメリットがあった。いくら探偵を名乗ろうと、名前も顔も知らない人間の話は信用されない。しかしメディアでよく見る名探偵・皋所縁であれば別だ。通りすがりの殺人事件に首を突っ込んでも訝《いぶか》しがられないし、関係者も皋の話をちゃんと聞く。

そして何より、身近で起こった殺人事件に怯《おび》える人々は、高名な名探偵の登場に安心するのだ。

——あの皋所縁がいてくれれば、この訳の分からない状況から抜け出せる。犯人は捕まって事件が解決する。皋の背負っている『名探偵』の肩書きは、そう思わせる効果があった。

だから、皋は求められるがままの姿を演じた。依頼されたことは何でもこなした。バラエティに出たことも、あるいは一言しか台詞《せりふ》の無いドラマのゲストになったこともある。

安売りしていると思われても、色物だと蔑《さげす》まれても構わなかった。皋所縁の知名度を上げることだけが重要だった。どう消費されようと、彼には揺《ゆ》るぎない実力があるのだから。

高校を卒業した後は大学には進学せず、貯《た》めていたお金で探偵事務所を立ち上げた。未成年の彼にとっては大ごとだったけれど、両親ですら反対しなかった。そうするのがごく自然な成り行きだと、誰もが思ってしまうほどの活躍ぶりだったからだ。

事務所は地元である譜中《ふちゅう》からは離れたところに設け、一人暮らしをすることになった。まともに家に帰らなくなっていた皐にとっては、大した生活の変化でもない。

忙しい生活の中で、皐はよく事件に行き当たった。

皐が番組のロケに行った先の温泉で事件が発生し、スタッフがいる前で解決しなければいけなかったことがある。あるいは帰りの電車を待っているホームで、死体が発見されたこともある。どんなに疲弊《ひへい》していようと、皐はそれらを即座に解決した。

どんな状況下であれ、皐の推理力が翳《かげ》ることはなかった。一見して複雑な事件でも、皐には手に取るように分かってしまう。すぐさま犯人を指摘し、警察に引き渡した。その際に、罪を犯した人々は揃《そろ》って動機を語った。

「あの人に脅《おど》されていたんです。もしあのことを夫にバラされたら生きていけなかった。探偵さんなら分かってくれるでしょう？」

「あいつは詐欺師《さぎし》なんだ。殺されて当然だった。いくら奪われたか分かるか？　五千万だ！お前が名探偵ならどうしてあいつを捕まえなかったんだよ！　今俺を捕まえたみたいに！」

「……魔が差したんです。殺す気はありませんでした。気づいたら、あの子の身体《からだ》が線路の上に転がっていました」


それに対して、皐は神妙な面持ちで言った。

「どんな理由があろうと、殺人を許すわけにはいかない。……罪を償《つぐな》ってくれ」

その言葉がどれだけ伝わっていたかは分からない。数々の事件を見事解決に導いた皐は、更《さら》に名声を高めていった。しかし、果たしてこれでみんなが幸せになっているかは分からなかった。皐の憧れていた探偵は、人を幸せにするよう事件を解決するはずだ。

けれど、人が殺されているのに、誰もが幸せになる結末なんてない。皐の願いは最初から矛《む》盾《じゅん》している。人を幸せにする探偵になりたいけれど、彼の出る幕はいつだって悲劇が起きた後だった。

それでも、名探偵・皐所縁を求めている人間は沢山《たくさん》いたし、皐は自分の役割をちゃんと分かっていた。ある種の象徴として、事件に遭遇《そうぐう》した人を安心させること。あるいは、この世界に悪を赦《ゆる》さぬ名探偵がいるのだと知らしめて、これからの犯罪を防ぐこと。

たとえ起きた悲劇の後始末しか出来ないとしても、自分のやっていることには意味がある。

その思いが、皐を動かしていた。

『それ』の話を聞いたのは、二十歳《はたち》の誕生日を迎えた日のことだった。

「怪盗ウェスペル？　……なんだそれ。ものっそいめんどい響《ひび》き」

「知らないんすか？　皐先生。今すごく話題なのに。尤《もっと》も、インターネットではどうせ悪戯《いたずら》だろうって言われてんだけど」

興奮した様子でそう言ったのは、事務員として雇っていた加登井《かどい》だった。皐より五つ年上だが、砕け交じりの敬語で気安く接してくれる男だ。年下の雇い主に対する絶妙な距離感は、皐の心を少しだけ和《なご》ませてくれる。

「いーや、知らないな。俺は真面目《まじめ》に働いてるから、そんな与太話《よたばなし》は関係ないの」

「皐先生そんなんでどうすんの。もっと自分の楽しみに目向けないと、精神腐《くさ》るって」

「何言ってんだよ。俺ほど人生充実してる人間もいないだろ？　俺は最高にして最強の名探偵で、解決出来ない事件は無い。シャーロック・ホームズや金田一耕助《きんだいちこうすけ》と同じ列に並べる人生が充実してないなら、この世に生きる人間の九割は充実してないっての」

いつもの調子でそう言い立てると、加登井は「や、皐先生がいいならいいんだけど」と歯切れが悪そうに言った。事務所の中にいると、いつものような軽快な言葉が出てこない。それがいいことなのかどうなのかは判別がつかなかった。

「それで、怪盗ウェスペルなんだけど、凄《すご》いんだよ。『第二スカイシーホテルで今度開かれる野砂沼《のさぬま》コレクションの目玉・黒曜の瞳を頂きます』って、予告状が主催者と各新聞社に届いたんだって。凄くない？」

「んなもん悪戯に決まってるだろ。スカイシー系列なんかどれだけ警備が厚いと思ってるんだよ。そんな中でコレクションの目玉を盗むとかとんだ大言壮語《たいげんそうご》だ。んなことが出来るなら、俺だって目でピーナッツが噛《か》めるわ」

「えー、嬉《うれ》しくないん？　皐先生こういうの好きだと思ってたのに」

「こういうのって、何が」

「怪盗だよ？　予告状を出してきて、警備の厳重な中でそのコレクションの目玉を奪う怪盗。テンション上がらないの？」

加登井の目は無邪気《むじゃき》に細められていた。その屈託の無さに、一瞬《いっしゅん》言葉が詰まる。

怪盗。確かにフィクションの中では嫌いじゃない存在だ。パッと思いつくだけでも、怪盗クイーンからアルセーヌ・ルパン、ニック・ヴェルヴェットなど魅力的なキャラクターが沢山浮かぶ。探偵と怪盗が知力を尽くして追い追われていく展開も大好きだ。往々にして、怪盗の絡《から》む事件では人死にが少ないのもいい。怪盗とは、怪盗の美学に基づいて華麗《かれい》に獲物《えもの》だけを狙《ねら》う存在だからだ。

「……テンションなんか上がらねーよ。聞こえのいいこと言ってるけど、結局はあれ、ただの泥棒だろ？　犯罪者ではしゃぐ探偵なんて探偵失格だっての」

心の中の高揚《こうよう》を押し隠して、皐は冷静にそう言い放った。第一、この世界に本物の怪盗が存在するはずがない。世界観がまるで違う。皐が見てきた世界は、もっとシニカルで真面目なものだ。残酷《ざんこく》なことばかりが起こる救いのない世界だ。

「ていうか、そんなのいるわけないしな。これでスカイシーホテルの警備を厚くしても、ウェスペルなんて怪盗は現れない。会場と主催者にダメージを与える為だけの悪質な悪戯だ」

「俺は怪盗が宝石盗むの見たいけどなー。あれ、皐先生どこ行くの？　さっき事務所に戻ってきたばっかなのに」

「くだらない話にも飽《あ》きたし、少し早いけど依頼人に会ってくる。数日前に夫が不審な死に方をしたが、警察が事故だってことで捜査を打ち切ったらしい。真相を確かめないと不安で眠れないんだってさ。さくっと行ってくるから今月の領収書の整理と、あとテレビ局からのメールを返しといてくれ」

　ジャケットを羽織りながら、淡々と指示を出す。元より事務所にはシャワーを浴びに戻ってきただけだ。ここで怪盗なんかの話をしているより、依頼人のところに向かった方がいい。

「これで本当に怪盗ウェスペルとかいう奴《やつ》が予告状通りに宝石を盗み出したら、一目置いてやるよ。尊敬の念を持って、この名探偵・皐所縁が捕まえてやる」

　去り際に言って、わざとらしく舌を出す。起こるはずがないのだ。そんなことは。

　この会話をした一週間後には、怪盗ウェスペルが『黒曜の瞳』を華麗に盗み出したことが新聞の一面で報じられていた。

密室殺人というのはコストパフォーマンスが悪い。

まず、トリックを考えるのが大変だ。古典的な針と糸から、ルーブ・ゴールドバーグ・マシン染《じ》みた仕掛けや、目撃者の心の隙《すき》を突いた心理的密室まで。多様性には富んでいるものの、達成するのは難しい。おまけに殺す方法すら限られてしまう。王道なのは毒殺か、あるいは銃殺か刺殺。自分を殴《なぐ》って死ぬ人間はそう多くない。

それでも不可能状況を作る利点は分かる。密室を崩されなければ、一応は不審死で片付けられる可能性があるからだ。ハイリスク・ハイリターンと言えなくもない。ノートに見取り図を書き、夜な夜な頭を悩ませたくなる気持ちも分かる。

しかし、この世界には皋所縁がいる。

皋が存在する以上、この世の密室は絶対に破られる。例外は無い。だから、意味が無い。故《ゆえ》に、コストパフォーマンスが悪いのだ。誰も見ていない隙を見計らってこっそり刺し殺した方がまだ成功率が高いだろう。

従って、密室をわざわざ作るのはおすすめ出来ない——というのが、職業探偵である皋の見解である。ただ、愛するミステリ小説の中では大好きだ。大仰《おおぎょう》な密室も派手な凶器も、細かすぎるアリバイトリックも、そして——怨嗟《えんさ》渦巻く殺人も。

「ふざけんな！　すかした顔しやがって、人を何だと思ってんだ！」

激高した犯人に赤ワインをかけられた時、最初に考えたのは「自分はそこそこ下戸《げこ》なのに大丈夫だろうか」ということだった。

二十歳を超えてから飲む機会は幾度となくあった。けれど、どうにも慣れないし、楽しめない。自分が酔って前後不覚になっている間に、事件が起きるのが怖いからだ。独特の香りを放つ赤い液体が、血のように顔を伝う。

「お前が余計なことしなければ全部上手《うま》くいってたんだ！　俺は遺産を公平に分配しようとしてた！　あのクソみたいな遺言状《ゆいごんじょう》さえなければ、こんな事件が起こることもなかった！」

目の周りだけ雑に拭《ぬぐ》ってから、警察に取り押さえられた犯人に向かい、不敵に微笑《ほほえ》んでみせる。

「へえ。いいよいいよ、これで気が済むんなら、好きなだけぶっかければいい。これから一生ワインなんか飲めない生活が始まるんだからな。ああ、お前のことを何だと思ってるかって？　畜生《ちくしょう》以下に決まってるだろ。たかが遺産目当てに二人も殺しておいて、今更そんなこと言うんじゃねえよ」

皐が煽《あお》ると、犯人の顔が怒りでどす黒く染まる。

遺言状の開封の為に屋敷に集められた親族達《たち》。そこで起こる殺人事件。繰り上がる相続順位。呆《あき》れるほどスタンダードで、かつ分かりやすい事件だ。警察と共に皐がやって来た時点で既《すで》に二人が殺されていたことだけは悔《くや》しい。犯人を挙げることが出来ても、犠牲《ぎせい》になった二人の方が気になってしまう。

「……人の不幸で飯食ってるくせに偉そうにしやがって」

床に押しつけられてもなお、犯人の呪詛《じゅそ》は止まなかった。屋敷の関係者達が凍り付いた表情で皋と彼を見つめている。けれど、皋がそれで怯《ひる》むはずもない。

「ああそうだよ、お前がこんな馬鹿なことをしなきゃ、俺の懐《ふところ》が潤《うるお》うこともなかったのにな。ざまあみろ」

皋がそう言ったことで、犯人はようやく大人《おとな》しくなった。

彼が連行されていくと、部屋にいた人間の時間が突然動き出した。近くにいた孫娘の少女が、ワインを拭うには心許《こころもと》ない小さなハンカチを差し出してくれる。

「あー、別にいいよ、君のハンカチ汚れちゃうし。俺、自分のあるから」

「でも……皋さんは私達を助けてくれたのに、……こんなの無いです」

「心配してくれてんの？　やっさしー、感動しちゃう。でもマジで平気だって。俺これから収録だから。どうせ衣装に着替えるし。知ってる？　テレビ局のシャワーってアメニティ使い放題なんだぜ？」

明るい笑顔でそう言うと、少女は涙目のまま小さく笑った。

「ありがとうございます。皋さん」

「いいんだよ。これが俺の仕事なんだから」

握手の一つでもして別れようと思ったのに、ワイン塗《まみ》れなのでそれも出来なかった。自分のハンカチで適当に拭ってから、申し訳ない気持ちでタクシーに乗る。

その日収録の番組は、昔解決した事件を再現ドラマで追いながら、どこで犯行が露見《ろけん》したのかを皐自身が解説するという内容だった。過去の殺人事件がコンパクトに纏《まと》められているのは、何だか妙な気分だ。個人情報が出来る限り削《そ》ぎ落とされ、そこにはただ殺人があったという事実だけが残る。

どこか現実味を欠いた気分のまま、皐は求められるコメントを返す。この行動が犯人を特定する手がかりとなりました。この痕跡《こんせき》がトリックを暴《あば》く一助になりました。口は上手く回るのに、自分の意識はどんどんと取り残されていく。

「でもさあ、探偵って因果な商売だよなあ。事件が起こる限り食いっぱぐれること無いんでしょ」

年配の司会者が言った言葉で、意識が引き戻された。場の空気が生真面目《きまじめ》になり過ぎていることに気がついたのだろう。バランスを取る為の一種の冗談だ。それが分かっているからこそ、皐も笑顔で応じる。

「そうそう。だから、俺に外車とかマンションとか買わせたくない奴は、まかり間違っても犯罪とかやんない方がいいぜ？　この名探偵に貢《みつ》ぎたいなら別口で頼むわ」

上手く切り返した皐に、ゲスト達がどっと笑う。どうやら今日はそういうことを言われる日らしい。目の奥がじわりと痛くなる。ワインが今になって回ってきたのかもしれない。

「そういえば、昨今の事件といえばあれでしょう！　えー、怪盗ウェスペル！　皐くんも知ってるでしょ」

ＣＭまでの間を調節する為なのか、急にその話題が差し挟まれた。不意を衝《つ》かれた皐は「ええ、まあ……」とらしくない声で返した。

「凄いよねえ。あんなふざけた予告状を送りつけて、本当に盗んじゃうんだから。しかも、どれだけ警備を厚くしても無駄で、もう四回も成功してる」

「……その点については、上手くやっているとしか言いようがないですね。ええ、上手くやっているとと思います。ただ、それ以上でもそれ以下でもない」

「クールだねえ、皐くん。でも探偵からしたら怪盗なんてただの犯罪者だもんな。でも、シャイロック・ホールディングスの件はどう？　ウェスペルが絵画を盗んだことで、巨額の脱税が暴かれたとか」

そのニュースも当然知っていた。

先日、怪盗ウェスペルがシャイロック・ホールディングスという人材派遣会社の社長室から時価数十億の絵画を盗み出した。

怒りに燃えた社長は被害届を出し、本格的にウェスペルを捕まえようと動いた。しかし、その被害の実態を捜査している最中に、美術品を抜け道にした脱税が発覚してしまったのである。普段ならもう少し気をつけていたのだろうが、冷静でない状態で証言したことで墓穴を掘ってしまったわけだ。

このことから、怪盗ウェスペルの評価は上がった。単なる窃盗犯《せっとうはん》でしかないはずの彼が、一転して企業の腐敗《ふはい》を暴いた義賊《ぎぞく》のように祭り上げられてしまったのだ。冗談みたいな顛末《てんまつ》だった。

「確かに、怪盗ウェスペルが絵画を盗んだことがきっかけで悪事が暴かれたかもしれません。しかし、それはあくまで副次的なことです。それ自体をウェスペルの功績だと思うのは頂けませんよ」

「でも、巷《ちまた》じゃ怪盗ウェスペルの人気は凄いじゃない。やっぱりスカッとするんだろうなあ。狙われてるのはどこも怪しい噂《うわさ》のあるきな臭《くさ》い企業だしさ。怪盗ウェスペルがそういう奴らをぎゃふんと言わせるのは、大衆にとっちゃいい気分なんだろ。なーんてこと言うと炎上しちゃうか。スポンサーの皆さんが狙われたらこの番組終わっちゃう！」

「本当にそうですよ。怪盗ウェスペルがどんな奴かも分かんないのに。もしかしたらここにいる皆さんが狙われるかもしれませんよ？」

「それでも、誰かがそれで幸せになるんだったら結果オーライだと思いますけどね。やったことがどうあれ、結果が全てなんじゃないですか？　少なくともウェスペルの四件目の犯行はいいことだったと思います」

ゲストの一人である俳優が真面目な顔で言う。

確かに、怪盗ウェスペルが絵画を盗み出さなかったら脱税は明らかにならなかったかもしれない。二件目に狙われたゴルフ場のオーナーは、まんまと骨董品《こっとうひん》の陶磁器《とうじき》を盗まれた挙げ句、部下への苛烈《かれつ》なパワハラを暴かれていた。

けれど、だからといってそれが赦されるのだろうか？　本人がどんな人間なのかも分からないのに。世間から持て囃されている怪盗ウェスペルが、他人のことなんかどうでもいいと考えているような人間で、たまたま利己的な行動が人を幸せにしただけだとしたら、何だかやりきれない。

……探偵として活動しながら誰かの幸せを願っている自分が、本当に誰かを幸せに出来ているか分からないのに。

恨《うら》み言に似た言葉が過《よぎ》った瞬間、不思議に思った。これじゃあまるで、名探偵・皐所縁のあり方に疑問を覚えているみたいじゃないか。あるいは、心底疲れているみたいじゃないか。

そんなことがあるはずもない。不吉な考えを振り払うように、皐はわざと明るい声を出した。

「まあ、ワイドショーで弄《いじ》る為の玩具程度の価値はあるんじゃないですか？　いずれこういう番組で自分の犯行を品評される日まで、束《つか》の間の栄光を楽しめばいい。尤も、あいつに当たってるのはスポットライトじゃなくてサーチライトだと思いますけど」

「言うねえ。じゃ、今度怪盗ウェスペルの予告状が届いたら、皐くんに依頼すれば安心だってことか」

「ええ、当然です。俺は最高にして最強の名探偵・皐所縁です。怪盗なんかに舐《な》められてたまるかよ。必ずウェスペルの犯行を防いでみせます」

　スタジオ内から喝采《かっさい》が起こる。皐は手を上げてその喝采を止める。


　この番組での発言がきっかけで、皐所縁は正式に警察の怪盗ウェスペル対策班のオブザーバーとして任命された。

　五度目の予告状が届いたのは、大西兼史《おおにしかねふみ》という名前の富豪《ふごう》が所有する豪華客船でのレセプションパーティーだった。狙われたのはヴァイオリンだ。楽器にあまり詳しくない皐でも知っているような、本物の高級品だった。

　怱々不一《そうそうふいつ》で終わるふざけた予告状を見た時、何とも言えない気分に襲われた。こんな馬鹿げたものを真面目に送ってくる人間がいることも信じられなかったし、そんな相手を待ち受ける自分も冗談みたいだった。

　いつもと変わらない、喪服《もふく》みたいな黒いスーツに身を包み、予告状に記された時刻をじっと待った。

そして、皐所縁は怪盗ウェスペルと邂逅《かいこう》した。

「いい夜ですね。月も綺麗《きれい》に晒《さら》されて」

その声は、闇夜《やみよ》を裂《さ》くように朗々《ろうろう》と響いた。

あろうことかウェスペルは船の舳先《へさき》に危なげなく立っている。招待客に紛れる為だろう。彼は仕立てのいい夜会服を身に纏っていた。フェイスベールのお陰で顔はよく見えない。

「はじめまして、皐所縁くん。君のことは主にテレビや週刊誌の中吊《なかづ》り広告などで知っていますよ。本物って意外と立体的なんですね、興奮します」

「……立体的ってどんな感想だよ」

「おや、失礼。私にとって、探偵というものは紙面と画面の上にしか存在しないものでしたので」

なかなか言うじゃねえか。心の中で舌打ちをする。怪盗なんて馬鹿げたことを生業《なりわい》にしているだけあって、ユーモアのセンスも上々だ。

「俺にとってはお前だってそうだよ。なーにが怪盗だ」

「おや、君はこういうのがお好きだと思っていたんですが。そうじゃなきゃ、私に会いに来たりしないでしょ?」

「俺は依頼されて嫌々来たんだっつーの」

「探偵に憧れた人間が怪盗に憧れないなんてことがありますか?」

面白がっているような声色で、ウェスペルは華々《はなばな》しく断言する。

「生憎《あいにく》と、俺はホームズ派なんでね。そんなアホみたいな商売に憧れたことはない」

「ふーん、そう言われれば君は探偵一筋の生き方って感じがしますよね。それに憧れ、それしか選べなかった人間っぽいです」

「……おちょくってんのか？」

「いいえ。むしろ尊敬していますよ。昼夜問わず働いて、稼《かせ》いだお金の大半は被害者支援ネットワークに寄付をして、私のように生業そのものを楽しんでいるわけでもなさそうで。一体そのモチベーションはどこから来るのか。君は本当に名探偵なんですね」

一瞬、言葉に詰まった。稼いだ金の使い道なんて、誰にも言ったことがない。調べようと思えば不可能じゃないんだろうが、予想外だった。皐の動揺を悟ったのか、ウェスペルは優雅《ゆうが》に続ける。

「怪盗行為というのは基本的に入念な下準備を必要とします。私が君を調べ上げるのも計画の一環ですよ。あんまりときめかないでください」

「そうか。……ならネットの百科事典に追記しておいてくれよ。尤も、ここでお前はおしまいだけどな。逃げられねえぞ、怪盗ウェスペル」

「……残念です。大西兼史の所有するストラディヴァリウス。あの男の元より相応《ふさわ》しい場所があったでしょうに、まさか諦《あきら》めることになるなんて。船内をわざと停電させたのは君のアイディアでしょう？」

「なかなかよかっただろ？　警察にも主催者にも言ってなかったから、これから怒られる予定だけどな」

「それだけじゃなく、停電した瞬間の反応で私の正体まで見破るなんて。流石《さすが》です。興奮しますね」

「お前、慌てるのが一瞬遅かったんだよ。おまけに周りの人や物に一回もぶつからなかった。完璧《かんぺき》主義なのかもしれないけど、一回くらいはタッチアウトされとくべきだったな」

「困りましたね。今回はぬるいプレイだと思っていたんですが」

こうして長々とやり取りをしている間にも、ウェスペルは逃げようとする素振りを見せない。背後に控えているのは暗い海で、逃げ場は無い。このまま目を離さなければ、追いついてきた警察がウェスペルの身柄を拘束するだろう。ウェスペルが銃などの凶器を持っていなければ、だが。

しかし、どういうわけだか、彼が誰かを傷つけるようには思えなかった。ここで皐に危害を加えるつもりもないだろう。神出鬼没の怪盗相手には甘すぎる目算だが、そう直感した。何故《なぜ》なら怪盗ウェスペルには怪盗の美学があるから。——こいつは多分、人殺しはしない。

かといって、彼がそう易々《やすやす》と諦めるようにも見えない。ベールの向こう側から発せられる声には微塵《みじん》の焦《あせ》りも滲《にじ》んでいなかった。むしろ、この状況を楽しんでいるようでもある。ややあって、皋は言った。

「……お前、何狙ってる？」

「あら、少し雰囲気が変わりましたね。お目々がキラキラしてますよ」

「お前はここで諦めるような奴じゃない。何か手を打ってるんだろ」

怪盗ウェスペルはそれには答えず、楽しそうに喉《のど》を鳴らした。

「今夜は誤算が沢山ありましたが、一番の誤算は君そのものですね。まさかこんなに魅力的なお相手だとは。研ぎ澄まされたものは美しいですよ。私はそれを貴《たっと》びたい」

「何言ってんだ、お前——」

「それでは、またお会いしましょうね。所縁くん」

そのまま、ウェスペルの姿は夜の海に消えた。


あの日以来、皋探偵事務所のホワイトボードにはウェスペルと対峙《たいじ》したセント・アドラス号の図面が貼《は》られている。その周りには、様々な仮説が書き込まれていた。

舳先に追い詰められたウェスペルは、捕まることなくフッと消え失《う》せてしまった。しかし、それ自体は不可能じゃない。あれから少なくとも五つは、ウェスペルの脱出方法を思いついた。あの場でそれを防げなかった自分のことを悔《く》やんでも悔やみきれない。

皋所縁と怪盗ウェスペルの夢の対決は、大いに世間の関心を集めた。怪盗ウェスペルは取り逃がしたものの、ストラディヴァリウスは守られた。世論では、この度の対決は皐の勝ちらしい。あの怪盗ウェスペルが初めて獲物を逃したというニュースは世間になみなみならぬ衝撃を与えたようだった。

ただ、皐自身は納得していなかった。これじゃあよく言っても引き分けだ。皐の中では負けである。これが普通の事件なら迷宮入りだ。

所有者である大西も同じ見解だったようで、再び怪盗ウェスペルからの予告状が送られてきたレセプションパーティーに、皐所縁は呼ばれなかった。怪盗ウェスペルを取り逃がした探偵に用は無い、ということだろう。

そうして、まんまと大西はストラディヴァリウスを奪われた。狙われているのが分かっていたのに対策を怠《おこた》った大西に非があるとして、被害者である彼が世間からの非難を受けたのが皮肉だった。ちなみに彼は現在、違法薬物の取引に関わっているという疑惑でも方々から追い回されている。お忙しいことで、と皐は独り呟《つぶや》く。

このお陰で、不本意ながら皐所縁の評判も高まった。怪盗ウェスペルに対抗出来るのは彼しかいないということになったのだ。嬉しくもないセット売りである。いつの時代も観客はホームズ対ルパンが好きだということだろう。

「…………七回目の犯行には、立ち会うことになるんだろうな」

ホワイトボードを見つめながら、皐は独りそう呟く。

怪盗ウェスペル。船上で言葉を交わした時のあの声が地なら、皐とそう歳《とし》は変わらないはずだ。全てがまるでゲームであるかのような口調で、こちらを挑発してきたあの声。思い出すだけで悔しさが募る。

それと同時に、次はいつ会えるのだろう、と思う。

怪盗ウェスペルに会った後、皐がまずやったのは怪盗の出てくる小説を読み漁《あさ》ることだった。自分でも何をしているのかと思ったが、ソファーに寝転んで長い時間小説の世界に浸《ひた》った。

「あれ、皐先生どうしたの。まさか傾向と対策？　熱心だなー」

事務所にやって来た加登井にそう言われるまで、ずっと本の山を崩していたくらいだ。

「……別に、こんなもんが傾向と対策になるわけじゃない。あくまで小説なんだから」

「え、じゃあマジで楽しんでただけなの？　へー、息抜き出来ていいじゃん」

……墓穴を掘った。そう思いながら、ローテーブルに散らばった本を整頓《せいとん》する。

怪盗と名探偵の対決はいつでも華々しく、そして楽しい。

認めよう。不謹慎《ふきんしん》だが、怪盗ウェスペルとの対決は楽しかった。船内の照明を落とすことで怪盗ウェスペルを炙《あぶ》り出した時、皐は勝ちを確信した。殺人事件の犯人を指摘する時とはまた違う、純粋な喜びがそこにはあった。

ウェスペルを取り逃がした時ですら、皐の胸にあったのは興奮だった。事件を解決出来ない探偵に価値は無い。怪盗を捕まえられない探偵に意味は無い。なのに、この縁が切れないことが嬉しかった。

「次は無いけどな。次に会った時が最終回だ」

「えー、逆にもっとやってほしいけどな。皐先生がいれば盗まれることはないわけじゃん。このまま追いかけっこしたら楽しいと思うよ。そこからコミカライズとか、あと映画化とかしちゃうんじゃやない?」

「そんなんしてたら俺の首が飛ぶっつーの、依頼来なくなるわ」

その時、懐に入れていたスマートフォンが鳴った。表示された皐結《さつきゆい》の名前を見て、慌ててベランダに出る。

『所縁? 久しぶり。ワイドショー見たら所縁が映ってたから、気になって電話しちゃった』

「あー、母さんもあれ見てたのか……怪盗ウェスペルだろ」

『そうそう。こんなこと言ったらいけないかもだけど、お母さんもウェスペルさんのことが気になるのよね。だって、凄いじゃやない? 彼』

言いながら、母親が朗《ほが》らかな笑い声を上げる。端《はた》から見ている人間からすれば、探偵と怪盗の対決なんて格好のエンターテインメントなんだろう。

「息子《むすこ》の失敗を見てはしゃぐなよ。……あれ、俺の初めての未解決事件なんだけど」

『今まで全然失敗してこなかったんだから、少しくらいいいいじゃやない。それに、ワイドショーでは所縁がいないとウェスペルには対抗出来ないって褒《ほ》められてたわよ。凄いわねえ』

高校を出て事務所を開業してから、譜中には一度も帰っていない。この二年間でまともに休んだ記憶も無い。土日だろうと祝日だろうと、人はいつでも死ぬからだ。

「……ごめん、全然帰れなくて」

『その言葉の出所が私への申し訳なさなら、それは気にしなくていい。所縁が活躍しているところはリビングにいれば見られるから。私が心配なのはあなたが無理をしているんじゃないかってこと。画面の中の所縁、すごく痩《や》せて見えるから』

「んなことないって。テレビ越しだからそう見えるだけ。ていうか、母さんのイメージの中の俺ってまだ高校生だろ？　二十歳超えたら印象変わるっての……って、うん。そうだ。酒も飲めるようになったから。次帰った時は、父さんの晩酌《ばんしゃく》に付き合うつもり」

『そう。落ち着いたらね。あまり無理をしないで、あれなら帰省を口実に休むといいわ。譜中はそろそろお祭りだし。今年のノノウはとてもレベルが高いから、舞奏《まいかなず》もすごく盛り上がると思うの』

暗くなりそうな雰囲気を和ませようとしたのか、明るい声で母親が言う。

皐の暮らしていた譜中は、舞奏が有名な地域だった。

舞奏とは古くから盛んに行われている郷土芸能の一つで、歌と踊りをカミに捧げる神事である。神事といってもその性質はエンターテインメントに寄っていて、観客である観囃子《みはやし》を楽しませることに重きが置かれている。覡《げき》と呼ばれる舞い手は舞奏社《まいかなずのやしろ》に所属し、日夜人を楽しませる為に研鑽《けんさん》を積んでいるわけだ。

譜中の舞奏社は規模が大きい。舞奏の披露も積極的に行われていたし、ノノウから覡になる人間も多い。観囃子の住人が多いのも特徴で、他ならぬ皐の母親もそうだった。

小さな頃、母親に連れられて観《み》た舞奏はキラキラしていて楽しかった、ような気がする。周りの熱狂の中で懸命に拍手を送っていた自分もいたかもしれない。尤も、幼い皐にとっては社の周りに並んだ出店の印象の方が強いのだが。

「諸々《もろもろ》が落ち着いたら帰るよ。……まあ、こんな忙しいのも今だけだろうしさ、もう少ししたら。大丈夫、無理はしてない。ていうかそっちこそ何か困ったこととかないの？　何でも力になるから」

心配をされたらおしまいだな、と思う。もっと名探偵らしくならなければ。実の母親ですら騙《だま》せるように。だって、この状況を選んだのは皐なのだ。

電話を切った皐は、警察に呼び出されて現場に向かう。そして、事件を解決する。


事務所を開いて三年目が、キャリア的に一番華々しい時期だった。

あれから怪盗ウェスペルとは三度ほど相対した。戦績は五分といったところだろうか。ウェスペルの犯行を完全に防ぐことは出来ないが、ある程度の防衛には成功する。怪盗ウェスペルを捕まえることは出来ずとも、予告状に泥を塗ることは出来る。独自の美学を重んじる怪盗からすれば我慢ならない事態だろう。勿論《もちろん》、最高にして最強の名探偵を自称する皐にとっても不本意な展開だ。

なのに、ウェスペルからの予告状を見る度に心が燃え立った。手を抜いているわけじゃない。それでもこの牙《きば》は喉笛に届かない。相手だって全力を尽くしているのが分かるから、どうしたって楽しい。

三度目の対決で、ウェスペルはセーラー服姿の小柄な女子高生に化けていた。計画の全容を見る限り、そんなことをする必要なんか全くない。

「……お前マジで何なんだよ！」

「前に色気のあるお姉さんに変装したら、ハイヒールが危ないって心配されたので。今回は女子高生でローファーにしました。安定感も所縁くん受けもばっちりです」

「俺に女子高生への脆弱性《ぜいじゃくせい》は無《ね》えよ！」

「最近どうですか？　ちゃんと眠れてますか？　栄養バランスのいい食事は出来ていますか？　私の方は最近乱れがちですね。今日は手ぶらで帰ることになりそうですから、悲しくて八時間くらいしか寝れなさそう」

「お前は俺のお母さんか」

「いいえ、親友ですよ。所縁くん。三度も会えば縁も繋がったでしょう」

「お前を親友って呼び始めたら末期だろ」

「いいえ、初期です。めくるめく冒険の黎明期《れいめいき》です。それにしても、今回はしてやられました。所縁くんってば結構陰湿な対策を取ってくるんですねえ。次はヴィンテージドレスを袋詰めにして水の中に沈めるなんて真似《まね》はしないでください。あと、次はその密室も破ります」

「言ってろ。次は無えよ」

そう言って皋が一歩足を踏み出した瞬間、辺りが炎に包まれた。火柱に隠れてウェスペルの姿が見えなくなる。次の瞬間には、ウェスペルの姿は無かった。残されたのはセーラー服のスカーフと『また遊びましょうね』と書かれたふざけたカードだけだった。

このカードは、事務所のホワイトボードに貼っておくことにした。


とある事件の関係者から訴えられたのも、この頃だった。

裕福な大家族の邸宅で起きた殺人事件を解決した際に、皋はその家族の秘密をあれこれ暴いてしまった。それは家族一人一人のアリバイを証明し、容疑者を絞り込む為に必要な過程だったが、隠していたことを暴かれた家族は解決編《本番》の最中にも拘《かか》わらず怒り狂った。

更に悪いことに、世間から注目されたこの事件は、週刊誌などで大いに話題になった。閑静《かんせい》な高級住宅地でのゴシップは、瞬《またた》く間に広まってしまったのだ。

「絶対に謝らないでください。あなたは自分の仕事をしただけです。皋さんが介入しなければ、事件は迷宮入りになっていたでしょう。大丈夫、私は名探偵・皋所縁の味方です」

皐の弁護を引き受けた弁護士は、力強く言った。彼はかつて、皐の推理によって冤罪《えんざい》から逃れた一人だった。この時ばかりは彼や加登井からの気遣いが嬉しかった。それがなければ折れていたかもしれない。

謝ってしまえればよかった。自分がもっと上手いことやれていたら、誰も傷つかずに済んだかもしれないのに。

結局は、相手方が訴えを取り下げたと聞いた。自分が起こした一件なのに、最後まで蚊帳《かや》の外だった。

事件を解決する。警察に意見を述べる。メディアに出て、名探偵として解説する。推理物のゲームのＣＭに出た。渋谷《しぶや》の街頭ビジョンに映る自分は知らない人間のようだ。心は擦《す》り減っているのに推理力は衰《おとろ》えず、むしろどんどん研ぎ澄まされていく。誰もが神懸かった推理だと褒め称《たた》えた。皐が望んだものは全て手に入った、はずだ。

趣味と呼べるものが何も無い。譜中を出てから出来た友人というものもいない。……加登井をカウントする厚かましさを、まだ持てない。

社交的とは言えない性格もあるが、何より探偵という肩書きの不吉さが自分と他人を隔《へだ》てていた。まるで引かれ合うように皐は事件に行き当たった。一回だけではない。数え切れないほどだ。

探偵がいるから事件が起こるわけじゃない。事件が起こる度に解決してしまうから目立っているだけなのだろう。しかし、周りからはまるで皐が事件を呼んでいるかのように映ってしまう。皐に魔女裁判を受けさせたくなる気持ちは痛いほど理解出来た。殺人事件は怖い。誰だって巻き込まれたくなんかない。だから、理由が必要なのだ。

譜中から足を遠ざけているのもこれが原因だった。何かの用事で実家に戻っても、忙しさを理由に半日も留《とど》まらない。自分が元凶だと思うなんて自意識過剰も甚《はなは》だしいのに、不安が止まない。

それに、最近の皐所縁を取り巻いているのは、いい評判ばかりとは言えない。例の訴訟《そしょう》が尾を引いて、誹謗《ひぼう》中傷も増えてきていた。そのことを両親が知らないはずがない。長く留まればボロが出てしまいそうで怖かった。

空いた僅《わず》かな時間は、独りの部屋の中で何もせずに過ごす。油断していると出演したCM『絶対推理サウザンド・マーダー』が流れてきて、リモコンをテレビに投げつけそうになった。調子に乗んな。不敵に笑うな。

「……あー、でもゲーム自体は面白かったな、これ」

あいつも好きだろうな、こういうの。自然に連想したのは、素顔も知らない怪盗のことだった。言葉の端々から分かってしまったのだが、皐とウェスペルの趣味はそこそこ合うのだ。

というかもう既にクリアしているかもしれない。チャプター四の謎解《なぞと》きは結構凝《こ》ってたから、そこで詰まっていたら面白いのに。そう思うと、少し笑えた。

そして皐は、古宮《ふるみや》さくらと出会う。

ファミリーレストランで遅めの朝食をとっていると、店の奥から悲鳴が聞こえた。客の一人がクリームソーダを飲んだ瞬間に痙攣《けいれん》を起こして倒れたらしい。

騒ぎの中心地に向かうと、クリームソーダを運んだウエイトレスがぶるぶると震えて立ち尽くしていた。日焼けした手足にきっちりとしたお団子がよく似合っているが、涙の滲んだ瞳と蒼白《そうはく》な顔が快活そうな印象を削いでしまっている。

「ど、どうしよう。違う、私じゃない、私じゃないんです、どうしよう、救急車、警察……」

「――そんなに慌てなくていいぜ？　警察は冷静沈着な誰かが呼んでくれたらしいしな。あとは到着する前に俺が解決すれば全部済む。俺がたまたまここのモーニングのファンで幸運だったな？　いや、犯人にとっては不運か」

よく通る声で言うと、周りの視線が一斉《いっせい》に自分に集まった。

皐の姿を見て、サッと顔を青ざめさせた客もいた。恐らく彼が犯人なんだろう。その分かりやすさに笑いそうになる。そんな顔するなら、くまなく店内を確認してから実行しろよ。

しかし、世界中で沢山起きている事件の中で、皐が関われる事件なんて物理的にごく一部だ。

そう考えると、彼はただ運が悪かっただけかもしれない。

「申し遅れたな。俺は名探偵・皐所縁だ。まさか朝飯前って言葉を実践するとは思わなかったよ。というわけで、料理が冷めないうちに解決編《本番》といこうか」

さっきまで震えていたウエイトレスが、一瞬で目を輝かせた。血の気の失せた顔に、赤みが戻っている。向けられた全幅《ぜんぷく》の信頼が眩《まぶ》しいくらいだった。

その期待に応えるべく、自己紹介代わりに推理を披露する。皐が解答を提示すると、犯人はあっけなく罪を認めた。予想通りといえば予想通りなのだが、だったらやるなよ、という理不《りふ》尽《じん》な怒りがこみ上げてきた。

やがて警察が到着し、薄気味悪いものを見る目を皐に向ける。今日の警察ガチャは外れのようだ。しゃしゃり出てくる探偵を受け容《い》れてくれる相手は、どんどん減ってきている。

味の無い朝食を無理矢理胃に流し込んで、手早く会計を済ませる。

そうして店を出た瞬間、誰かに手を掴まれた。勢いのままに振り返る。

「す、すいません！　少し、お話がしたくて……！」

さっきのウエイトレス——古宮さくらだった。

「え？　あ？」

意外さに面食らって、思わず素《す》の顔が出てしまう。

探偵を始めたばかりの頃は、こうして話しかけられることもあった。デビューしたての所在なさげな様子はアイドルっぽくもあったのだろう。しかし、今となっては全然だ。メディアに出ている時の高圧的で不遜な皋所縁は、あまりお近づきになりたいタイプではないからだろう。あるいは、数々のスキャンダルが足を引っ張っているのか。事件に遭遇する体質の所為で、さっきの警察のように気味悪そうな目を向けられることも多い。

探偵としての役目を終えた皋には居場所が無い。

いずれにせよ、こうして屈託無く話しかけられるのは久しぶりだった。慌てて、それらしく応える。

「へー、まさか君、俺のファンなわけ？　いい趣味してるじゃん。俺の溢《あふ》れ出る名探偵オーラに惹《ひ》かれた感じ？　いいねいいね、そういうのってテンション上がるわ」

「や、そうじゃなくて……私、今日だけは絶対に捕まるわけにはいかなかったので、皋さんがいなかったらどうなっていたことやら」

きっぱりと否定されて、一瞬怯む。

「……そうじゃなくてって言わなくてよくない？」

「とにかく！　私の観囃子人生を救ってくださってありがとうございました！」

「……観囃子？」

「はい！　今日、推しのノノウが出る舞奏披《まいかなずひらき》があるんです！　絶対見逃したくなかったんです！　だから皋さんは私と推しの救世主です」

さくらの目がきらきらと輝いている。確かに、あのままさくらが冤罪で捕まっていたら、推しの舞台は観られなかっただろう。それよりも大きな問題が起こっていたような気がするが。

「……そりゃどーも、俺もよかったよ。じゃ、推しによろしく」

この辺りにも舞奏社があるのだな、と思いながら、皋は話を切り上げようとした。けれど、さくらは手を離さないどころか、更に力を込めてきた。

「あの！　皋さん！　……よかったら、一緒に舞奏を観に行きませんか？　私、古参だから融《ゆう》通《ずう》が利《き》くんです。皋さんの席も取れますよ」

「は？　え？　いや、なんで俺と？」

「そうですよね！　戸惑われますよね！　正直、皋所縁の厄介なファンと思われる可能性も多々あると思ってます！」

そこまで早口でまくし立てると、さくらは不意に目を伏せた。微《かす》かな躊躇《ためら》いを交えながら、彼女が言う。

「ただ、皋さん……なんだかすごく辛《つら》そうなので」

「辛そう？　俺が？」

「勘違《かんちが》いだったらすいません！　でも、何だかそんな風に見えたので……そういう時は、舞奏を観るのが一番効くと思ったんです。元気が出ますから……」

繋がりの分からない論理や観囃子の贔屓目《ひいきめ》よりも、そこに繋がる言葉の方が重要だった。

だって、今日の皐所縁も完璧だったはずだ。辛そうでも悲しそうでもなかったはずだし、自信ありげに振る舞ってみせたし、何なら出てきたスクランブルエッグが派手に焦げていたことすら気にしなかった。

なのに、古宮さくらはどこを見てそう思ったのか。自分では気がつかないどこかに皐所縁の綻《ほころ》びがあったのか。それがどうしても気になって、普段なら絶対に言わないことを口にした。

「あ、うん……じゃあ行くわ、舞奏。席、取ってくれるんだろ？」

この地域にある舞奏社はそう大きなものではなかった。譜中に比べれば断然規模が小さい。それでも、舞奏を観ようと集まってきた観囃子は多く、社の周りは活気づいている。さくらに導かれて舞台へと向き合うと、何も知らないのに胸がざわついた。

「結構盛り上がってるんだな……老若男女《ろうにゃくなんにょ》いっぱいいるし」

「そりゃあそうですよ。ここのノノウは凄いんですから。覡として舞奏競《まいかなずくらべ》に出てもおかしくない実力って言われてるんですよ。彼に歓心《かんしん》を向ける観囃子も多いんです」

「ノノウとか覡って、要するにアイドルみたいなもんなの？　なら俺の母親が熱を上げてる理由が分かるわ……」

「アイドルじゃありません！　……と言いたいですけど、近いかもしれませんね。アイドルでいいんですよ。私達が歓心を向ける相手ですから。楽しむことが大切です」

さくらが笑顔で言って、舞台の方に目を向ける。すると、社の周りで焚《た》かれていた火が消された。代わりに、やわらかい光量のスポットライトが舞台を照らす。明かされた場所に、今回の舞い手であるノノウ達が上がってきた。皐の想像とは違って、その姿は厳《おごそ》かながらも華やかだった。手には神具とも楽器ともつかない筒が握られている。あれがこの地域の特色なのだろうか。中央にいるノノウが筒を振ると、雨のような音が鳴った。

そして、舞奏が始まった。

無心で拍手をしたのはいつぶりだろうか。

舞台で優雅に舞うノノウから目が離せなかった。カミに捧げられる舞というから、もっと真面目で退屈なものを想像していたのだが、思いのほか現代的なパフォーマンスである。観賞する観囃子は合いの手を入れたり、手拍子を送ったりして思い思いに楽しんでいた。それに応じて、ノノウ達も観囃子に視線を寄越し、更に彼らを煽り立てていく。

舞奏が終わると、ノノウ達は一礼し、音も無く去って行った。観囃子は素晴らしい舞奏を奉じた彼らに惜しみない拍手を送る。勿論、皐もそうだ。

これが舞奏。各地で長らく続いてきた、特別な催し。

「どうですか、皐さん。凄いでしょう！　舞奏は！」

社を出るなり、さくらは笑顔で言った。つまらなかったと言わせるつもりはないのだろう。

随分《ずいぶん》な自信だ。けれど、その見立ては正しい。

「……正直言うと、あんま興味無かったんだけど……実際に観てみると凄いもんだな。盛り上がるし、歌も踊りもめちゃくちゃ上手いし。……なんか、一体感があって」

あの舞奏を観ている間は、皋も色々なものから解放されていた。辛いことからも悲しいことからも、そして自分を取り巻く状況からも。まるで夢でも見ていたみたいだ。観囃子であった過去も無いのに、強く引きつけられてしまった。

「そうでしょうそうでしょう！　あの盛り上がり、元気になりますよね！　いやー、皋さんも舞奏の魅力が分かったでしょう。ハマりましたか？」

「ハマったかはともかくとして……もう一度観たい、って気持ちにはなったっていうか……」

この規模のところでこのレベルの舞奏が観られるとすれば、有名な譜中ではどんなものが観られるのだろう。そう思ってしまうほどだった。

自分でもどうしてこんなに惹かれたのか分からない。単に、この数年娯楽に触れていなかったからだろうか？　それとも、あの場には殺人も何も絡まないただ純粋な幸せがあったからだろうか？

それを確かめる為にも、もう一度あの舞台に立ち会いたかった。

「なら、来月の舞奏披も観に来ましょう！　大丈夫です、一回目より二回目の方が面白いのが舞奏ですから！　あ、連絡先交換しませんか？　安心してください。舞奏に関すること以外では連絡しませんから」

「わざわざそんな注釈を入れなくても」

スマートフォンに業界人でも警察関係者でもない連絡先が入るのは久しぶりだ。いや、加登井を除けば初めてだろう。フォルダ分け出来ない古宮さくら、の名前をなぞる。

この時点でも、皋はまだ迷っていた。これから自分がどうするべきかに、悩んでいた。

「ありがとうございました！　皋さん。連絡しますね」

「待って」

去って行こうとするさくらを、今度は皋が呼び止める。

「どうしました？　まだ何か――」

「……君さ、同居している誰かと上手くいってないだろ。暴力を振るわれていたりするんじゃないか？」

さくらの顔色がさっと青くなる。当たりだ、と皋は思った。

過剰に肌を隠すような服の選び方、痛む部位を庇《かば》うような動き方。殺人事件じゃないからか、気づくのが少し遅れてしまった。でも、ちゃんと気づいた。古宮さくらは家庭環境に問題を抱えている。聡明《そうめい》そうな彼女が警察に相談していないからには何か理由があるのだろう。だが、言わずにはいられなかった。

名探偵に向き合ったさくらは、さっきよりも少しだけ暗い表情で、それでも微笑みを浮かべていた。

「……流石は皋さんですね。本物の名探偵さんですね。舞奏を楽しむ私に水を差さないよう、黙っていてくれたんでしょう？」

「……いや、その」

「確かに私は家族と——夫と折り合いがついていていません」

「え、あ、既婚《きこん》？　あ、なるほど」

「折り合いがついていない、で済ませられるかは分かりませんけどね。ただ、それなりに幸せではあるはずですよ、私が我慢すれば」

「我慢すればって……」

「私が特別不幸ってわけじゃないと思います。私、今の生活が嫌いじゃないですし、それに……私には舞奏がありますから。こうして観囃子として舞奏に向き合う度に、私は自分のことが好きになれるんです。私の歓心が、舞い手の力になるだろうから」

　さくらの言葉は切実で、半ば赦しを乞《こ》うようでもあった。目の前の探偵に、情状酌量を願っている。

　ここで、名探偵の皋所縁が強引に家庭の闇を暴いたらどうなるだろうか。探偵として、無理矢理にでも彼女を救い出したら。それは正しいことだろうか。それは古宮さくらが守ってきたものを——今でもまだ捨てられないものを壊してしまうことになるだろうか。そう思うと、動けなかった。

「大丈夫。私は名探偵を必要としてません。私が必要としているのは、探偵じゃないただの皐さんです。それじゃあまた」

さくらは、そう言って去って行った。皐は、引き留める言葉を何一つ持たなかった。


それから皐は、電話で何度かさくらと話した。

彼女が舞奏に出会ったのは半年前で、それ以来合間を縫《ぬ》って社に足を運んでいるのだという。楽しみが出来てからは生活に張りが出たのだという。

『もーね！　楽しくて仕方なかったです！　推しのいる生活って本当に最高なんですよね！　皐さんは休めてますか？　あれから皐さんが出てる番組をチェックしてるんですけど、全然追いつかなくて』

「いやそういうの一々チェックしなくていいから……あれはああいうキャラで売ってるショーみたいなもんだし！」

『確かに、普段の皐さんとは大分違いますもんね。びっくりしちゃいました。ああいういかにもな名探偵も格好いいですけど』

素を知られている相手に名探偵っぽいところを見られるのは気恥ずかしい。だが、今更皐所縁のキャラクター像を崩すわけにもいかないのだ。

「あれは舞奏みたいなもんなの。俺も舞台に上がったらちゃんと決めなくちゃいけないわけ。分かるだろ？」

『そうですね。うーん、次に観に行く舞奏が楽しみだなあ。皋さんも応援する舞い手を見つけたりすると楽しいですよ。推しのいる生活以上にいいものはありませんから』

「俺はあの雰囲気が好きなだけだから。誰が踊ってても割と楽しいっていうか……」

話しながら、譜中の舞奏社について考える。あそこほど有名なところなら、また違った舞奏が観られるかもしれない。

時間が空いたら、地元に帰ってあそこの舞奏を観よう。そんなことを考えるようにもなっていた。舞奏が古宮さくらの生活にいい影響《えいきょう》を与えたのと同じように、皋の生活にも小さな変化をもたらしていた。

その直後、皋所縁が関わった事件の関係者が無理心中を起こした。妻が殺人犯だったことに耐えられず、残された夫が子供を手に掛けたのだ。お前が殺人犯になるのはいいのかよ、と皋は思った。

心中事件が尾を引いて、生放送の予定がいくつかキャンセルになった。探偵としての依頼には影響が無かったので休みが出来たわけじゃないが、時間に余裕が出来るようになった。今の皋はテレビには不適切なのだろう。仕方がない。言い分は分かる。

とはいえ、皋には趣味が無いし、休みが出来たらやりたいことも特に無かった。事務所にいると加登井に心配されてしまうので、当てもなく散歩に出る。

自分が事件を呼んでいる、なんて単なる言いがかりだ。自意識過剰な被害妄想だ。ただ、外に出ると緊張した。どこかで悲鳴は聞こえないか、誰かが急に倒れたりはしないか。

こうして歩き回っている自分が、殺人事件を待っているわけじゃないと、誰が信じてくれるだろう。皋所縁は殺人も不幸も苦手だ。誰かを幸せにする為に探偵になったのだから、本当はそんなものなんて見たくもない。そのことを、ちゃんと理解してくれている人間はどれくらいいるだろう?

「撃たれたくなかったら、私の指示に従ってください」

飽くなき焦燥に焼かれそうになった瞬間、そんな声がした。

信号待ちをしている皋の脇腹《わきばら》に、硬いものが押しつけられている。視線だけで背後を見ると、眼鏡《めがね》を掛けた若い男が立っていた。

趣味のいいシャツに洒落《しゃれ》たジャケットを羽織った姿は、育ちのいい学生にも見える。男にしては長い髪が三つ編みに結われていた。少しだけ迷ってから、皋は言う。

「……予告状はどうしたよ、クソ怪盗」

「よく私だと分かりましたね。流石は所縁くんです。暇そうに歩いている君を見かけたので、プライベートなのについ追いかけてしまいました」

「嘘吐《うそつ》け。お前、それ素顔じゃないだろ。普段から変装してるのか？」

「他人のお化粧にあれこれ言うのは粋《いき》じゃないですよ。というか、所縁くんって休日でも黒スーツなんですね。まさかそれ以外持っていないんですか？　うわあ、なんというシンプルなファッションセンス……」

「うるせえ、別にいいだろ」

ファッションセンスに自信が無いのもあるが、一番の理由は便利だからだ。現場に現れる探偵はスーツの方が通りがいいし、事件はどこで起きるか分からない。ジャージ姿の探偵に捜査情報を明かしてくれる刑事はそう多くないだろう。

そんな皐の考えを知ってか知らずか、ウェスペルは明るく言った。

「さて、死にたくなかったら私に同行して頂きましょうか」

「あと、俺の脇腹にリップクリームを押しつけるのはやめろ。それで何を撃つつもりだ」

サイズ感がまるで違うし、そもそもあの怪盗ウェスペルが銃なんてものを持ち出してくるとは思えない。それは多分、怪盗ウェスペルの美学に反する。長らく二人で大立ち回りを演じてきて、遠回りな信頼を築き上げたからこそ分かる。

「ブー、違います。これはリップクリームじゃなくて、フランスから直輸入した推しブランドの新作口紅です」

「帰る」

「待ってくださいよ。怪盗が目の前にいるのに、探偵が見過ごしていいんですか?」

「お前が言うな。自首しろ」

「ね、近くにお気に入りのカフェがあるんです。折角《せっかく》おめかししてきたんですから、付き合ってくださいよ」


怪盗ウェスペルに案内されたカフェは、言葉通り趣味のいい店だった。外観からしてホテルのエントランスのような装《よそお》いで、その時点で気圧《けお》される。サイフォンから漏《も》れるコーヒーの匂《にお》いが立ちこめた店内には、シャンデリアまで下がっていた。カーテンでゆるやかに仕切られた個室に通されるまで、あまりの場違いさに何度引き返そうかと思ったか分からない。

「ここはアンティークカップでコーヒーを出してくれるんですよ。私はブルーマウンテンが好きです」

「……お前っていつもこういうところで過ごしてんの? 怪盗ってよっぽど儲《もう》かるんだな」

「無粋なことを言うのはお店に失礼ですよ。コーヒーでいいですか? 本当ならアフタヌーンティーを楽しみたいところですが、君はそういうのに慣れていなさそうですから」

結局、注文はウェスペルに任せることになった。慣れた口振りでコーヒーを二杯頼む辺り、お気に入りなのは嘘じゃないらしい。

改めて、向かいに座る男を見る。こうしてウェスペルと一緒の席に着いていることが信じられなかった。そもそも、明るいところで会ったことも殆《ほとん》どない。

微かに紫がかった髪は艶《つや》めいていて、よく手入れされているように見えた。恐らくこれが地毛なのだろう。そう思うと、今日の変装はかなり素のウェスペルに近いのかもしれない。こいつも人間なんだな、と当たり前のことを思った。

金で彩《いろど》られた美しいカップが運ばれてくる。ウェスペルが音も無くカップを持ち上げた瞬間、皐は意を決して尋ねた。

「お前、ここに何しに来たんだ？」

「当然、所縁くんと優雅にお茶をしに来たんですよ。飲んでいるのはコーヒーですが」

「とぼけるな。変装までして俺をつけてきた理由を言えよ。何を企《たくら》んでる？」

「理由、理由ね。んー、でも事件でもないのに動機が必要でしょうか？　私はただ、君にあんな顔で道を歩かせたくなかっただけですよ」

「どんな顔だよ」

ウェスペルは答えなかった。カップを傾け、皐が欲しい言葉をも呑《の》み込んでしまう。

きっと、ウェスペルは例の心中事件のことを知っているのだろう。これは推理じゃなく、直感だった。だからウェスペルは、わざわざ皐の前に現れたのだ。それはどういう意味だろう？

「……ただの商売敵《しょうばいがたき》なのに、やけに執着してるよな。どうしてそんなに俺が気になる？」

ウェスペルが注文したコーヒーは口当たりが良く、皐の好みに合っていた。流石にただの偶然だろうが、心の奥底まで見透かされているようで恐ろしい。ややあって、ウェスペルは穏やかに言った。

「私はね、人間が好きなんです。だから君が好きなんですよ」

「何でだよ。人間なら俺の他にも七十億人くらいいるだろ」

茶化してやろうと思ったのに、その目は思いの外真剣だった。いつもは入っているだろうカラーコンタクトすら、今日はお休みのようだった。濁《にご》りもしない黄昏色《たそがれいろ》の目が皐を捉《とら》えている。

「君を初めて知ったのは新聞でしたが、それからはメディアでも沢山見るようになりましたね。堂々としていて畏《おそ》れ知らずな皐所縁は、小説や映画の中から出てきた名探偵そのものでした。こんな生業をしている私ですから、興奮はしましたよ」

「興奮すんな」

「けれど、実際に話してみた皐所縁は、そんな印象とはまるで違った人間でした。真面目で考え込みやすくて、そして探偵が向いていないくらい酷く優しい。そんな君があんな振る舞いをしている理由を考えてみたら、気づいちゃったんですよ」

「……何にだよ」

「私達が、鏡に映った似たもの同士であることに」

「はあ？　どこが」

「だって君、人間に期待しているでしょう？」

ウェスペルが短い言葉で掬《すく》い上げてしまったものが何かを知っている。それは、皋がずっと抱えているもの、あの祭壇の中に確かにあったものだ。いきなり光を当てられたその感情を前に、皋は目の前の男が怪盗じゃなく、詩人かカウンセラーのどちらかであればいいとすら思った。

「ねえ、所縁くん。名探偵・皋所縁が有名になれば、事件が減ると思っているんでしょう？　君の存在が犯人に対する抑止力になる可能性を、君が考えていないはずがないんです。有名になれば、事件に巻き込まれた人間だって、皋所縁という名探偵がいると思って安心する。君はその為に、皋所縁でいることを選んでるんですよね」

まるで探偵みたいな口調だ、とも思った。貴族のようにカップを掲げるウェスペルには迷いが無い。惜しむらくはここに解決出来そうな『事件』なんて一つも無いことだ。

「人間が好きな君が好きです。私が君に敬意を払っているのは、それが理由ですよ」

ウェスペルが自分に親しみを持っている理由がこれで分かった。

同じものが好きだから、本人のことも当然好き。シンプルで美しい答えだと思う。おまけに、ウェスペルの方は皋が自分と同じ目線で世界を見ていると思い込んでいる。あれだけ二人で屋根に上っていたら、そう思うのも無理はないかもしれない。

「……探偵が人間に期待か。人を疑うのが仕事なのに」

「難儀なものだと思います。だから、大変だとは思いますよ」

それでも、ウエスペルが廃業を勧めているようには聞こえなかった。どれだけ辛くても山に芝刈りに行かなくちゃいけないんですよね、というような調子だった。そのまま、ウエスペルは歌うように言う。

「ねえ、所縁くん」

「何だよ」

「このまま逃げちゃいましょうか」

「え？」

「私と一緒に来ませんか？　世界は広いですし、所縁くんが向かうべき場所は沢山ありますよ。二人で新しい人生を生きてみませんか？」

冗談を言っているようには見えなかった。普段から冗談の塊《かたまり》であるような男が、やけに真剣にこちらを見つめている。だからこそ、皐も背を正した。

「それは断る」

はっきりと、一欠片《ひとかけら》の躊躇いも無く言う。

「俺はまだ探偵だ」

辛くても、苦しくても、まだ皐所縁は立っている。名探偵で在り続けている。それを捨てる気にはなれなかった。

「それは残念です。宝石の代わりに名探偵・皐所縁を奪うのも悪くはないと思ったんですが」

「こんなことはもう二度と無い。俺達が会うのは予告状が出た時だけ――お前が怪盗ウェスペルとして何かを盗もうとしている時だけだ」

「えー、寂しいなあ。それじゃあ私、君に会う為に頑張らなくちゃいけなくなるんですね」

「頑張らなくていい。自首しろ」

「面会に来てくれるなら考えなくもないですが」

ウェスペルはいけしゃあしゃあと言って、にっこりと微笑んでみせた。

「さて、振られちゃいましたし、そろそろお暇《いとま》しましょうか」

「おい。どこ行くつもりだ」

「私はこれからお手洗いに行く振りをして二人分の会計を済ませ、さっさといなくなる予定なんですが」

「普通そういうのは宣言無しにやるものだろ」

「でも、君は私を止められない」

指揮棒のように振られたウェスペルの指が、優雅に皐のアンティークカップを指す。

「猫舌ですか？　さっきからミリリットル単位でしか減ってませんが。すいませんね、知っていたらアイスを注文してあげたのに」

正解だ。さっき一口飲むのでさえ、舌の先を犠牲にしたくらいだ。一気に呷《あお》ってウェスペルを追うことは出来ない。これだけ丁寧に淹《い》れられたコーヒーを無駄にするわけにもいかないからだ。皐の見立てでは、あと十分はカップが自分を引き留めるだろう。

「次に会った時が年貢《ねんぐ》の納め時だからな」

「ええ、楽しみにしてますよ。所縁くん」

ウェスペルはそう言って、スタッフルームの方向に消えていった。店員の誰かが制止するかと思ったのに、誰にも気づかれていないらしい。あそこからウェスペルはどこに行くつもりなのだろう。

たっぷり十分待ってから、冷めたコーヒーを飲む。すると、ソーサーの下に小さなプラスチック製のカードが挟まれていることに気がついた。ウェスペルの予告状だ。変装といい予告状といい、一体いつから用意していたのだろう。

憎らしいことに、ウェスペルは皐の分の会計を済ませてくれているわけではなかった。というか、自分の分すら払っていなかった。体《てい》のいい飲み逃げである。

仕方なく、普段飲んでいるものより大分お高いコーヒーの代金を二人分払った。仕事以外のことで金を払ったのも、そういえば久しぶりだった。

生放送に復帰してからしばらくは上手くいっていた。相変わらず風当たりは強く、前ほど自分が受け容れられていないことを実感したが、それでも探偵として生きていた。

ウェスペルの言う通り、皐はまだ人間に期待していた。他人に期待することは、自分に期待することでもあった。世界はまだ大丈夫だし、自分がまだ誰かを幸せに出来る。ミステリゲームのCMをこなした後で、現実に起こった犯罪について意見を述べる。被害者に花を供えることは出来なかった。仕方のないことだった。遺族の気持ちが分かるから、無理を言うつもりはなかった。

とある雑誌のインタビューに答えた。今をときめく名探偵は、少しばかり犯人に辛辣《しんらつ》なのではないかという趣旨だった。挑発的だし、結論ありきの記事だ。そうであろうと、怯んでやる道理もない。

「俺は動機を聞いて同情してやるタイプの探偵じゃないってことですよ。そんなことは俺より優しい名探偵がやればいい。俺がやるべきことは、ただ真実を明かすことだけで、それ以上でもそれ以下でもない」

探偵っていうのはもう少し優しくあるべきなんじゃないでしょうか、と記者が問う。これ以上どう優しくあればいいんですか、と皐は言う。これを聞いた怪盗ウェスペルはどう言うと思います？　とも聞かれた。流石は所縁くんです、とか？　あながち間違ってはいないはずだと思う。

「俺の望みは馬鹿なことをした殺人犯を地獄に叩《たた》き落としてやることだけです。俺はどんな理由があろうと、殺人を赦さない。一線を踏み越えた人間のことなんか知るかよ」

もっと怖がればいい。古宮さくらの働いているファミレスで、皐を見た時の犯人の顔を忘れない。だが何ともままならないことに、この記事は皋所縁が事件発生を心待ちにしているんじゃないかという結論で結ばれていた。割とご機嫌な結論だと思った。そうだったらまだ楽しい人生だったかもしれない。

『あの記事はよくなかったですね。何がよくなかったかって、皋さんの態度が最悪だった。流石にもう少し言いようがあったはず』

「あんなもん結論ありきなんだって。そもそも、こういう状況ならさくらさんくらいは俺の味方をしてくれるもんじゃないの？」

『とにかく露悪的過ぎます。皋さんが本当は優しい人だってこと、誰にも伝わりませんよ』

「そのくらいでいいんだよ」

皋が言うと、古宮さくらは電話の向こうで悔しそうな呻《うめ》き声を漏らした。あの記事がネットニュースに載ると、さくらも加登井も揃って憤慨《ふんがい》していた。どちらかというと、その流れを受け容れる皋に怒っているようにも見えた。

「俺はいつでも完璧に事件を解決出来る名探偵じゃないから」

『どうして？　迷宮入りになった事件は無いんでしょう？』

「誰もが幸せになるように事件を解決出来るのが名探偵なんだ。でも、俺はそうじゃない。俺が暴いた真相に納得のいかない人間もいる。そんな時に矛先《ほこさき》が必要だろ。やりきれない気持ちをぶつけるなら、高慢で不遜な名探偵の方がいい」

やっていること自体は何も変わっていなかった。求められる探偵像が少し変わっただけだ。

ショーナイズドされていく方向が違うだけ。

「それに、俺だってこっちの方がやりやすいんだよ。犯人を追い詰めてる時に、いちいち傷ついてる探偵なんてジョークにもならない。無慈悲であれば無慈悲であるだけいい」

さくらはそれ以上何も言わなかった。それが彼女に出来る最大限の配慮《はいりょ》なんだと分かる沈黙だった。代わりに、さくらは言った。

『あのね、皋さん。舞奏を観に行きませんか？　私が推してたノノウが覡になるかもしれないんです。舞奏衆《まいかなずしゅう》を組んで、舞奏競に出るかもしれない。だから、見届けたいんです』

さくらは最初の約束を律儀《りちぎ》に守っていた。彼女が連絡をしてくるのは、必ず舞奏関連の話題がある時だけだった。

「へえ、またあの社でやるのか？　なら、俺も行きたい」

『大人気の探偵さんなのに都合がつくんですか？』

「どうにでもなるって。突発的な密室とか暗号とかが無い時に限るけどな」

『よかった。それじゃあ観に行きましょう。私も久しぶりなんです』

やけに明るい声でさくらが言う。あれから、何度か舞奏披は行われていたはずだが、彼女からの誘いは無かった。最近忙しくて、というのが彼女の言い分だった。

ただ忙しいだけなのかは、聞いても不毛だと思った。聞いたからといって、どうしようもない。今はただ、さくらが推しの舞奏披を観られることを喜ぶしかなかった。

「にしても舞奏競ってあれだろ。何年かに一度あって……他國《たこく》の覡と戦うってやつ」

『そう！　他の舞奏社には化身《けしん》持ちもいるらしいですけど……私は自分の推しの舞が一番だと思ってますから』

化身というのは、舞奏の才を持った人間に顕《あらわ》れる痣《あざ》のことだ。それが身体にある人間は無条件に舞奏社の所属が認められるらしい。

「化身持ちっていうのも眉唾《まゆつば》だけどな。そんな痣が実在するとして、その痣で才能が量れるなんてあるか？」

『本当なんですよ！　化身はあります！　カミに見初《みそ》められた天才がこの世には存在するんですよ！』

熱っぽい声でさくらが言う。そのまま、彼女が囁《ささや》くように続けた。

『舞奏競に勝って大祝宴《だいしゅくえん》に到達したら、どんな願いも叶うんですって』

「……何？　それも都市伝説的な？」

『本当じゃないかなって思ってます。あの熱狂が何も生み出さないと考える方が難しくないですか？　オムライスの材料が全部揃っているのに、オムライスが出来上がらないなんてことはないじゃないですか。ねえ、皐さんは、お願い事とかあります？』

「……パッとは思いつかないな。俺、それなりに人生が充実してるから」

『嘘だ』

「きっぱり看破される俺の人生が可哀想《かわいそう》だろ」

同じ質問をさくらに返すようなことはしなかった。どんな答えであろうと雑音になってしまいそうだったからだ。まともな答えを返せなかった自分が聞くことでもない、とも思った。宛《あて》先《さき》の無い祈りを捧げたのは、小さい頃の祭壇以来だ。

あの願い通り、皋は探偵になった。あれが酬《むく》われたというなら、大祝宴で願いが叶うという話を否定出来ない。

だとしたら、今の皋所縁は何を願うだろう？

『じゃあ、皋さんも行けるっていうことで……待ち合わせしましょう』

「ああ。駅前でいいか？　……いや、目立つか。なんか最近妙な記者とかも多くて居心地悪いんだよな」

『うーん、公園とかですかね？　あ、ずっと言おうと思ってたんですけど、捕捉《ほそく》されるのが嫌なら私服買った方がいいと思いますよ。いつも同じ真っ黒スーツだから目立つんですよ。正義のヒーローだって着替えて変身するのに』

「俺はいつだって正義のヒーローでいたいんだよ」

そう言いながら、皋はウェスペルのことを考えていた。その定義からいけば、彼の方がよっぽどヒーロー染みているのが悔しい。

『よかったら、今度見繕いますよ』

「いや、いいって……別にどこ行くわけでもないし」

『私と舞奏を観に行くでしょうが！』

さくらが笑う。その通り、何にも代えがたい大切な予定だ。


結局、皐はさくらとの約束までにスーツ以外の私服を用意することは出来なかった。何を買っていいか分からなかったのもあるし、この時間を特別なものにし過ぎてしまうのも恐ろしかった。

——これはあくまで日常の延長線上で、なんてことはないものだ。

そう思っていないと、失った時に立ち直れなくなってしまう。予防線を張っている時点で、自分の臆病《おくびょう》さは重々承知だ。一体何に怯えているのだろう。不幸も事件も起こらないはずだ。自分達は何事も無く舞奏を観に行ける。そして皐は、少しの間だけ日常を忘れる。

そういうわけで、皐はその日もいつも通りのスーツ姿だった。どこで事件が起ころうと探偵として動けるコスチューム。名探偵・皐所縁を思い浮かべる時に、一番ぱっと出てくる格好だ。

その探偵ルックのまま、皐は一時間近く待ちぼうけを食らった。いくら電話をしても、さくらは出ない。余裕を持って待ち合わせ時刻を設定していたが、このままだと遅れてしまう。

連絡が取れない時の対処方法はいくつかあるが、皐は最も古典的な方法を取った。即《すなわ》ち、彼女の家に向かったのだ。住所は教えてもらっていたし、待ち合わせ場所の駅前からそう遠くない。入れ違いになっても、すぐに戻れる距離だ。

大丈夫。少し様子を見に行くだけだ。何も問題無い。

この時の皐が何を予感していたか。それが、この行動に現れている。家に行けば、古宮さくらの夫と鉢合わせるかもしれない。そうしたら面倒だ。

それでも皐が家に向かったのは、もう問題にならないと知っていたからだ。心のどこかで推理していた。

古宮さくらが、舞奏を観に行く際の待ち合わせに遅れるはずがないのだ。

彼女の家は、何の変哲《へんてつ》も無い一戸建てだった。モデルルームとしてカタログに載りそうな、いかにも不幸から遠そうな家だ。

インターホンを鳴らそうとして、迷う。代わりに、手袋を着けて扉を開けた。きちんと整理された玄関を抜けて、勘でリビングに向かう。不法侵入だ。赦されない罪だ。

果たして、古宮さくらはそこにいた。

リビングの床に座り込んで、生気の無い目で皐を見ている。その顔には、生々しい暴力の跡があった。

「皐さん……」

さくらの声が別人のように聞こえる。電話越しじゃないからかもしれない。あるいは死体が近くにあれば、誰でもこういう声になるのだろうか。

彼女の近くには、背中に包丁を突き立てられた若い男の死体があった。彼女の夫だろう、と直感した。

「……朝から機嫌が悪くて。私が出かけるのが気に食わなかったみたいです。いつもなら、私のことなんかいないみたいに扱うのに。出かけようとしたら、揉《も》めて、それで、赦せなくて」

「……正当防衛だよな？　そいつが先に包丁を持ち出して――」

そんなはずがないと、探偵の直感が告げている。案の定、古宮さくらは、傷の目立つ顔で微かに笑ってみせた。

「不意を突いてやりました」

「…………」

「殺すつもり、でしたよ。私」

どんな理由があろうと、殺人を犯す人間は赦せないと思っていた。今でもそう思っている。けれど、やむを得ない動機がある場合もあった。そういう時、皐は情状酌量の余地があると訴え、刑が軽くなるように努めたが、裁き自体は受けさせてきた。一線を踏み越えた時点で、たとえ天が墜《お》ちようとも裁きは受けなければならない。

なのに、皐はまだ動けないでいる。

「……通報しなくちゃいけなかったんですけど、皐さんとの待ち合わせに行けなかったな、と思ったら動けなくて。すいません、今、警察を――」

「呼ぶな」

「え？」

「呼ばなくていい」

自分が何を言っているのか分からなかった。なのに、今までで一番頭が冴《さ》えている自信があった。死体を観察する。背中の刺し傷だけが致命傷。包丁の指紋を拭うべきだろうか？　どれを採用するにせよ、この死体には使える余白がいくらでもあった。

「皐さん……？　何を考えているんですか？」

よっぽど酷い顔をしていたのだろう。さくらが一層不安そうに尋ねた。

「聞いてくれ。君は俺と待ち合わせをしていた。予定通りにこの家を出たんだ。まずはそこから詰めていこう」

「待ってください、皐さん」

「完全犯罪にならず露見した事件には必ず綻びがある。どれだけ周到に用意をしてもその一点が不自然だったという理由で俺に看破される。逆に言えば、その部分を全て完璧に均《なら》しておけば、完全犯罪が成立してた。どんな物事にも死角はあるからな」

「皐さん、ねえ、皐さん」

「この殺人は見抜かせない。あんたを殺人犯にしてたまるかよ」

もっと早くにどうにかするべきだった。彼女の言葉を信じるべきじゃなかった。古宮さくらのことを救えるのは自分だけだったのに、皐はみすみすそのチャンスを逃してしまった。悔やんでも悔やみきれない。

だから、今やるしかなかった。

「こいつは強盗に殺されたんだ。不幸な事故だ。俺がそう言ったなら、そうなる」

皐の声が、テレビカメラを前にした時と同じ熱を帯びている。不自然なくらい整頓された部屋。多すぎるアルコール類の瓶《びん》。顔の傷と考え合わせれば簡単に予想がついてしまう。何がありふれた不幸だ。そこそこの幸福だ。こんなものに耐えられるはずがないのに。

「俺は名探偵だ。絶対に間違えない。皐所縁の言うことに間違いは無い」

少し状況を整えて、皐所縁が自らそれを解決してしまえばいい。疑う人間は誰もいないだろう。警察には、何なら世界中を見渡しても、皐より推理力のある人間はいない。証拠を丁寧に潰《つぶ》していけば、完全犯罪が成立するだろう。完璧な探偵である皐を、きっと誰も疑わない。

「だから、……君は、君の人生を生きるんだ。何かが間違ってるんだとしたら、それは君じゃなくて俺なんだ」

あの日、舞奏の舞台に連れて行ってくれたことが、皐にとってどれだけ救いになったか、さくらは知らないだろう。事件を引き起こす薄気味悪い死神として遠ざけなかったことが、どれだけ特別だったか分からないだろう。その分だけでも返さなければ、終われない。こんな展開はあんまりだった。

今まで沢山の事件を解決してきた。一件だけでも、自分の為に見逃してもいいじゃないか？　皐は誰でもない誰かに許しを乞う。頼む、一度だけでいい。そうしたら、きっとまた頑張るから。皐所縁のままでいるから。

けれど、それを否定したのは、目の前にいる彼女だった。

さくらは、ゆっくりと首を横に振っていた。

「……私に二人も殺させないでください」

どこまでも穏やかな声だった。

「駄目ですよ。それをやったら、きっとあなたの魂《たましい》は死んでしまう。あなたは自分で思っているよりずっと、自分に厳しい人だから」

さくらの姿が滲む。泣いているのだ、と遅れて気づいた。さくらの目にも涙が浮かんでいる。

「皐さん、言ってたじゃないですか。どんな理由があろうと、殺人を赦さない。一線を踏み越えた人間のことなんか知らないって」

それは、いつぞやのインタビュー記事での皐の言葉だった。皐が作り上げた理想の名探偵。どんな状況でも揺るぎない正義。

「……名探偵・皐所縁は、そのままでいてください。どんな理由があろうと、殺人なんか赦さないでいてください。一線を越えた人間に情けなんか掛けないで。私のことなんかで、自分の大切にしてるものを捨てないで」

「さくらさん、俺は、」

「もう行ってください。……ね？　私は大丈夫です。初めて会った時、助けてくれてありがとう。あの時の皋さん、格好良かったです」

そう言うと、さくらは立ち上がって、しっかりとした足取りで固定電話に向かった。彼女が受話器に向かって何かを言う前に、皋は家を出た。


辺りはすっかり暗くなっていた。闇夜の中を、月だけを頼りに歩く。

呆然《ぼうぜん》とした頭で、どうしてあんなことを言ったのだろうと反芻《はんすう》する。——俺がそう言ったなら、そうなる。皋所縁の言うことに間違いは無い？　一体何を言っているんだ？

探偵が真実をねじ曲げることなんてあってはならないのに。それを標《しるべ》に生きてきたはずなのに。

皋所縁は罪を犯した。探偵としてやってはならないことに手を染めかけた。さくらが止めていなければ、間違いなくそうしていただろう。思っただけで実行していないからセーフ、なんて言えなかった。探偵に憧れていたかつての自分は、そんな皋所縁を赦さない。

だから、いい加減手放さなければならない。きっと、皋はずっとズルをしていたのだろう。

だから今、罰が当たった。

どんな理由があっても殺人を犯す人間を赦せなかった。名探偵の皋所縁なら、胸を張ってその言葉を言うだろう。

けれど、探偵の皮を脱ぎ捨てた、ただの人間の自分は、そうじゃなかった。それだけの話だ。


事件の顛末は呆気《あっけ》ないものだった。

古宮さくらは滞《とどこお》りなく自首を果たし、勾留《こうりゅう》されている。ありふれた殺人事件だ。これまで解決してきた沢山の事件に埋もれてしまうような事件である。

皋所縁が探偵を廃業することに比べれば、ささやか過ぎる代物だった。

警察にもメディアにも一切の依頼を断ると申し入れた。当然ながら反発があった。今まであれほど好き勝手にやってきたのだ。今更こんなことが赦されるはずもない。けれど、もう推理は出来ないと言い張る皋を説得出来るはずもなかった。

皋所縁探偵事務所のただ一人の従業員である加登井は、閉所に反対しなかった。むしろどこか安心したような顔をしていた。

「だってさ、皋先生って、探偵に向いてるけど向いてなかったじゃん」

「どういうことだよ。矛盾だろ」

「分かってるくせに」

察しの悪い振りをしている皐を、加登井はまんまと許してくれた。深く理由を聞かれなかったのは幸いだった。すっかり回らなくなった舌で、上手い説明が出来るとは思えない。

古宮さくらのことはきっかけに過ぎない。ずっと前から限界だったのだろう。様々なことが、皐を探偵でいられなくしてしまった。誰の所為でもない。自分の所為だ。もう嫌だと指で目を覆《おお》いながら、隙間から見える悲劇に泣いていた。そんなことでは殺人を赦さない、誰よりも高潔な名探偵ではいられない。悲しくて仕方がなかった。皐所縁がもう少し強ければ、本物の探偵であればこんなことにはならなかっただろうに。

「給料、ここ以上にいいとこなかなか見つからないかもな」

気力を振り絞って、そう笑ってみせる。

「それは本当にそう」

皐の下手《へた》な冗談を受け取って、加登井が笑ってくれる。

それが、今の皐の唯一の救いだった。

がらんとした事務所を出た時、あの怪盗のことが、一瞬だけ頭を過った。

名前も素顔も知らない人間が過るなんておかしい。もう会えないんだろうな、と去りし恋人のようなことを思うのも。

まともに帰っていなかった自宅に、事務所から引き払った荷物を運び込む。殆ど家具の無い部屋に、それはパズルのピースのようにぴったりと嵌《は》まった。

助けてほしい、と思う。目が覚めたら、この世の全ての悲劇が無くなっていてほしい。誰が殺すのも、誰が殺されるのも嫌だった。事件の起こらない幸福な世界を夢想する。皋所縁の求める、殺人の無い世界。そうしたらきっと、皋所縁が必要とされることもない。

それから皋は、久しぶりにゆっくり眠った。


穏やかな夢を見た。皋はどこかの海辺に立っている。

ロケーションは違えど、これがいつもの悪夢であることは分かっていた。波の音が心地よく、磯風《いそかぜ》が頬《ほお》を甘やかに撫《な》でているが、それでも悪夢には違いなかった。探偵である皋は、事件を解決しなければならない。けれど、皋にはそれがどんな事件なのかすら分からない。

自然と、泣いている少年の姿を探した。ここがあの夢の延長線上にあるのなら、彼がいるはずだ。助けを求めている彼が。

しかし、そこには誰の影も無く、果てに向かう足跡だけが残っていた。


目を覚ますと、口の中がからからに渇《かわ》いていた。身体が重く、目の奥に鈍痛がある。舌が焼けるように熱い。

ふらつきながら、皋は洗面所に向かった。カーテンの隙間から漏れ出る光が目に痛い。自然と呻き声が洩れた。

鏡の中には、澱《よど》んだ目をした自分がいる。全部を諦めてしまったような、それでも浅ましく残り火を宿したような瞳がある。

そして舌には——幾重《いくえ》にも結われた縁《えにし》の糸が花を縛《いまし》めているような奇妙な形の痣が、焼き付くように浮かんでいた。

第2話「机上の桃源郷」

「萬燈《まんどう》先生、先日出演されたあのバラエティ番組ですが、お蔵入りになったそうです」

フリーの編集者の枠組みを超え、半ば萬燈夜帳《よばり》の専属マネージャーと化している高鐘羽衣花《たかがねういか》が、眉間《みけん》に皺《しわ》を寄せながら言った。

「そいつはまた何でだ？」

革張りの椅子《いす》をくるりと回し、萬燈夜帳は不思議そうに尋ねる。別にお蔵入りになったこと自体は惜しくもないが、理由だけは聞いておきたい。すると、高鐘は軽く首を傾《かし》げながら言った。

「萬燈先生、あの番組の内容を覚えてらっしゃいますか？」

「ああ。何やらチーム分けした出演者に珍妙なゲームをさせる類《たぐい》の番組だったな。俺はチーム文化人っつう合ってるんだか合ってねえんだか微妙なところに放り込まれた。だが、俺は視聴者を楽しませるよう精一杯やったつもりだぜ？　一体何がお気に召さなかったんだ？」

「そうですね。萬燈先生は精一杯やられたのでしょう。分かります。その結果、三回戦で大変なことが起こりましたね」

「俺の記憶違いじゃなきゃ、あの場は派手に盛り上がってたはずだが」

「盛り上がりと恐慌《きょうこう》は別物ですよ。クイズ番組がＮＧであることは分かっていましたが、まさかこういった楽しくゲームをするタイプのものでも事故が起きるとは。あと、萬燈先生に感銘を受けたという理由でスタッフが二名辞めました」

「感銘まで俺の管轄《かんかつ》か？」

「ともあれ、先方は出演料の返還を求めてはいません。大赤字になったでしょうが、あなたを責める声すら無い。ただ、お蔵入りということでこの一件は終わりです」

「なるほどな、妥当《だとう》だ」

萬燈はぎしりと背もたれに身体を預けた。派手に責められるのも乙《おつ》なものだと思っていたのだが、それも無い。お蔵入りになったというあの番組が放映されたら、世間に波風くらいは立っただろうが、それもお預けになってしまった。

「残念ですか？」

高鐘は微かな不安を滲ませながら尋ねる。大抵のことには動じない彼女だが、萬燈を相手にする時だけは別だ。

きっと、恐ろしいのだろう。何かのきっかけで萬燈が書くことに飽《あ》いてしまったら地獄行きは免《まぬが》れないと思い込んでいる。それでも萬燈夜帳を担当しようとする彼女の気概《きがい》が気に入っていた。

「そう見えるか？」

「文句の一つくらいは出ても不思議ではないと思うんですが」

「いいや、んなこたねえよ」

萬燈は寛容にもそう答える。高鐘はそれを聞いて安心したようだった。彼女の咎《とが》ではないとはいえ、萬燈が失望するところは見たくないのだろう。

ただ、有能な編集者である彼女ですら、一つ思い違いをしている。萬燈が凪《な》いでいるのは、彼が寛容だからではない。どちらでも構わないからだ。

萬燈以外の大勢が参加して作るエンターテインメントが成功するかどうかは時の運だ。出演した番組が成立しようとしまいと、それは晴れか雨かの違いのようなものである。萬燈は空に文句をつける人間ではない。共同作業が不服なら、いつも通り一人で物を創ればいいのだから。

寛容と無関心を巡る認識の食い違いは、萬燈と高鐘の間に何の齟齬《そご》ももたらさない。なので、この齟齬は見過ごされ続けてきた。これからも見過ごされていくだろう。

「それで、萬燈先生。新海社《しんかいしゃ》の連載ですが、珍しく先方が題材を提案してきています。譜中《ふちゅう》で起きた現金輸送車襲撃事件をモデルにした『散夏《さんげ》』が好評を博したからでしょう。実際に起きた事件がいくつかピックアップされています」

「そそられんのがありゃいいけどな。第一、『散夏』が面白《おもしれ》えのは俺が書いたからだ。たとえ一から創作したとしても、傑作にはなるだろう」

「それはそうでしょうが……。先方の期待はかなりのもので……。萬燈先生はご期待に応えるのがお好きでしょう？　一九五〇年代に起きた集団失踪《しっそう》事件など、なかなか面白いかと。こちらは個人的に興味を持ったので、私の方でも詳しく資料を作成しています」

「集団失踪事件、な」

字面《じづら》だけで見ればつまらなくはない。自分が適切なインスピレーションの下で物語を転がせば、きっと最高の小説に仕上がるだろう。読者も喜ぶに違いない。

しかし、それでは足りない、とも思う。萬燈夜帳の小説が面白いのは当然だ。彼が小説を書くことは確実に人間を幸せにする。その圧倒的な事実があるからこそ萬燈は日々書き続ける。ただ、萬燈の小説はまだ小説の領域を出ていない。世界を大きく変革するまでには至っていない。そのことを申し訳なく思う程度には、彼は自分の才能を正確に見極めている。


萬燈夜帳は小説家だ。娯楽の為の至上の奴隷《どれい》である。

十七歳の頃、初めて書いた小説『塔屋《とうおく》の夜』で新人賞を受賞して以降、彼はコンスタントに作品を発表し、花でも摘むようにあらゆる文学賞を手中に収めてきた。しかし、萬燈は自分の作った花束には目もくれず、ただ我が道を歩んだ。

高校卒業後、萬燈はチュートリアル制度に興味を示し、オックスフォード大学ＰＰＥコースに進学。その間も執筆を続けた。卒業後、帰国した彼はなおも精力的に小説を発表。現在までに二十二作の長編小説と十五冊の短編集を上梓《じょうし》している。

小説家としてのキャリアは盤石であり、萬燈はそれを良しとしている。売り上げや文学賞はどうでもいいが、萬燈の作品が読者に受け容れられているという指標にはなる。萬燈夜帳が為《な》すべきことを為している間は、読者は彼を手離さないだろう。極めて上等な話だ。

一方で、萬燈は積極的にメディアの前に姿を晒し、タレント染みた活躍も見せる。彼は大抵の仕事を断らない。それが誰かの娯楽になるのならば、身を捧げるのも吝《やぶさ》かではない。萬燈夜帳というのは、そういう男だった。人間であろうとする前に、彼はエンターテインメントそのものであろうとする。

そんな彼だからこそ、次のテレビ収録では柄にもなく気を張っていた。前回のバラエティ番組がお蔵入りになってしまったのは、どうやら萬燈の所為らしい。何がどんなアクシデントに繋がるかは分からない。彼の影響力はそれほど強いのだ。共演者一人をとってもある程度配慮してやらなければならないのだろう。そうでなければ、無用な摩擦《まさつ》を生むことになる。

しかし、その日の収録は意外なほどスムーズに進んだ。

内容は人間の歴史における言語と音楽の役割を、郷土芸能である舞奏《まいかなず》を通じて読み解く学術的なもので、ゲストは今人気絶頂のアイドルである八谷戸遠流《やつやどとおる》だった。彼の名前と歌は知っている。萬燈原作のドラマにもゲストで出演していた。芸はまだまだだが、人目を惹く華があった。その微妙な釣り合わなさ——手を加えられたようなアンバランスさが、余計に気になる男だった。

八谷戸遠流は舞奏が有名な地域の出身らしく、その解説役として呼ばれていた。知識が頭にちゃんと根付いているのか、言葉には一切の迷いが無い。テレビカメラを忘れ、うっかり舞奏の講義に聴き入ってしまったくらいだ。

舞奏。その地域一帯に強い影響を及ぼすほどの郷土芸能。その音楽性や成立についての知識はあったものの、舞奏競《まいかなずくらべ》に付随する本願成就《ほんがんじょうじゅ》や八百万一余《やおよろずひとあまり》のカミの存在についてはしっかりとした知識が無かったので、尚更《なおさら》興味深かった。独自の発展をした娯楽。歓心《かんしん》を集める為の研鑽。舞奏衆《まいかなずしゅう》同士の熾烈《しれつ》な戦い。

そして、それに挑む覡《げき》という存在。

舞奏社《まいかなずのやしろ》に所属する優れた舞い手、という説明は簡潔だったが、そこには隠しきれない裏があるように感じた。勝てば願いが叶うという触れ込みの戦いだ。それに挑む覡は、一体何を求めている？　それは、とても魅力的な謎だ。萬燈の関心を引く。

収録時間はあっという間に過ぎた。カメラが止められ、スタッフのお疲れ様でしたの声が響く。心配で見学に来ていた高鐘も、心なしかホッとした顔で萬燈を迎えた。

「お疲れ様です、萬燈先生」

「もう終わりか」

「そんなことを仰《おっしゃ》るのは珍しいですね」

ああ、と頷《うなず》きながら、八谷戸の姿を探す。さっきまでお疲れ様でした、と萬燈やスタッフに頭を下げていたというのに、気がつけば彼の姿はもう無かった。

「八谷戸さんのことを探していらっしゃるんですか？」

「ご明察。俺の熱視線は分かりやすいか？」

「息が合った収録でしたから。もしかすると相性が良いのかもしれませんね。事故も起きませんでしたし」

「そうか。なら抱き上げてプロポーズでもしねえとな」

そう軽口で応じる。確かに事故は起きなかったし、つつがなく収録は済んだ。

けれど、それは相性が良かったからではない。八谷戸遠流が異様なまでの『配慮』をしていたからだ。近くで見ていたからこそ分かる。彼は番組を円滑に進め、適度に盛り上げることに全力を注いでいた。だからあそこまで上手くいったのだ。

ああいう器用なタイプはプロデューサー好みだ。八谷戸遠流が重用されているのもそれが理由に違いない。芸能界で顔を売るには賢《かしこ》いやり方だろう。

問題は、そうしてしたたかに顔を売っている八谷戸に、芸能界を楽しもうという気概が見られないところだ。見たところ、人一倍野心はある。だが、その野心の向かう先が見えない。芸能界での成功には興味が無さそうなのに、名を売りたいという意欲だけはある。それはどういうことだろう?

疑問を解消するべく、萬燈は八谷戸の楽屋に向かった。不可解な八谷戸遠流もそうだが、謎の多い舞奏にも興味がある。好奇心に殺される猫になるのが、創造性を担保する鍵《かぎ》だった。

楽屋の扉をノックすると、数秒も待たずに八谷戸が出た。どうやら、誰が来てもすぐに応対出来るようにしているらしい。楽屋ですら気を抜かないのは、単に神経質だからなのだろうか。

「萬燈さん、お疲れ様です。どうかされましたか？」

「少しばかりお前の時間を貰《もら》いたくてな。構わねえか？」

「ええ、勿論。光栄です」

八谷戸遠流は、カメラの前で見せるべき完璧な笑顔で言った。

「萬燈さんのお陰でとてもやりやすい収録になりました。緊張していたのでご迷惑をおかけしていないといいんですが」

椅子を勧められながら言われた言葉に「それはこっちの台詞だな」と返す。

「あれは徹頭徹尾お前の手柄だ、八谷戸。若いのに随分こなれてるじゃねえか。お前が色んなところで重宝される理由も分かる」

「いえ、僕なんかまだまだですよ。色んなことを勉強させてもらっている段階で」

「芸能界は好きか？　お前くらい精力的に活躍してるんなら、目指すところも高いだろうが」

「ええ。ただ、縁あって入れただけの人間ですから、売れたいというよりは自分に出来ることをしようという気持ちで……芸能界でどう、という気持ちはあまり無いんです」

嘘だな、と萬燈は心の中で看破する。声のトーンが先ほどより少し高いし、目も微かに細まっている。それに、指先がらしくなく遊んでいる。この歳にしては随分隠しごとが上手いが、それ自体を悟られないようにするまでには至っていない。

ただ、芸能界でどうなりたいわけじゃない、という部分に関しては本当のことを言っているようだ。彼にとって、芸能界はあくまで『手段』であるというわけだ。面白い。その目的地がますます知りたくなる。萬燈は笑みを深めながら言った。

「そうか。だが、このままやっていったら大成するぜ？　芸能界はお前の世界だ」

「萬燈さんにそう仰って頂けると勇気が出ます。『月の諸問題』の出演が僕の大きな転機になりましたから。……ありがとうございます。もしかして、それを伝えに来てくださったんですか？」

「それもあるが、一番の目的は補講だな」

補講、と八谷戸が繰り返す。その声に、僅かに警戒の色が混じる。

「舞奏だよ。お前の説明で興味をそそられた。なかなか面白い成立過程だ。なあ、どうやったら覡になれる？　俺みたいなアウトサイダーでも、舞奏社は迎え入れるのか？」

「ええ。萬燈さんほどの才能があれば不可能ではないと思いますよ。舞奏社にはノノウと呼ばれる舞い手の方々が所属していて、日夜覡となる為の稽古《けいこ》に励《はげ》んでいます。認められるだけの実力さえあれば、どんな方にも門戸が開かれている」

「なるほど。だが、お前の口振りから察するに、それ以外もありそうだな。それはいわば一般向けの説明だろう。――例外があるな？」

八谷戸は表情を崩さなかったが、口ごもることで生まれた小さな間は雄弁すぎた。空白すら意思を伝えてしまうなんて、言葉とはなんと自由なのだろう。ややあって、八谷戸は静かに言った。

「……そうですね。覡となる為には、ノノウとして実力を示すことの他に、とても『舞奏らしい道』が開かれています」

「なるほどな。それをご教示願う余地はあるか？」

「ええ。無条件で覡になれる条件として『化身《けしん》が出ていること』というものがあります」

「化身？」

今度は萬燈が復誦《ふくしょう》する番だった。

「身体に浮き出る痣のようなものです。化身は優れた舞い手の才の証《あかし》とされている。だから、ノノウとして稽古を積む必要などないというわけです」

「……へえ、面白えな。才能の証か」

舞奏とは、音楽と舞で構成された芸術だ。それに身体の痣が関係するはずもない。だが、そういった痣が神聖視された話なんて、古今東西いくらでもある。舞奏社にもそういった性質が残っているのだろう。

「じゃあ、舞奏社にはその痣を持った奴らが大勢いて、鎬《しのぎ》を削《けず》り合ってるってわけだな」

「いえ、化身を持つ覡はそれほど多くありません。そもそも覡になれる人間も数少ないですしね。まあ、身体の痣が某《なにがし》かの兆《きざ》しとして認められることは古今東西珍しくない話でしょう。それによって舞奏社に覡として所属出来るというのは、少し違和感を覚えるかもしれませんが。

これは慣習のようなものなので。僕の話は信じられませんか？」

「いいや、んなことはねえよ。その化身っつうのが才能の証ってのは間違っているだろうが」

「どうしてですか？」

そう言う八谷戸の顔は、微かに素の笑顔を覗《のぞ》かせていた。皮肉げかつ不遜な笑みだ。しかし、その皮肉は萬燈に向けられたものではないように見える。ならば、痣を持つ人間を重用する舞奏社へだろうか？　あるいは、その痣の根拠となっている——カミに向けてだろうか。

「理由は簡単だ。化身が才能の証なら、俺に出てねえのはおかしいだろう。もし俺に化身が出てたら、その説はほぼ確実だったんだがな」

「ブレませんね、萬燈さん。……そんな理由で化身の意味を看破する人間がいるとは思いませんでした」

「看破？　じゃあ、お前は俗説を撥《は》ね除《の》ける新説を持ってるってわけか」

「……確かに化身は才能のある人間に発現しやすいですが、逆なんです。あれは単なるカミの予約票で、カミに目を付けられる人間は才能のある人間が多い。それだけの話なんですよ」

まるで傾向と対策を語る時のようだ。あるいは、いけすかない隣人を語る時か。

「随分詳しいんだな。お前も目を付けられてるからか？」

萬燈が、八谷戸の腰の辺りをすっと指差す。

「お前もあるのか、化身」

勿論、目で確認したわけではない。服の上から透けて見えたということもない。

ただ、八谷戸遠流の動きを見ていれば分かる。彼の一挙手一投足は、腰のある一部分を意識している。手を当てる時、振り向く時、屈《かが》む時、全ての動きの起点がそこにある。妙な癖《くせ》だと思っていたが、ちゃんと理由があったわけだ。化身が身体に顕れる痣だというのなら、そこに刻まれているに違いない。ややあって、八谷戸が言う。

「……本当に凄いですね。どこかで見ましたか？」

「お前はそんなヘマはしねえだろう。見せねえって決めたら絶対に見せねえ。大丈夫だ。お前は上手くやってる」

「今まさに萬燈さんに見破られたところですから、あまり褒められたものじゃないですよ。尤も、隠しているわけでもないんですけど。知らない人に見られると刺青《いれずみ》だと思われるから言わないんです。国民の王子様に刺青なんて、少しばかり扇情的でしょう？」

「悪くねえけどな。ということは、今をときめく八谷戸遠流は、カミに目を付けられるほどの才の持ち主だってことなのか？」

「ああ、言い忘れていました。僕は元々、化身持ちじゃなかったんです。僕にはカミに興味を持たれる要素なんて何も無かった。ただの凡人です」

「謙遜《けんそん》すんなよ。八百万一余の変わり者に見出《みいだ》されるだけのものはあったんだろう」

「いいえ。僕はカミに会ったことがあるんです。だから、目を付けられた。化身があるのは罰のようなものです」

八谷戸が自嘲《じちょう》混じりに言う。

彼を初めて見た時から、自罰的なストイックさを感じていた。その負い目の先はカミだというのだろうか？

「てことは、俺もカミに会えば化身を拝受出来るってわけか」

「……萬燈さん相手なら確実に興味を持つでしょうね。でも、おすすめはしませんよ」

「どうしてだ？　経験則か」

「ええ、そうです。僕は多分相性が良くなかった」

冗談を言っているようには見えなかった。むしろ、長年相対している敵を語るような真剣切実な口調だ。何と答えていいものか迷っている内に、八谷戸が少しトーンを落とした声で言う。

「……もし萬燈さんがカミに会ったとしたら……彼を見てどう思ったか教えてくれませんか？」

「彼？　カミは男なのか？」

「……少なくとも、僕にはそう見えました。彼は…………」

言い淀《よど》む八谷戸は、今までで一番年相応に見えた。自分を律して立ち続けてはいるが、その奥に抑えきれない惑いがある。

「……彼は、僕の友人によく似ていました。多分、この世で一番大切な相手に……いや、この世で一番、恐ろしいものに。あれは一体、どういうことだったんでしょうか？」

　最後の方は、独り言のようになっていた。自問自答の延長線上を、萬燈が踏ませてもらっているだけに過ぎない。

「おい、八谷戸」

「……妙なことばかり言ってしまってすみません。カミに会えるといいですね」

　そう言う八谷戸の声は、すっかり元の調子に戻っていた。高校生らしからぬ器用さで芸能界を渡っていく、完璧な顔をしている。

「萬燈さんがそこまで舞奏に興味を持ったのだとしたら、呼ばれているのかもしれません。あなたは恐らく、あのカミの好みだ」


　八谷戸遠流との一件以来、仕事の合間に舞奏関連のことを調べることが増えた。資料はいくらでもあるが、ある一定のところまでしか調査が進まない。舞奏競の話、大祝宴《だいしゅくえん》の話。それに伴う奇跡については分かるが、その実、カミが何なのかは判然としない。意図的に隠されているわけでもないだろうが、単に情報が少なすぎるのだ。

「お疲れですか？　萬燈先生」

　様子が変わったことに気づいたのだろう。高鐘までもがそう質問してくる始末だった。仕事には何の影響も出ていないはずだが、端から見れば思い詰めているように見えているのかもしれない。この塩梅《あんばい》はまだ難しいところだ。

「いや、むしろ絶好調だ。『散夏』の方も、もう終《しま》いまで原稿を渡してるしな」

「そうですか……。いえ、すみません。色々と考え込んでいらっしゃるようでしたので」

根を詰めているように見えるのが一番よくない。実際は何の苦も無く好きなように書いているのだが、大事なのはそれがちゃんと伝わっているかどうかだ。謎の資料に向き合って神妙な顔つきをしている天才小説家とくれば、心配するには十分過ぎるのだろう。

そこで萬燈は、一つの思いつきを口にした。

「そういや、小説のタネになるっつう集団失踪事件の話をしてたな。気が変わった。出向く」

「え？」

「気晴らしもしたかったしな。構わねえだろ？」

外に出たい気分でもあったし、折角高鐘がお膳立《ぜんだ》てをしてくれた一件だ。きっと、もってこいの旅になる。

しかし、高鐘は微かに表情を曇らせていた。ややあって、彼女が言う。

「萬燈先生は私にも優しくしてくださいますよね。……先生は人格的にも優れていらっしゃいますから、当然なのですが。ですが、時々思うんです。私はあなたに気を遣わせているのではないかと」

「俺がお前に気を遣って取材先に出向こうとしてるとでも？」

高鐘が頷く。取材先を選んだのは彼女であり、当初の萬燈は行くのを渋っていたのだ。不安に思うのも無理はない。

「いいや。俺の時間はそんなに安くねえ。俺は俺の意思で出向くことを選んだんだ。疑うのは勝手だが、誠意ごと否定してくれるな」

「いえ！　……疑うなんてそんな。……ありがとうございます」

萬燈の言葉には力があり、高鐘羽衣花は安心を得る。ただ、これが長くは続かないだろうことも萬燈には分かっている。彼女だけの為の言葉をずっと掛け続けることは出来ないし、萬燈の活躍は彼女の重みになるだろう。別の物が必要なのだ。

燎原館《りょうげんかん》というのが、失踪事件の舞台である建物の名前だった。

明媚《めいび》な田舎町《いなかまち》に建つその洋館には、大家と店子《たなこ》を合わせた七名が暮らしていた。しかし、一九五八年四月七日に、不可解な事件が燎原館を襲う。

まず、燎原館の周辺で火事が起こった。これにより、近くの林と納屋《なや》が半焼する。だが、位置的に火が移ってもおかしくなかったはずの燎原館は、火に捲《ま》かれることなく無事だった。ならば、燎原館だけが幸運だったのかといえばそうというわけでもない。むしろ、現場検証では出火元がどうやら燎原館だということが確定したくらいだ。矛盾した調査結果だが、丹念に検証すればするほど、その矛盾が突き崩せないほど正しい事実であることが分かるのだ。

そして、火事を逃れた幸運な住人達は一人残らず消えてしまった。おまけにその内の一人は列車という走る密室の中から消えたという。お誂《あつら》え向きの不可能状況だ。萬燈はミステリを愛しているが、これほどわくわくする舞台も無い。高鐘の見立ては正しかったわけだ。

燎原館集団失踪事件と呼ばれたその事件では、主に『クラミタカオ』という人物が大きく取り上げられる。この事件の関係者であり、唯一この地域の人間じゃなかった男。

彼だけは、事件が起こる前日に舞奏社の近くで先んじて失踪している。

渡された資料にある『舞奏社』の三文字を見た時、萬燈は素直に驚いた。舞奏社は地域ごとにあるものだし、とりたてて珍しいものではない。だが、八谷戸から話を聞いたばかりだ。呼ばれている、という言葉を思い出す。これは呼ばれていることになるのだろうか？

燎原館は今でも残っており、部屋を貸し出しているらしいが入居者はいない。借り手がついてもすぐに出て行ってしまうのだそうだ。間近で見る燎原館は年代を感じさせないほど美しく、眠らせるには惜しい。赤煉瓦《あかれんが》に黒い屋根は、上品かつ壮麗な印象を与える。まさに燎原の名に相応しい、風格のある建物だ。

「あれま、お客さんなんて珍しい」

声を掛けられたのはその時だった。萬燈の背後に、箒《ほうき》を持った老女が立っていた。燎原館の煉瓦に似た、朱色の着物を身に纏っている。

「私、燎原館の管理に雇われてるイズってもんだけどね。あんた、何しに来なさったね？」

「申し遅れました。俺は小説家の萬燈夜帳といいます。この地域の舞奏社、および燎原館の集団失踪事件について取材に来ました」

「あれま、作家先生なんね。確かに、どこかで見たことのある……。ここ、昔は作家先生みたいに来る人多かったんだけども、最近はめっきりでね。何をお調べなさってるの？」

「そうですね。……何を知りたいというわけではありません。逆に言えば、どんなことであろうと知りたいと思っていますよ。イズさん。よそ者であるこの俺に囁けることがあるのなら、どうかご教示願いたい。どんなささやかなことでも構いません」

「洒落たこと言いなさるわあ。作家先生いい男だもんな」

　イズがくすくすと笑う。

「そうだ。あんたクラミタカオってご存じ？　あの、燎原館にふらっと来た、クラミさん。みんなあの人のこと聞くもんだから、ねえ。ご存じで当然ですかね」

　確かに、燎原館といえばクラミの名前が必ず出てくる。人智《じんち》を超えた事件だというのに、彼を犯人呼ばわりをしている記事もあったくらいだ。

「あなたは、クラミタカオ氏と面識があるんですか？」

「そうそう。私もあの頃は若い娘でね、クラミさんとね、話してたんよ。クラミさんはね、いい方だった。クラミさんのこと悪く言う人も沢山いるけどね、あの人は優しかった。それに、あの人の舞奏は特別でね。もしこの地域の舞奏社がちゃんとしてたら、クラミさんこそ大祝宴に辿り着いていたはずで」

舞奏、という単語がここでも出てきた。思わず、息を呑む。

「……クラミタカオは覡だった、ということでしょうか？」

「ああ。そうね。あの人ほど凄い覡はいなかったよ」

――ここで繋がるのか。構想中にこういう化学反応はよく起こる。一見関連の無さそうなこと達が繋がり、傑作の一助になる。物事には磁場と引力があり、萬燈の前に正解を叩きつけていく。それが今、目の前で起こっている。

「他に、クラミタカオ氏についてご存じのことはありますか？　彼に親族などは？」

「さあねえ……クラミさんは自分のこと何にも話さない人だったからねえ。家族の話も聞かなかったねえ」

そこからはあまりいい情報は得られなかった。クラミタカオはこの土地の人間ではなく、あくまで流れ者だったわけだ。萬燈は老婦人に丁重にお礼を言い、再び燎原館付近を探索し始めた。

謎の多い覡、クラミタカオ。

これで各記事でクラミが旅芸人と称されていた理由も分かる。舞奏を奉じるクラミタカオについて、伝わりやすく書いた結果があれなのだろう。もしくは、実際にクラミは旅芸人もしていたのかもしれない。

さて、と萬燈は思う。ありえない集団失踪、走る密室からの消失。ミステリとして解決するならば気の利いたトリックと気難しい探偵が必要になるところだが、ここは現実である。エンターテインメントとして昇華しなくていいのなら、ぴったりのパーツを知っている。

即ち、カミの存在だ。

疑惑の住人であり、觋であるクラミタカオが最後に目撃されたのは、舞奏社の近くだという。ならば話は早い。彼はカミに会いに行ったのだ。

恐らくは、願いを叶えてもらう為に。

だとすれば、燎原館の火事は実際に起こったのだろう。クラミタカオは、カミと取引をすることによって、火事を無かったことにしたのだ。クラミタカオが燎原館とその住人に対して愛着を持っていたのなら、この想像も突飛なものではなくなるはずだ。

しかし、火事を何かしらの方法で無くしたものの、燎原館の住人は失踪してしまった。これはどういうことだろうか？　クラミタカオが館にだけ執着し、住人達のことは失念していたなんてことは考えられない。

ならば、何かが上手くいかなかったのだ。

立ち止まって、少し考える。カミが不完全で願いを十分に叶えられなかった可能性はあるだろうか。カミというものはある程度その力に限界があるのだろうか？　だとしたら、辻褄《つじつま》が合わないようにも思える。何しろカミの伝承の中には、湖をまるごと干上がらせた例もあるのだ。あの規模に比べれば、燎原館と住人を救うことなど造作もないはずだ。萬燈夜帳は奇跡を過小評価したりはしない。叶えられはしたはずだ。少しの手違いがあっただけで。

そもそも、カミは何の為に願いを叶えるのだろう。素晴らしい舞奏を奉じてくれた覡への礼か。それを不自然とも言うまいが、だとすればこの結果は不自然だ。カミは何か別の目的があり、その結果人間の願いを叶えているだけなのだろうか。

果たして、カミは何を思ってこの事件を引き起こしたのだろうか？


半焼したという林は、半世紀以上の時間を経てすっかり繁《しげ》っていた。なかなか雄大な林だ。大きく育った木のお陰で太陽の光すら届きづらく、昼間なのにどこか薄暗い。それが林の神聖さを担保している。聖なる場所は、大抵が人の立ち入りを拒む。

「……迷うこたないだろうが、一応は用心しとくか」

入ってきたところの木の傷をざっと覚え、脳内でマッピングをしておく。情景描写に使えるほど鮮明に覚えた後は、広い林に躊躇い無く入っていった。

聞けば、元々この地域の舞奏社はこの林の中にあったのだという。つまりただの林ではなく、社殿や境内を囲うように配置された林——社叢《しゃそう》だったわけだ。ということは、かつての舞奏社は、この林の中にあったのだろう。

林の入り口から半キロメートルほど進んだところで、開けた場所に出た。その辺りは木が生えないよう綺麗に整地されており、林の中に突然現れた舞台のようにも見える。舞奏社を置くにはお誂え向きの場所だ。ここには歓心の名残《なごり》がある。舞奏が再び民衆に広まり、娯楽としての役割を取り戻した後で、舞奏社は外に移設されたのだ。陽《ひ》の当たる場所へ。

萬燈は微かに息を吐いて、辺りを見回す。

そこにあった社の影を探すように。あるいは、過去の物語になってしまったクラミタカオの痕跡を辿るように。

そして、萬燈は『それ』を目撃した。

足音はしなかった。そのお陰で、萬燈は目の前のものをあっさりと受け容れてしまった。

萬燈の目に映った『それ』は、巨大なヘラジカの姿をしていた。

正しくはヘラジカのようなもの、だ。彼の輪郭はぼやけ、周囲の景色に溶けている。今にも立ち消えてしまいそうな幻想的な風景は、それが現実の生物ではないことを示している。

八谷戸遠流が言っていた通りだ。カミは実在していて、今ここにいる。

獣《けもの》の目をしたそれに向かって、萬燈は恋人にするように語りかけた。

「……ああ、お前。覚えてるぜ。お前はヴィリニュスの森にいたな。折れた木の間に脚が挟まって動けなくなっていた」

数年前、萬燈はリトアニアの森の中で、一匹のヘラジカに出会った。体高だけで二メートルを超える巨大な個体だった。体重は優に八百キロを超えていただろう。無闇に刺激して襲われればひとたまりもなかった。

幸いだったのは、ヘラジカが倒れた巨木に前脚を挟まれていたことだった。先日の嵐《あらし》が木を薙《な》ぎ倒して、ヘラジカを留め置いたのだろう。その幸運のお陰で、萬燈夜帳は命を拾ったわけだ。そのまま諦めて死んでいくのが道理だろうと思ったが、あろうことか彼は自分の脚を一心に噛み続けていた。この太く強靭《きょうじん》な枷《かせ》さえどうにかなれば、と言わんばかりだった。

脚を噛み千切ってでも生きようとしていた彼の行く末を、萬燈は知らない。介入せず、静かにその場を去ったからだ。あのヘラジカが前脚を失いながらも、こちらに襲い来るところがありありと想像出来た。

「そうか。八谷戸が言っていたのはこういうことだな。俺が見ているお前と、八谷戸が見たお前は違う。何を反映しているんだ？　敬意か、それとも恐怖か？　どっちも同じか」

嵐も滝も大きな雪崩《なだれ》も信仰の対象になってきた。恐怖と祈りは根を同じにしている。萬燈夜帳には区別がつかないし、八谷戸遠流にとってもそうなのだろう。

目の前のものを『生き物』と定義していいのかは分からないが、少なくとも実体はある。そして、生き物の性質には理由がある。見る人間によって姿を変えるからには、カミの存在はそれに根ざした生態を持っているはずだ。――となれば、目の前のものの本質は。

「難儀なもんだな。群盲《ぐんもう》を集めて象を作るような成立過程か」

目の見えない人間が集まって象を触り、思い思いに特徴を語る。あるものは柱のようだと言い、あるものは扇のようだという。違う言葉で評しているのに、それらは全て象を表す言葉だ。

寄せ集めれば象の全体像が把握出来る言葉の欠片達。カミの存在はそれの逆だ。人間の認識次第で――関心次第で存在を成立させている。

カミは正解とも不正解とも言わず、ただ萬燈のことを見つめていた。

不意に、幼い頃のことを思い出した。その頃から言葉というものに興味を持っていた萬燈夜帳は、様々な言語を貪欲《どんよく》に習得し、複数の言語を交ぜて会話を試みた。けれど、一文ごとに言語の変わる会話に殆どの人間は付いてくることが出来なかった。その時に、萬燈は言葉というものは適切に用いられなければ意味の無いものなのだと知った。あの時の感覚が、カミと自分の間にもある。萬燈はカミに相通じる言葉を持っていない。

勿体《もったい》の無いことだ、と彼は思う。言葉を交わせたなら、そこから得られるものもあっただろう。何しろ、相手はカミで自分は萬燈夜帳だ。その先の景色は今までに見たことのないものになるだろう。

仕方がないので、萬燈は本当に大切なことだけを伝えることにした。幾度となく傑作を生み出してきた腕を差し出し、朗々と言う。

「いいか。この手には至上の価値がある。俺の盲《めし》いた目は最高の象を、理想の実体を生み出せるはずだ。お前は何より貪欲だろう。なら、俺を求めろ。然《しか》るべき時に俺を招け」

それがどんな時であるのかは分からない。喝采の舞台なのか世界の終わりなのか、それすら定《さだ》かじゃない。どちらにせよ、萬燈は誰よりも上手くやるはずだ。そうして、この世の遍《あまね》く人間に自分の描いた象を見せるだろう。

あるいは、それ以上のものを見せつけられるかもしれない。

カミは微かに身動《みじろ》ぎをした。そして、鳴き声ともノイズともつかない奇妙な音を発する。

そうして瞬《まばた》きをした次の瞬間には、カミの姿は無かった。

用は済んだ、と思った。これでカミは然るべき時に自分を迎え入れるだろう。確信があった。

無限の歓心を求めるカミが、萬燈夜帳を必要としないはずがないのだ。


神は七日間で世界を創ったが、萬燈夜帳は三日で最初のフルアルバムを制作した。そのうち二日半はベーゼンドルファーのグランドピアノを自宅に搬入《はんにゅう》することに使われた。鍵盤《けんばん》で最初の一音を鳴らした時から、最後の曲の完成形までが見えていた。

音楽を創ろうと思ったのは、カミが萬燈に言葉を掛けなかったからだ。あれでは萬燈夜帳の小説を真の意味では楽しめないだろう。才能の片鱗《へんりん》くらいは感じ取るかもしれないが。

それが哀《あわ》れだと思ったので、別の形で与えようと思った。子供だって音から言葉を学ぶ。

どれだけ短くても、萬燈の語る言葉は小説だ。作詞は滞りなく済んだ。歌と小説は地続きの場所にあり、ベーゼンドルファーは身体の一部のように優雅に鳴った。


「売り込めるか」

出来上がったデモテープと楽譜を揃え、萬燈は高鐘羽衣花にそう言った。いつもとは違った『作品』に、彼女は分かりやすく戸惑っていた。何しろ、その音楽が一聴して傑作であることを理解してしまったからだ。門外漢の彼女ですら判別出来てしまったのだから、これは広く受け容れられることだろう。

小説であるかは関係が無かった。これは萬燈夜帳の新作なのだ。カミに臨《のぞ》む天才が心血を注いで作り上げた芸術で、大衆に広く晒されるべきものである。

「俺はこの話を最初にお前に持ってきた。門外漢であることを知っていてもなお、お前を通そうと思ったんだ。何故なら、俺はずっとお前に敬意を払っているからだ、高鐘羽衣花。これらが発表されれば、世間はどえらい騒ぎになるだろう。祭りの片棒を担《かつ》がせるならお前がいい」

萬燈はそこで言葉を切った。眼鏡の奥の目がじっと高鐘を見つめている。

「共犯になるか？」

その言葉に抗《あらが》えるはずもなかった。高鐘は短く切り揃えられた美しい黒髪を耳に掛け、大きく一つ頷いた。

「売り込みます。どんな手を使ってでも」

「それでこそだ」

萬燈は嬉しそうに笑い、嵐が始まる。

高鐘羽衣花は共犯者として最高の仕事をした。

萬燈夜帳のデビューアルバムは大手レコード会社から華々しく発売された。小説家として名を馳《は》せた彼の曲は、ただの道楽と見なされてもおかしくなかった。しかし、萬燈夜帳の歌は全てを薙ぎ倒す嵐だった。全てを暴力的に解決する音の渦だった。

デビューアルバムである『Vilnius』はヒットチャートを席巻《せっけん》した。誰も手慰《てなぐさ》みの気まぐれだなんて言えなかった。それを言ったが最後、二度と音楽について語れなくなるからだ。

萬燈の曲の前には、好きか嫌いかしか無かった。誰もがゴッホの『星月夜《ほしづきよ》』の前ではその二つのスタンスしか取れなかったように。

一方で、あまりの完成度の高さに小説家としての萬燈夜帳を心配する人間もいた。無理もない。あそこまでのものを創り出せるのだから、五線譜に生涯を捧げてもおかしくない。そう思わせるほどの傑作だった。

その恐慌ぶりと言えば、彼の興味を小説へと引き戻さなければならないと思い詰めた男が、連載中だった『散夏』の原稿を故意に流出させてしまったほどだ。そうして事件にしてしまわなければ、萬燈の才能を繋ぎ止めておけないと思ったのだ。

萬燈はそれを受け、流出してしまった『散夏』の結末を全文書き換えてしまった。

犯人は歓喜にむせいだ。音楽に爪を立てた萬燈夜帳は、それでも小説への情熱を失っていなかったのだ、と感涙した。萬燈夜帳にとって音楽と小説は地続きなもので、どちらかが疎《おろそ》かになるということはないのだが、そのことをはっきりと示せるいい機会だった。何事も演出次第だ。

その後犯人は自分から名乗り出たが、その頃には既に萬燈の興味の外にあった。犯人について萬燈が記憶すべきことは、彼がとても腕の良い校閲者だということだけだった。彼が辞めざるを得なくなったことを惜しく思った。


親愛なる八谷戸遠流にはスタニスワフ・レムの『ソラリス』を事務所経由で送っておいた。遠回しな礼のつもりだったが、伝わったかどうかは分からない。しかし、あの八谷戸遠流なら目を通すだろう。意味ありげで気取った萬燈の回答に反感を覚えるかもしれないが、そこで何も得ないなんてことはないはずだ。


萬燈はカミの招きを待った。言葉を持たず、恐らくは存在そのものすら自力では獲得していない、茫漠《ぼうばく》とした力。人と関わらずには成立出来ないのに、その様はまるで獣だ。

呼び声が耳に届く前に、必要な力は全て手に入れてやろうと思った。文字はどこまで心というものに肉薄出来るのだろう。例えば、読者の脳内に響く声を制御出来るだろうか。同じ文字を見せて、違う音を想起させることは可能なのか？　その程度が出来てこそ、萬燈夜帳の言葉はカミを――あるいは世界を生み出せるだろう。

そうして季節が変わる頃、萬燈は奇妙な招待状を受け取った。高鐘がセンスのいい黒いカードを手に、神妙な顔つきで告げる。

「今度予定されている講演会の事務局に、怪盗ウェスペルの予告状が送られてきました。先生の生原稿を盗みに来るそうです」

「怪盗ウェスペル？　あの怪盗だろ。世間を沸かしてる時代錯誤な義賊ってやつだ」

「ええ、その怪盗です。ご存じでしたか。趣味に合うとは思っていましたが」

「まあ、そうだな。あれはれっきとしたエンターテインメントだろ」

「仕掛けられる側としては堪《たま》ったものではありません。警備の手間も増えてしまいますし、マスコミも殺到することでしょう。ただでさえ先生の講演会は取材陣が詰めかけるというのに」

「だが、一手間増やすだけの価値はあるだろう。面白えことになるぞ」

「……あなたならそう仰るだろうと思っていました。ですが、この怪盗ウェスペルが本物であるかは定かではないそうです。今までのターゲットとは明らかに狙いが違いますしね」

その件については萬燈も考えていたところだ。今までウェスペルが狙っていたものといえば絵画や宝石などの分かりやすいものだった。偽者説《にせものせつ》が出るのも無理はない。しかし、今まで出てきた怪盗ウェスペルの模倣犯《もほうはん》は例外なく逮捕されている。ウェスペルのコピーキャットに関しては、警察はやたらと厳しい目を向けているのだ。

なら、本物なのかもしれない。毛色は違うが、絵画や宝石と同等の価値を萬燈夜帳の生原稿に見出しているのだろうか。それならそれで光栄だ。

あるいは別の目的があって、萬燈夜帳の講演会は目的達成に役立つ舞台だということなのか？　不遜にも自分の舞台を利用しようという怪盗なら、それはそれで面白い。本気で奪いに来るつもりなら、相応の礼をしてやるつもりだ。

「何にせよ楽しみだな」

萬燈が言うと、高鐘は珍しく笑った。拍手代わりの笑みなのだろう。一つの山を乗り越えた彼女は、萬燈の言葉に共感すらしているのかもしれない。愛《いと》おしき一観客として、何が起こるのか楽しみなのだ。萬燈夜帳の関わるものが極上のエンターテインメントでないはずがない。

そして、萬燈夜帳は皐《さつき》所縁《ゆかり》に出会い、昏《くら》見《み》有貴《ありたか》に出会う。

人の形を取った招きに触れた瞬間、萬燈の業《ごう》を背負った腕が微かに熱を帯びた。それは闇夜に現れた一筋の光のように、世界を裂く。

これを待っていた、と萬燈は笑う。彗星《すいせい》のように煌《きら》めく予感は、覚えたばかりの言葉に似ていた。

第3話「至上の独擅場」

誰かを笑顔にする為に、花を植えるような人間になりたかった。

そのくらいささやかなことなら今日から出来る。しかし、皐所縁《さつきゆかり》が選んだ方法はそれよりもっと傲慢《ごうまん》だった。でも、皐の才能はこれだった。このやり方しか知らなかったのだ。だから、皐は花を植えるよりも探偵でいることを選んだ。それしか選べなかった。

昏見有貴《くらみありたか》なら「えー、花がマジでめちゃくちゃ嫌いな人間がいたらどうするんですか?」と言ってくれたかもしれない。けれど、その時にあの怪盗は皐の隣にはいなかった。

そういうわけで、皐はずっとその人生を探偵にだけ窶《やつ》してきた。もう、名探偵になる前の自分が思い出せないくらいだ。

そんな皐にとって、本願を叶える為の一番の障壁になったことは何だろうか? 心構え? セルフプロデュースの作法?

勿論違う。障壁になったのは、身体能力である。


「うわっ!」

間抜けな声を上げて、ジャージ姿の皐がひっくり返る。世界の天地がさかさまになり、舞奏社《まいかなずのやしろ》の天井が目に飛び込んできた。そして、鈍痛。痛みに滲んだ視界に、難しそうな表情の萬燈《まんどう》と満面の笑みを浮かべる昏見が映った。

「おいおい、大丈夫か?」

「いやー、所縁くんってば魅《み》せてくれますね！　自分の足に引っかかって転ぶ人間なんかなかなか見られませんよ！」

いつもなら昏見の言葉に即座に反論してやるところだが、痛みと情けなさでそうもいかなかった。呻き声を上げながら、ゆっくりと身体を起こす。節々が痛んで溜息《ためいき》が漏れた。

「……ごめん、萬燈さん。足引っ張っちゃって」

「構わねえよ。それよりお前の身体のが一大事だ。痛むところは無えか？」

「大丈夫ですよ、萬燈先生！　痛んでいるのは所縁くんの心だけです！」

「お前が答えるな」

けれど、言い得て妙だ。身体よりもむしろ心が痛い。さっきの振りは決して転ぶようなところじゃなかった。頭では動きを理解しているのに身体が全く追いつかない。

本格的に舞奏《まいかなず》の稽古を始めて二週間。皐は大きな挫折《ざせつ》を味わっていた。挫折というのもおこがましいかもしれない。何せ今のままでは、スタートラインにすら立てていない。

「ちょっ、マジで本当に嘘だろ……。化身《けしん》って舞奏の才能を証明するもんじゃなかったのかよ……どう考えても俺に舞奏の才能が宿ってる気がしねえ……」

「いやはや所縁くんは定説を覆《くつがえ》す反逆者ですよ。かっこいいですね」

「お前はほんっといい性格してるな」

「すいません。私も萬燈先生も化身に見合う技量がありますもので」

にっこりという擬音《ぎおん》がよく似合う笑顔で、昏見が言う。

それについても返す言葉が無い。音楽に精通し、稀代《きだい》の天才と呼ばれる萬燈夜帳《よばり》はともかくとして、昏見の舞の技量も相当なものだった。怪盗時代から身体能力が優れているのは分かっていたが、体幹に全くブレが無く、どれだけ激しい動きをしても重心の移動がスムーズだ。

よくよく考えてみれば、昏見は体格を変えるような変装をしてもなお、あれだけの大立ち回りを演じてみせた。『縛《しば》りプレイ』をしていない今なら、本来の身体能力が発揮出来るということなのだろう。恐ろしい真相だ。こんな解決編は望んでいない。

対する皋は、身体面ではただの一般人だった。とにかく体力が無い。探偵はみんなを集めてさてと言うのが仕事なので、ハードな大立ち回りとは縁が無かった。少なくとも、そういうタイプの探偵ではなかった。怪盗ウェスペルと対決した時に初めて屋根の上に登ったし、それ以外でそんな真似をしたことはない。

舞ったこともなければ歌ったことも殆どない。なのに、舞奏衆《まいかなずしゅう》を組んでいる相手二人は並外れた才能を持っているのだ。

歌声の面でも差が開いている。萬燈の歌声は伸びやかで、観囃子席《みはやしせき》の隅々まで届く。声一つで場を支配出来る人間の発する歌声は重い。昏見の声も舞台の上では沁《し》み入るほど美しかった。

推理を披露する時はあれだけ朗々としている皋の声が、舞台の上では通じない。

本願について並々ならぬ思いを抱いているのは他ならぬ皋なのに、その自分が一番、カミに届かない覡《げき》なのだ。

「それにしても、こんな状態の所縁くんを人前に立たせることになるなんて……不安ですね」

「まあ、この仕上がりならあと半年は欲しいところだが、舞奏競《まいかなずくらべ》が始まっちまうな」

萬燈が作物の不良を嘆くような冷静な口調で言う。淡々と苦境を述べる口調が更に皐の心を重くした。

「そうでなくても、二週間後には舞奏披《まいかなずひらき》ってのがあるだろ。そこで下手を打てば今後に響く」

「ま、舞奏披……」

今一番恐ろしい言葉を、そのまま復誦した。

舞奏社に所属している覡は、舞奏競に挑む前に『舞奏披』を何度か行うのが常である。これは一般の観囃子に向けて行う舞台で、自分達がどんな舞奏を奉じるのか、どんな舞奏衆であるのかを知らしめる重要なものだ。こうして予《あらかじ》め自分達に歓心《かんしん》を向けることが、舞奏競に勝つ為には必要というわけである。

二週間後には、武蔵國闇夜衆《むさしのくにくらやみしゅう》の初めての舞奏披がある。それまでに、闇夜衆の舞奏を観られるものに仕上げなければならない。それが分かっているのに、皐の舞はちっとも上手くならなかった。多少マシになってはいるかもしれないが、二人には遠く及ばない。

これでは闇夜衆への歓心は著《いちじる》しく減《げん》じてしまうはずだ。期待の持てない舞奏衆には目が向かない。いくら萬燈夜帳がいるといっても、それだけではカバーしきれないところがあるだろう。

皐がどうにかするしかないのだ。でも、どうやって？

「……あと二週間でどうにかするよ」

「本当にそうか？　俺はこれから用事がある。合わせはこれ以上出来ねえぞ」

「萬燈さんがいなくたって、一人で練習することは出来るだろ」

ひとまずは探偵仕込みのハッタリでその場を乗り切ろうとする。いずれにせよ、皐はやるしかないのだ。才能があろうと無かろうと、ただ舞奏に打ち込むしかない。稽古を始めてから何度となく繰り返した言葉をまだ重ねる。大丈夫だ。俺は出来る。

「本当に大丈夫なんですかねえ」

昏見がわざとらしく首を傾げる。

「うるせー、調子乗んな。俺は底辺かもしれないけどな。萬燈さんの前では俺もお前もそう変わんないぞ」

「少なくとも私は萬燈先生のお邪魔はしてませんもん。それだけで功労賞ものですよ。ねー、萬燈先生。そう思いません？」

「ああ、そうだな。というか昏見に関しては謙遜が過ぎるくらいだ。お前の舞は捉えきれないしなやかさがあるし、俺とは別の魅力がある。歓心を得るに相応しい舞だ」

萬燈がごく自然に昏見への賛辞を口にする。確かな実力があるからこそ、昏見の舞奏の優れたところが深く理解出来るのだろう。実際に、昏見の舞奏を観る時の萬燈の目は完全に審美する時の目だ。彼の目から見て評価に値する舞なのだろう。皐はまだその段階にまで至っていない。

基本の動きを確認出来る舞奏曲《まいかなずきょく》をなぞり、ボイストレーニングで声の出し方を確認する。早々にバテないように基礎体力を付け、視線が下を向かないように意識する。皐がやっているのはそういった初歩のことだ。これでどこまで行けるのかを心配されるのは無理もないことだろう。自分自身だってそう考えている。

本当にこれで勝てるんだろうか、と。

「所縁くんはせめて声の方だけでも何とかなればいいんじゃないかと思うんですけどね。事件現場であんなに綺麗に響いていた美声はどこに行っちゃったんですか？　推し探偵の引退と共にあの声まで失われてしまったことは悲しいです。あと、推理を披露する時は絶対に噛まなかったじゃないですか。なのに今はキャミッキャミで。うう、おいたわしや」

「あれはまた別の話だろ？　仕事……みたいなもんなんだからさ。舞奏披の舞台で殺人事件が起これっつってるのと変わんねーぞ」

「案外おかしくねえ話だな」

萬燈が真面目な声で言う。

「おいおい、萬燈さんまで笑えない冗談言うなって」

「そうじゃねえよ。お前はあれだけの声が出せるはずだ。あの声はどっかに行っちまうもんじゃねえ。天性の才だ。お前は探偵として生きてきただけに人目を惹くことに長《た》けている。それが舞奏の場だけほっぽり出されちまうってのは理屈が通らねえだろう」

「通るっての。事件と舞奏じゃ全然違うし……」

「俺には同じに見えるがな。お前の願いはこの世全ての事件を解決するものなんだろ」

萬燈が眼鏡の奥の藤色の目を細めて言う。彼が真剣に言っていることが分かってしまうので、尚更言葉に詰まった。確かに、皋には人前で推理を披露した経験がある。テレビにだって出た経験がある。なら、舞台でも同じくらい堂々としていられるはずだ。名探偵の皋所縁が、覡の皋所縁に代わるだけ。演じるのは難しくないはずなのに。

「……というか萬燈さんまであんまり厳しいこと言わないでくださいよ。大丈夫ですって。二週間後までにはどうにか――」

「皋」

さっきも聞いた、と言わんばかりに萬燈が首を振る。いつもの流れでは、昏見が皋の技量の無さを当て擦《こす》り、萬燈はフォローに回ってくれる役割だ。それにいつまでも甘えようというつもりもないが、急な態度の変化に驚いてしまう。そのまま、萬燈が続けた。

「お前の目的は何だ？　覡として舞台に上がることか？」

「……や、そういうのが目的っていうよりは、本願を叶えたいってのが一番だけど……」

「お前の優先事項はそれってことでいいな？」

念を押すように萬燈が言う。まるで裁判官が被告の意思を確認する時のような、厳かな響きがあった。その雰囲気に気圧されながらも「……あ、ああ」と控えめに答える。すると、萬燈は一つ大きく頷いた。

「お前の意思は分かった。だから言う。お前、闇夜衆から抜けるつもりは無えか？」

「……――は？」

何を言われたのか分からず、呆《ほう》けた声を出してしまう。しかし、萬燈の目はこの上なく真剣だった。冗談だったら冗談とすぐ分かるような声で言う。それが萬燈夜帳だ。今は違う。

「ちょっと待ってくれよ萬燈さん。俺に本願を諦めろっていうのか？　流石にそれは無いだろ」

「そうですよ、萬燈先生。所縁くんの人生にはもうそれくらいしか残ってないんですから。クビにするなんて可哀想すぎます」

揶揄《からか》うような口振りではあるが、昏見もそう言って援護してくれる。しかし、萬燈はゆっくりと首を振った。

「いいや。俺はお前の願いに敬意を払ってる。軽んじようと思ったことは一度も無えよ。名探偵・皐所縁が選び取った選択肢だからこそ、この萬燈夜帳が認めるに値すると思ってる。だから、俺はお前の願いを叶えてやりてえ側だ。この萬燈夜帳と縁を持った者としてな」

端々から敬意の滲んだ、たおやかな言葉だった。探偵を辞めた皐のことをこれだけ買ってくれている人間もいないだろう。そのことが深く伝わってくる。皐を追ってバーにやって来て、闇夜衆に入れろと言った時から、萬燈はある程度の責任を負うつもりでいるのだ。

「だが、ここで一つ問題が起きている。二週間じゃどうにもならねえ問題がな。これを放置してたら、お前の願いを叶えてやれねえ」

萬燈の指がすっと皐のことを指す。真正面からそうされただけで、死刑判決でも受けたような気分になった。

「……俺の存在、ってことか」

「お前の舞奏は及第点にも達してねえ。小説も音楽も、余計な要素が混じっただけで、駄文と雑音になっちまう。手前の所為で和が乱れた自覚はあるだろうな？　皐。お前が入るくらいなら、俺と昏見の二人でやった方が断然良いものになるだろう」

突き放すような言葉だったが、それが悪意から出た言葉ではないのが痛いほど分かる。萬燈は慈悲深く手を差し伸べているのだ。本願成就の為に舞奏競に挑もうとしている皐を、助けたいと思っている。だからこそ、萬燈はこのタイミングでこう言っているのだ。

「その程度の舞奏しか奉じられねえんなら、覡は降りるべきだ。そうだろ？　俺に叶えたい本願は無え。だから、カミに会ったらお前の願いを叶えてもらうよう頼んでやる。それでいいだろ？　皐」

萬燈は約束を違《たが》えないだろう。きっと、殺人の無い世界という荒唐無稽な願いを、ちゃんとカミに言付けてくれる。そうしたら、皐がわざわざ舞台に立たなくてもいいわけだ。

そんなことをしなくても、皐の願いは叶うのだから。

一瞬、言葉に詰まる。ずっと皐を皐たらしめてくれていた舌がまるで動かない。そうして致命的な間の後に出てきた言葉は、何とも弱々しいものだった。

「……いや、それは流石に……俺は俺の願いを叶えたいって気持ちでここに来たんだから、それを萬燈さんに叶えてもらうとか……」

「だが、お前がここに立てば、お前の何より大切な本願が叶わねえかもしれねえぞ。それでいいのか？」

「それは……良くないけど……」

「なら、俺と昏見に任せろ。おい、お前は皐の為に一肌脱ぐ覚悟はあるんだよな？」

「ええ、所縁くんの為ならいくらでも。一肌でも二肌でも、骨の髄《ずい》まで見せちゃいます」

昏見がそう言って楽しそうに笑う。元より皐の力になる為に闇夜衆に加入した、と言い張っている昏見だ。皐が抜けたとしても、萬燈と二人で舞奏競に挑んでくれるだろう。そして、この二人なら、本当に大祝宴《だいしゅくえん》にまで辿り着けるかもしれない。

けれど、すぐには頷けなかった。

「ま、待ってくれ！　……ちょっと、その……萬燈さんが言ってることの意味は分かるし、俺がどう考えても足引っ張ってんのも分かる。でも、……ちょっと待ってくれ」

「一体何を待てって言うんだ？　皐。簡単な話だろ。本願が大事なら、お前は闇夜衆にはいられねえ」

萬燈が容赦《ようしゃ》無く言う。その様は、真実を告げる探偵そのものだ。皐は今、圧倒的な真実の前に追い詰められている。正しいことだけを目の前に出されて、それを突き崩せない。

なのに、頭では理解しているそのことが、どうしても受け容れられなかった。上手くいかない稽古、足手まといの自覚。正解が見えているのに、皐の舌は何故か抵抗を試みる。

「分かってるんだってそんなの！　……萬燈さんが正しいってことは分かってる、んだけどさあ……」

「抜けたくねえのか。お前はどうして自ら舞台に立ちたいと願う？」

さっきとは別角度から投げかけられた疑問にも、答えることが出来なかった。抜けたくない気持ちはある。皐はまだ諦め切れていない。でも、その理由がはっきりと答えられない。口の中では言葉が渦を巻いて、皐のことを緩慢に追い詰めていく。

どれだけ沈黙が続いただろうか。答えを諦めた萬燈が、静かに言った。

「まあ、自分の心をすぐさま言語化しろとは言わねえ。心も言葉もどうしたって豊かだ。ゆっくり考えてもらって構わねえよ」

その声は、皐を宥《なだ》めようとしていた。深く沁み入るような低い声は、突然の言葉に動揺する皐の頭を強制的に冷ます。それによって、皐は否応《いやおう》なく目の前の問題に向き合わされることになった。

「ゆっくり考えろっつったって……」

「まあ、時間は差し迫ってるからな。いつまでも待ってやるわけにもいかねえが」

二週間後の舞奏披の時には闇夜衆としてのスタンスを決める必要がある。観囃子の前に出てからじゃ遅い。一度出たら、皋はずっと闇夜衆の覡でいるしかないのだ。

決めなくちゃならない。

「それじゃあな、俺はもう行く。だが、一つ言っておく」

萬燈がゆっくりと振り向く。

「お前が闇夜衆に残るつもりなら、俺がこの舞台から降りる。二つに一つだ。人生を懸けた本願の前に、何を諦められるか俺に答えろ」


萬燈が去った後も、昏見と二人で稽古を続けた。口では何と言おうとも、昏見は皋の稽古に根気強く付き合ってくれる。どれだけそれが基本的な動きであろうと合わせ、的確なアドバイスを与えてくれる。悔しいことに、皋の成長の一助となっているのは昏見有貴の存在だった。その点は感謝してもしきれない。

そんなありがたい居残り練習の最中でさえ、皋の頭には萬燈の言葉が巡っていた。皋が残るなら萬燈が抜ける。正直な話、萬燈が抜けた闇夜衆がまともに戦えるとは思えなかった。元より武蔵國の舞奏衆は三人で組むのが定石《じょうせき》なのだ。半人前と一人ではお話にならない。

本願か、覡でいる道か。いきなり突きつけられた二択が重い。

思い詰めた表情の皐を見かねたのか、昏見がにっこりと笑った。

「ゆかたそ〜。元気出してください。ファーイトっ」

「お前は俺の神経を逆撫でする天才か？」

「何でそんなこと言うんですか！　私はとこえんちゃんの味方ですよ」

「一言ごとに渾名《あだな》を変えんな。あと、漢字で読まなきゃ分かんねえ渾名をつけるな」

「私の渾名なんて、所縁くんにだけ通じればいいんですよ」

翳りの無い笑顔で昏見が言う。その様はなんとも楽しそうで複雑な気持ちになった。昏見にとっては軽い運動だからなのかもしれないが、全然汗を掻《か》いている様子が無いのも恐ろしい。あの萬燈でさえ、汗くらいは掻いていたというのに。

「……はあー……なあ、俺の舞奏マシになってる？」

「ええ！　最初の頃の見れたもんじゃない状態から考えたら奇跡ですよ。魚が地上に上がってきたかのような感動です！」

「でも空は飛べない。飛べそうにもない」

昏見の言葉を引き取って、自虐《じぎゃく》する。更に深い溜息が出て止まらない。

「……萬燈さんの言う通りなんだよな。俺は飛べないし飛べる見込みも無い。お前から見ても、二週間で劇的に進化するようには見えないだろ？」

「正直に言っちゃえばそうですけど、虚言的に言うと『そんなことないですよ』って感じですよ！」

「嘘じゃねえか」

しかし、あけすけに言ってくれるのはありがたかった。萬燈に続いて昏見からも叩き伏せられれば言うことが無い。完敗だ。

「でも、所縁くんってば悩んでるんですよね。どうしてですか？　私と萬燈先生に任せれば勝ち馬に乗れるのに。私達はあなたのサンタクロースですよ」

「ただでさえエゴい願いなのに他人に任せていいのかよっていうのもあるし……ていうか、俺だって一応化身持ちなのに、ここでほいほい投げ出すとか……」

「それじゃあ覡としてのプライドですか？　探偵を辞めて以降の職業的義務感のやりどころがそっちに向かってるんでしょうか。うーん、水は海に向かって流れる」

「プライド、って感じもしないけどな……。舞奏始めてまだ二週間しか経《た》ってねえし。本願の為なら捨てられる自我だろ」

なのに、どうしてこんなに引っかかってしまうのだろうか。カミの存在と本願成就について知ったばかりの皋なら、一も二も無く飛びついていただろうに。

萬燈夜帳の言葉は皋所縁への善意と心遣いで出来ている。あの男ほど慈悲深く、他者に寛容な人間を見たことがない。だから、分かってしまう。もしここで、皋がどうしても闇夜衆を続けたい、萬燈にも抜けて欲しくないと言ったら、彼は受け容れてくれるだろう。

本願を諦めるという禊《みそぎ》を果たした後なら、萬燈は闇夜衆でいてくれるはずだ。きっと彼は、皐の意思を尊重してくれる。ただし、萬燈にはおためごかしは通用しない。皐が心の底から本願を棄《す》てなければ、見透かされてしまう。

「何を諦めるか、か……」

思わず復誦する。自分では見えないくせに、常に意識せざるを得ない舌の化身が重い。探偵を辞めた時に顕れたこの痣は、間違いなく皐を導くものだったはずなのに。今や皐が向き合わされているのは、本願成就のデリバリーサービスである。観囃子として闇夜衆に歓声を送る自分の姿が生々しく思い浮かんで嫌だった。

「ねえねえ、所縁くん。この際萬燈先生抜きで二人で舞奏衆やりましょうよ。何だかんだで私、所縁くんがいなかったら寂しいですよ。最前でペンラ振ってもらうだけでは埋まらない心の隙間があります」

「俺が観囃子になったとしても最前でペンラは振らねえよ」

「えーっ！　そんな！　折角イメージカラーまで定めてるのに！　率先してペンラ振ってくれる方がいないと盛り上がりに欠けるでしょ！」

「萬燈さんがいるならペンラ振る奴はいるだろ。そもそも闇夜衆の情報が出た時点で萬燈夜帳ファンは大喜びなわけだし……」

名前が知られている分、皐所縁に言及している人間もいるようだが、パブリックイメージ的にどんなことを言われているかは想像もしたくなかった。大方、テレビから消えた探偵のご乱心だと思われていることだろう。

「じゃあじゃあ、本願の方を変えましょうよ。所縁くんが舞奏競エンジョイ勢になったら萬燈先生だって気持ちを切り替えてくれるでしょうし。所縁くんの本願はこれからキッチュでキュートな大怪盗になることにしましょう。そして私と世界を巡って、萬燈先生が文字に起こす。世界が幸せになりそうなラストじゃないですか」

「却下。俺の本願は譲《ゆず》れない。そうじゃなきゃ舞奏競に出る意味が無い」

「欲張りですねえ。それが赦されるのは名探偵だけですよ」

「名探偵だったら欲張りが赦されてたのか……まあ、特権階級だったよなあ、実際」

タオルで汗を拭いながら、懐《なつ》かしく思い出してしまう。あの特別な時間は終わり、自分はただの人間になった。舞と歌が苦手な一般人だ。だから、選ばなくちゃいけない。

「まあ、私は託してもいいと思いますよ。所縁くんはあれこれ背負いすぎなんです。たまには人に任せましょうよ」

「だって、これが俺の人生の大一番だぞ？　ここを人に託す俺の人生って何なんだよ」

「いいじゃありませんか。推理力があっても探偵でいなくていいし、化身があっても覡にならなくていい。そうでしょう？」

そう言って、昏見がわざとらしく舌を出す。そのふざけた仕草に隠れた本音がぽろりと覗いている。腹の内が見えない相手ではあるが、昏見が皐のことを案じているのは本当のようだった。

「……そうかもな。…………じゃあ、俺もそろそろ帰る。結構な時間付き合ってもらったことには礼を言うわ」

「いいえ。私でよければいくらでも。何しろ私は所縁くんの大事な大事なチームメイトですからね！」

「間違ってないんだけど、なんか腹立つな」

苦々しく言いながら、小さく舌打ちをする。しかし、昏見は求めれば明日も稽古に付き合ってくれるだろう。萬燈が抜けた後の闇夜衆でも、皐と並んで歩いてくれる。

勝てる見込みが無い舞奏競にも挑んでくれる。

それが分かっているからこそ苦しかった。

それでは、意味が無いのだ。


譜中《ふちゅう》の街は住みやすい。駅前に何でも揃っているし、交通の便もそれほど悪くない。雰囲気もどこか牧歌的だし、多摩川《たまがわ》もある。

事務所を閉め、地元である譜中に帰っても皐は実家には戻らなかった。名探偵であった過去は今がどうあれ付いて回るので、家族に累《るい》が及ばないようにしたのだ。

そういうわけで、皐はセキュリティーのしっかりとしたマンションに一人で暮らしている。

部屋に置いてある家具は事務所から持ってきた必要最低限のものだけだ。隅に置かれた本棚に収まったミステリ小説だけが、皋の趣味である。

　空っぽの部屋の中にいると、どうしても舞奏のことを考えてしまう。本願を叶える為には必要のない自分のこと。化身のこと。覡として生きる皋所縁のこと。

　舞奏のことを考えると、必然的に彼女のことを思い出した。舞奏に向かう時のあの笑顔。皋の手を引き、知らない世界を見せてくれた。

　古宮《ふるみや》さくらは、現在裁判の真っ最中だ。自首したことと、彼女が長い間家庭内暴力を受けていたことなど、情状が酌量され、通常よりは随分短い刑期になるだろう。しかし、その事実は皋の心に重い影を残している。

　彼女は皋が覡になったことを知っているのだろうか。勾留中であるとしても、外部からの情報が遮断されているわけじゃない。舞奏が好きだった彼女なら、情報を拾っていてもおかしくない。

　今の皋を知って、さくらはどう思うだろうか。あの皋が覡になったと聞いて、信じられないと笑うだろうか。それとも、探偵を辞めた皋を痛ましく思っているだろうか。逃げ出したことへの蔑《さげす》みすら想像出来る。

　答えの出ないことを考え続けるのは苦手だ。答えがある問題だけに向き合っていたからこそ、尚更思う。自分はこれからどうするべきなのだろう。

暗闇の中で月だけを明かりにしていると、一つ覚悟が決まった。

「答えは決まったか」

翌日、昼過ぎに舞奏社へとやって来た萬燈は、前置き無く言った。その言葉にすぐ返せなかったのは、皋が朝から一人で自主練をしていたからだ。単に息が切れていた。舞奏社が開くなり、社人《やしろびと》に稽古の申請を行い、昏見と合流してからは休憩もろくに取らずに合わせに入った。

これが意味するところは一つだった。息を整えてから、皋ははっきりと言う。

「……答えは決まんなかったけど、覚悟は決まった」

「覚悟？」

「ああ、そうだ。二週間後の舞奏披で、俺はあんたと対決する」

普段あまり驚かない萬燈の目が、微かに見開かれる。

「俺と？　お前が？　何の勝負だ」

「勿論舞奏だよ。闇夜衆の舞奏披の前に、俺と萬燈さんが戦おう。丁度その日は観囃子っていう公正なオーディエンスが入るんだ。そこで俺が勝ったら、あんたは闇夜衆に残ってもらう。結局のところ、俺に実力が足りなくて、闇夜衆の足を引っ張るから難色を示してるんだろ？だったら、観囃子に実力を判定してもらえばいい」

「なるほど、所縁くんってばそんなことを考えていたんですね」

隣に立つ昏見が笑顔で言う。その顔は完全に面白がっているような顔だった。面白がってくれていい。皋が提案しているのは一大エンターテインメントだ。萬燈夜帳ならきっと乗るであろう提案だった。案の定、萬燈が愉快そうに片頬を持ち上げる。

「まあ悪くはないわな。この萬燈夜帳と、闇夜衆リーダーにして元・名探偵の一騎打ち。観囃子だって存分に楽しんでくれるだろうさ」

「そうだろ？　あんたならそう言ってくれると思ってた。そうして場を盛り上げた後は、満を持して闇夜衆のお披露目《ひろめ》ってわけだ。歓心だって得られるだろ？」

「ああ。悪くねえ、むしろ最高だ。だが――」

萬燈の藤色の目が皋をすっかり捉える。それは獲物を見定める捕食種の目だ。少しでも回答を間違えれば、頭から呑み込まれてしまいそうな圧がある。

「お前が負けた場合はどうなる？　お前はそこで頭《こうべ》を垂れて、闇夜衆から抜けることを観囃子の前で宣言するってのか？　そのくらいのリスクは取るんだろうな？」

萬燈がはっきりとした声で覚悟を問う。観囃子の前でそんな真似をすれば、皋は二度と闇夜衆には戻れないだろう。それでも皋は毅然《きぜん》と萬燈を見返し、名探偵時代のような不敵な笑顔で言った。

「いいや、それじゃつまんないだろ」

「ほう。お前もエンターテインメントを解するってわけか？　さて、どう盛り上げる？」

「謝るだけじゃ足りない。俺が賭《か》けるのは全てだよ」

そう言って、皋は口を大きく開けた。自分には見えない位置の化身を晒してから、宣言する。

「俺はカミから貰った化身も賭ける。万が一にも覗に戻れないようにな。萬燈さんが勝ったら、この化身を焼き潰してくれても構わない。いいや、自分で舌を抜いてやるさ。それでいいだろ?」

背水の陣と呼ぶには派手好みな提案だ。けれど、皋の覚悟を示すにはこのくらいでも足りない。ここで萬燈夜帳に勝てないようなら、カミから気まぐれで貰った才能の証は偽物だったということだ。偽物の証を潰して、口を噤《つぐ》んで生きることにしよう。

こんなことを言えるのも萬燈が相手だからだ。彼は公平で慈悲深い。それ故に、皋から取り立てることを躊躇《ちゅうちょ》しない。皋が舞奏競への未練を断ち切れるように、一切の容赦をしないだろう。

「……お前の覚悟は分かった」

ややあって、萬燈が言う。その顔にはバーにやって来た時と同じ笑みが浮かんでいる。至上の芸術に臨む時の輝きに満ちた、どこまでも純粋で屈託の無い笑みだ。

「なら俺は、全身全霊でお前を叩き潰してやる。呪いみたいな未練を断ち切って、代わりに願いを請けてやる。それでいいな?」

「……まだ俺が負けるって決まったわけじゃないんだ。俺は勝つ。勝って、俺が本願を叶えるに値する覡だって認めさせてみせる。俺はやっぱり、自分の願いが叶う場に立ち会えないのはごめんだ」

自分の業は自分で背負って歩いていく。人に願いを託さない。口に出す度に、その思いが強くなっていく。だから、渡せない。

「上等だ。天才に挑むってことがどんなもんか見せてやるよ」

萬燈の目が輝いている。そこには暗いものなど何一つ無く、美しく灯《とも》る朝日を連想させる。それを見ると、本当に自分が勝てるのだろうか？　と不安になった。

だが、皐は選んだ。二週間で、目の前の異形の才を打ち倒す。それ以外に道は無い。


萬燈との対決が決まったものの、基本的に舞奏の稽古は三人で行うことになった。自分達はあくまで闇夜衆という舞奏衆であり、チームメイト同士なのだ。

むしろ、萬燈がするアドバイスには一層の熱が入った。細かいところまで観察し、的確に改善案を出してくる。

「皐。お前はとにかく指先が甘い。決める時は決めろ。あと、声の方だが張ろうとし過ぎて裏返るくらいなら、響かせ方で差をつけろ。出せる音域を把握《はあく》してそれ以外では正確さだけを突き詰めりゃいい。お前の得意としてる音は推理を披露する時の声だろ。いつ何時でもあの音を引き出せ」

「ちょっ、一回で言うことが多すぎじゃ」

「お前は事件が起きた時に『ちょっと待って、証拠が多すぎる』って言ってきたのか?」

萬燈が挑発的に言う。そう言われれば、皐も黙って食らいついていくしかない。その横で、昏見はいつにもまして愉快そうに笑っていた。

「いやあ、素敵なチームワークですよね。あと二週間で解散するには惜しいですね。今はさながら消える前の最後の輝きですか。線香花火も落ちる寸前が一番パチパチするんですよね」

「お前はつくづくろくなことを言わないな」

皐がうんざりとした顔で言うと、それに合わせて萬燈までもが昏見の方を向いた。

「というか昏見。お前も皐にばっかり構ってる場合じゃねえぞ。お前、怪盗時代が長すぎた所為か、物音が全然立たねえだろ」

「ええっ、それっていいことじゃないんですか? 音楽の邪魔になりませんし」

「それに使う神経を別のとこに使えば、もっと見栄《みば》えがよくなるんじゃねえか。優先順位の問題だよ。物音を立てていいなら、もう少し大きく振れるだろ」

「萬燈先生ったらスパルタですねえ。でも、分かりました。これからは意識します」

「どっちにしろお前は俺と組み続けることになるんだからな。ここで鍛《きた》えとかねえと」

「俺も闇夜衆に残るっての」

喰《く》い気味に言って、皐はさっきよりも胸を張って最初の一動作を取る。武蔵國の舞奏社に伝わる扇を構え、萬燈に向き直る。

「それまではチームメイトなんだからな。天才の力、存分に借りてやるよ、萬燈さん」

皐が音を上げたのは、そこから三時間が経ってのことだった。昨日と同じように床にひっくり返り、天井を眺《なが》める。

「ぐ、正直キツい……もう限界って感じするわ……第一、俺はかなりインドア派の探偵だったわけで……」

「もっと私が頻繁《ひんぱん》に予告状を出して、所縁くんを運動させてあげれば良かったんですね……すみません。ですけど、私の基準からいくとターゲット選びもなかなか難しくて」

「屋根上らせたりすんのを運動にカウントすんな」

「まあ、昨日よりはマシになってる。ここからあと二週間……じゃねえな。今日を除きゃあ十二日か。それで観られたもんにするのは至難の業だろうが」

萬燈の言葉に、思わず声を詰まらせる。彼の見立ては正しい。このままでは到底間に合わない。眉を寄せる皐に対し、萬燈は穏やかに言った。

「意地の悪いことを言ってるみたいで悪いな」

「いいや、そんなことない。……あんたはいつだって、どんな人間にだって、分け隔て無く優しい」

昨日も思ったことだ。これだけ才があり、何でも出来る萬燈は、恐らく皐が出会った誰よりも優しい。かくあろうとする。そんなことを考えていると、口が自然と動いた。

「……でもそれは、あんたにとって周りの人間がお話にならないからだ。同じ盤上にいないから他人と競おうとしない。同じ舞台に立っていないから、他人を蹴落《けお》としたりしない。同じレベルの人間がいないから、奉仕者に徹する。あんたの優しさには全く混じりけが無い。何故なら、自分に絶対の自信があるからだ。そうだろ」

探偵時代と同じように、観察して目の前の人間を腑分《ふわ》けしていく。たとえそれが表層に過ぎなくても、自分自身の言葉で輪郭を作る。

「きっと萬燈さんは一億人の命を救う為に命を擲《なげう》つのと同じ熱度で、一人の人間を救う為に命を擲てる。でもそれは、一人に一億人分の価値を見出してるからじゃない。あんたにとって一億人分の命の重さも、一人分の命の重さも変わらないからだ」

「ほう、言うじゃねえか」

その言葉で、皐は一瞬我に返った。探偵時代の悪い癖だ。

「って、何か俺悪口言ってるみたいになってない!? 舞奏で勝てないからって萬燈さんに当て擦ってるみたいになってるっていうか……」

「いいぜ。続けろよ。お前の人を見る目を信用してる。お前っつうフィルターを通して見る萬燈夜帳が、俺は知りたい」

笑う萬燈の目には、隠しきれない好奇心が覗いていた。俺が興味を持っているのはお前の言葉だ、と言った彼のことを思い出す。

「……多分、あんたは、全ての人間の価値が平等であることに——同じ舞台に立つ人間がいない状況を良しとしてない。だから至上の相手を求める。自分と同じ言葉を持った、才ある者を求めてる。だからあんた、カミに会ってみたいんだろ」

「随分探偵らしい口上じゃねえか。それで？　お前は何が言いたい？」

「俺があんたにとっての本物の他人になってやる。言葉の通じる、本物の他人に」

皋が犯人を指摘するようにそう宣言すると、萬燈は珍しくその大きな目を細めた。その表情の意味は分からなかった。そのまま、彼が口を開いた。

「まずは俺の要請に応えてくれたことに感謝する。その上で、返礼としてもう一つアドバイスをしてやるよ。お前の舞奏には決定的に欠けてるもんがある。俺にあってお前に無いもんが、断絶を埋める橋渡しになるかもな」


天気が荒れていないからか、多摩川の流れは穏やかだった。夕焼けを背負って流れる川を見ていると、心まで凪いでいくような気持ちになる。探偵になる前はボーッと川の流れを眺めていたこともあった。今考えると、あんな贅沢《ぜいたく》な時間は無い。

「本物の他人になってやる、ですって。格好いいですねえ」

隣を歩いているのが昏見有貴でなければ、もっと穏やかな気持ちになっていただろう。変装をしていない時もやたら目立つ昏見を連れていると、折角の多摩川の風情《ふぜい》も台無しだ。

「ていうかお前、どうして譜中についてきてんだよ。ここ住みじゃないだろ」

「実は私の九百九十九軒ある別荘のうちの一つが譜中にあるんです。この街で一番大きなお屋敷なんですが」

「お前がまともに会話するつもりがないのは分かった。家には入ってくんなよ」

「つれないですねえ。あ、じゃあ合い鍵だけ渡してもらえます？」

「今の流れでどうして合い鍵が貰えると思ったんだよ」

いつものペースを崩さない昏見に溜息を吐く。しばらくは多摩川沿いをぐるぐる回って、昏見が油断したところを撒《ま》くしかないだろう。面倒だが、それが一番確実だ。

「で、所縁くんが切ったカッコきゃわいい啖呵《たんか》の件ですが」

「まだそれ引っ張んのかよ……お前の前で滑ったら半世紀先まで弄られそうでやだわ……」

「君の観察眼が一切衰えていないことに興奮しちゃったんですから仕方ないじゃないですか。それにしても自分が見透かされるのは嫌なのに、君は萬燈先生を解釈しようとするんですね。それってすごく探偵ですよ」

「探偵の文字に傲慢ってルビが振られてんのが目に見えるわ」

「そうですねえ。蚊帳の外だから楽しかったですよ。萬燈先生評は。萬燈先生に深く切り込んだの初めてですよね？」

「そうだな。お陰で……あの天才が自分の命を惜しまない理由も何となく分かった。萬燈さんの中で一人だろうと一億人だろうと本質的に価値は変わらない。今まで面白がらせた百万人と、これから生きて面白がらせる百万人の価値が同じだから、人生のピリオドがどこで打たれても構わないんだ。ほんと、大した人だと思うぜ？　けど、それはエンターテイナーって話じゃない。エンターテインメントそのものだ」

バーでの殺人事件の時、萬燈が銃を持った殺人犯と対話を試みたのも同じ理由だろう。あの時に言った言葉は徹頭徹尾本当だったのだ。萬燈はあの日、死んでも構わなかった。何故なら、自分の人生に絶対の自信があるからだ。どこで終わろうと悔いは無いのだ。

「その意味では君と萬燈先生は似たもの同士なのかもしれませんね」

探偵そのものであろうとした自分と、エンターテインメントそのものであろうとする萬燈は、端から見ている昏見には似ているように見えるのかもしれない。

「似たもの同士……っつっていいのか分からないけどな」

「あっちは人間であることを皮一枚手離さずに理想で在り続けてるんですもんね。失格探偵さんには眩しいでしょうねえ」

「お前はほんと的確に刺すなあ。所縁《せ》くん危機一髪か？」

夕陽が沈んでいくにつれ、気の急いた星が頭上を飾り始めた。そのうちに憎らしいほど綺麗な月が見えるのだろう。

「なあ、似たもの同士の俺の舞奏に無くて萬燈さんの舞奏にあるものって何だと思う?」

「キレ！　華やかさ！　笑顔！　体力！　見栄え！　綺麗なファルセット！　それらをひっくるめた輝かしき才能！」

「オーケイ分かった参考になった」

「やだなあ拗《す》ねないでくださいよ。私はともかくとして、萬燈先生がそんなつまんない答えは言わないでしょう。気づきさえすれば、二週間の壁を越えられるようなパラダイムシフトであるはずです」

「あー、分からん分からん！　そんな禅問答《ぜんもんどう》あってたまるか！」

「うう、私本当に悲しいんですよ。推し探偵ともう舞えなくなるのかと思うと。えーんえーん」

「まだ負けてねえし！　わざとらしい泣き真似すんな！」

小突いてやろうとした手がひらりと空振る。身体能力の明確な差が悔しい。華麗に避《よ》けた昏見が、意趣返しのように顔を近づけてくる。光の加減で夕陽よりもなお赤い瞳が細められた。

「萬燈先生を解釈したように、私も解いてくれます?」

「……お前はなんかもう色々と付き合いが長すぎて雑念が出る」

「ふーん、それはそれで残念です。じゃ、親睦《しんぼく》を深める為に一緒にご飯でも食べましょうか」

「ぜってーやだ」

その後、予定通り昏見を撒いた皐は、セキュリティーが完璧であるはずの自分の部屋の前に鍋《なべ》の材料を携えて立つ彼を見つけて観念する。肉と野菜と鍋の素《もと》に罪は無い。

「まーんどーせーんせっ、あーそびーましょー」

舞奏披まで一週間を切った頃、昏見は自身の経営するバー・クレプスクルムに萬燈を呼び出した。予定も無かった萬燈は、言われるがまま訪れる。すると、バーを貸し切りにした昏見が、トランプを片手に待っていた。

「今日の所縁くんは社人に舞奏曲を教わっている段階ですので、私の出る幕が無くて。だから、やりませんか？　テキサス・ホールデム。お好きなんでしょう？　私も萬燈先生と一度やってみたかったんですよー！　全国の萬燈夜帳ファンを嫉妬《しっと》の炎で焼き焦がしたい！　お相手してくださいます？」

ご丁寧にビニールが掛かったままのトランプは、フェアプレイをわざわざ謳《うた》っているかのようだった。今から開封しますから、イカサマなんて仕込んでませんよ、の証だ。

つまり、これはただのお遊びではない。真剣勝負の申し込みだ。

「構わねえよ。つうか、時間とタイミングが合えば誰の相手でもするしな、俺は」

「トランプの重さでカードが分かる人間が楽しめるものなんですか？」

「テキサス・ホールデムは世界中で人間を熱狂させているが、まさか紙を捲《めく》ること自体に喜びを見出してるわけじゃやねえだろう。これの本質は読み合いだ。このゲームは人間が何を諦めるかを如実《にょじつ》に映し出す。俺はこれで人間を知った」

「おおっと、天上人っぽいことを言いますね。ドキドキします」

「俺ほど見えるもんが多いと、適宜《てきぎ》調整が必要になるんだよ」

カードを切りながら、萬燈は鷹揚《おうよう》に答える。

人の心が理解出来ないわけではない。その程度が理解出来ないようでは天才とは呼べない。だが、果たして萬燈夜帳に対等な他人は存在するのだろうか？　尊敬している人間もいる。目上には敬意を払う。

だが、あの日カミに出会った時ほどの、強烈な引力を感じることはそうそうない。あくまで萬燈は一線を引いた側に立っている。他の人間と萬燈夜帳は、いつだって違うゲームで遊んでいる。幸いなことに、萬燈はチェスで遊びながらポーカーの話が出来る人間だった。

一方で、目の前の昏見や、冷静にこちらを見抜く皐所縁に似たような期待を覚えなかったわけではない。あの講演会で、萬燈は確かに運命に出会ったのだ。

舞奏という極めて面白い娯楽と、それに携わる覡の存在は、萬燈の人生に強い影響を及ぼし始めている。カミへの憧憬《しょうけい》には及ばずとも、同じ盤上で対話出来るような期待がある。舞奏は萬燈が想像していたより、心に触れる言語であるからだ。

たとえば、目の前の昏見有貴は絶対に心の内を見せない舞をする。心に纏わり付くような甘やかな声で歌うかと思えば、次の瞬間には影すら見えなくなってしまう。その緩急のつけ方が上手い。観囃子を引きつけて離すまいという強い気概が感じられる舞奏だ。それは舞台裏をけして見せない奇術師のような特性である。それでいて、翻弄《ほんろう》される側は徹頭徹尾楽しい。萬燈ですら、昏見のことをずっと観ていたいと思ってしまう。シルクハットの中から取り出されるものが何なのか、底の底まで観ていたくなる。

そういう意味で、昏見有貴は既に萬燈の『他人』であるのだ。異様な執着心で、たった一つのものを狙い続けている幕間《まくあい》怪盗は認めるに値する才能だった。

「萬燈先生、そんなに見つめないでくださいよ。もしかして透視とか出来ちゃいます？」

手札の脇から、昏見が悪戯っぽく微笑む。昏見の指先で、カードが躍った。

「それはまだだな」

萬燈も手札をスライドさせながら答える。場に置かれたコミュニティカードは悪くない。手札の方は案の定最高だ。昏見の運次第ではあるが、問題無く勝てるだろう。あとは駆け引きの時間だ。

「そうだ。私が負けたら、何かして欲しいことあります？」

「妙な聞き方だな。負け前提じゃねえか」

「他ならぬ萬燈先生相手ですからね。何でもいいですよ。小指取られるのはちょっとやだなー」

まるで誘導しているような言葉だ。だが、萬燈は敢《あ》えて言った。

「そうだな、丁度良い。お前には一つ、聞きたいことがあった」

「スリーサイズですね！」

「燎原館《りょうげんかん》集団失踪事件。関係者の中にクラミタカオってのがいたよな。そいつについて知っていることがあれば教えてくれねえか」

目の前の男の名前を知ってから、機を見て尋ねておきたかった言葉だ。案の定、昏見は意味ありげな笑顔で言った。

「萬燈先生は舞奏とカミに興味があるんですもんね。辿り着いてもおかしくないですよね。燎原館」

「やっぱり知ってんのか？」

「ちょっとちょっと、まだ私負けてないんですけどー」

「あんま白々しいことすんなよ」

そう言って、萬燈はすっと昏見の手を指差した。

「そこに三……いや四枚か。俺とやるなら運一本勝負の方がまだ勝てるぞ」

「肝《きも》に銘じておきます。二度目をやりたいとは思いませんが」

昏見が降参とでも言いたげに両手を上げる。すると、四枚のトランプが落ちてきた。いつぞやのバーでの殺人事件の時に、銃弾を落としてみせたのと同じ手管だ。

「上手いもんだけどな。そのイカサマじゃディーラーくらいしか騙せねえ」

「その言い方だと、私がカジノに出入りして荒稼ぎしてそうで嫌なんですけど！　クレプスクルムの開店資金とか、ちゃんと真っ当に得たお金ですからね？　ぷんぷん」

「そこまでは言ってねえよ」

「仕方ないから、萬燈先生の疑問にお答えしちゃいましょうかね。燎原館のクラミタカオでしたっけ？」

「佐藤《さとう》や鈴木《すずき》ならお前に目ぇ付けることもなかったんだがな。知ってるだろ？」

「懐かしいですね。その名前、今では都市伝説サイトなどの方がよく聞きます。貴く生きると書いて貴生《たかお》。綺麗な名前でしょう？」

「有貴だって負けてねえよ」

「ふふ、ありがとうございます。……昏見貴生は私の大叔父《おおおじ》にあたる人物です。束縛《そくばく》を嫌う昏見家の中でもなかなかの自由人だったと聞いていますが。身のこなしが軽く、素晴らしい芸事の才能を持っていました」

「覡だったのか？」

「さあ……どうでしょう。化身があることは知られていたようなのですが。知っての通り、いきなり失踪してしまいましたから。ただ、生まれながらにして彼の背には奇妙な形の痣があったそうです。揺らぐ炎のような奇妙な形の痣です」

それは、昏見の持っている化身と同じ形だった。一度見たことがある。

「昏見貴生は一族の中でも誉《ほま》れ高い存在ですが、であるからこそあまり話題になりません。貴きものと目を合わせるべからず、というのが私の一族の慎みでして」

「慎みなあ。本当にそうか？」

「そうですよ。あ、そうだ。これはついでのついでなんですけど」

カードを仕舞い込みながら、昏見が言う。

「所縁くんが闇夜衆を去ったら、本当に彼の本願を肩代わりするおつもりですか？」

いつもの調子の裏側に、隠しきれない緊張がある。大方、それを尋ねる為にわざわざ呼んだのだろう。相変わらず回りくどい男だ。ややあって、萬燈は静かに答えた。

「そのつもりだ」

「なら、ゆめゆめ油断なさらないでください。私はあなたからでもその本願を奪ってみせます。怪盗ウェスペルの意地にかけて」

さっきのテキサス・ホールデムを前座の茶番にしてしまうような、鋭い宣言だった。萬燈は思わず笑ってしまう。

「その時はちゃんと予告状を寄越せよ、ウェスペル」


昏見有貴は人間のことが好きだった。そう屈託無く言える自分がどれだけ恵まれているかも、今となっては理解している。

昏見の人生に大きな影響を与えたのが、彼女の祖母の昏見貴子《たかこ》だった。今でも彼女の肖像は至るところに残っている。長く伸びた銀髪に深緋《こきあけ》の目が印象的な、麗《うるわ》しい老女の姿が。上品な垂れ目と柔和《にゅうわ》な笑みは、貴婦人と呼ぶに相応しい。彼女は日本でも指折りの奇術師であり、戦後の手品界に大きな影響を与えた人物であった。昏見はかなりの晩年に出来た孫だったが、だからこそ一身に寵愛《ちょうあい》を受けた。

週末になると、昏見は決まって祖母の元を訪ねた。譜中の屋敷に一人で暮らす彼女の様子を見る、というのは建前で、本当は奇術を教えてもらうのが目的だった。

「そうそう。有貴は筋が良いわね」

何か一つが出来るようになる度に、貴子はオーバーなほど昏見を褒めた。コインの一枚を消すだけで、まるで屋敷を一つ消してみせたかのような驚き方をしてくれたのだ。それが昏見には嬉しかった。幼い昏見を抱きしめながら、貴子はしばしばこう囁いた。

「あなたは貴生兄さんによく似てる」

昏見貴生というのが、貴子の兄――そして、昏見の大叔父の名前だった。聞けば、昏見有貴は彼によく似ているらしい。もっとも、貴生の面影を知っているのは貴子だけなので、両親に言っても首を傾げられるだけだったのだが。

「顔立ちもそう。雰囲気もそう。奇術の才能もある。何なら、小さい頃の貴生兄さんの声に似ている。それに……化身もある」

昏見有貴の背中――肩甲骨《けんこうこつ》の辺りには、揺らぐ炎のような奇妙な形の痣があった。何にも縛られることのなく咲く花のようにも見える。生まれついて持ったそれは、化身と呼ばれるもので、舞奏の才を証明するものだ。

あまりにもはっきりとした化身であるが故に、譜中の舞奏社は沸き立ったらしい。昏見の一族に化身が顕れることすら、久しぶりだった。正確に言うなら、昏見貴生以来だ。彼の大甥《おおおい》が、彼と全く同じ化身を持って生まれたのだ。

「貴生兄さんは、私よりずっと才のある人間だったわよ。奇術もそうだし、舞奏の技量も素晴らしかった。あの痣が何を証明しているのかをまざまざと見せつけられたわ」

昏見貴生は幼い頃から奇術の才に秀《ひい》でており、元を辿れば貴子に奇術を教えたのも彼だったのだという。才がありながらも驕《おご》らず、沢山の人に出会う為という名目で芸事の旅に出た。

貴子はこの旅行譚《りょこうたん》を話すのが好きらしく、遊びに行くとおやつを共によく聞いた。旅先で事件や災難に見舞われながらも、快刀乱麻の解決を見せる大叔父の話は聞いていて楽しかった。

あまりにも派手派手しい活躍は話半分に聞かなくてはと思いつつ、貴生がとある大学で起きた殺人事件を解決した話や、奇術によって強盗を未然に防いだ話などがお気に入りだった。

貴子は兄のことが本当に好きだったのだし、昏見もそうだった。会ったことのない大叔父に思いを馳せながら言う。

「そんなに僕は似ているんですか?」

「そうよ。瞳の色は私譲りだから、有貴は無敵ってわけね」

そう言われると嬉しかった。自分も大叔父のような活躍が出来るんじゃないかと期待した。

そんな昏見貴生の冒険は、二十代の半ばに突然終わる。

彼は燎原館という場所での目撃情報を最後に、ぱったりと姿を消してしまったのだ。

奇妙なことに、あれだけ各地で存在感を放っていた昏見貴生は、失踪するなりぱったりとその噂を聞かなくなった。誰に尋ねても茫漠とした印象しか伝えられず、両親でさえも貴生がどんな人間だったかを詳しく話すことが出来なくなっていた。

唯一、貴子だけが辛《かろ》うじて兄の面影を追うことが出来たものの、欠けてしまった思い出も数多い。

「だからね、おばあちゃんの話は嘘じゃなくて間違いなのよ。これから歳を重ねるにつれ、貴生兄さんがゴジラを倒したりエクスカリバーを抜いていたりしても赦してちょうだいね」

「ある程度まで割り切りますね」

「それでいいのよ、有貴。それでこそ」

貴子が孫の頭をよしよしと撫でる。そして不意に真面目な顔になった。

「あの失踪事件はおかしい。何か必ず裏がある。貴生兄さんは不当に奪われたのよ」

そう言う貴子の瞳は怒りに燃えていた。失踪事件の向こう側に、明確な犯人の像を置いている。

「カミに連れて行かれちゃったのね。手元に置いておきたくなる人だから」

「カミに……？」

「貴生兄さんは、化身持ちだった。特定の舞奏社に所属していたわけではないけれど、あの時代のれっきとした覡だったのよ。だから、恐らく……そこで何かあった」

そう言って、貴子は思いきり孫のことを抱きしめた。幼い頃に感じた恐怖を振り払うかのように、強く腕に力を込める。

生まれながらに化身を持った昏見有貴は、当然ながら覡としての将来を嘱望《しょくぼう》されていた。

両親も舞奏社のたっての希望で、昏見に舞奏の手ほどきを受けさせかけたらしい。

それに対し、断固として反対したのが昏見貴子だった。彼女の一声を無視出来る人間はおらず、本人の意思に任せることになった。昏見が自発的に舞奏に興味を持つまで、舞奏社には関わらせないことになったのだ。

しかし、昏見は舞奏よりも奇術に興味を持ち、肩甲骨にある痣はただの痣としてしか見なかった。舞奏については、祭りでよく見る出し物以上のものではなかった。

「おばあちゃんはカミが嫌いなんですか？」

「私みたいな底意地の悪い婆《ばあ》さんを生み出してしまった時点で、カミというものの不完全さは証明されてるようなものだもの。そんなものを愛してやる義理は無いわね」

孫を抱きしめながら、貴子は不敵に笑ってみせた。

「さあ、そろそろ帰らないと。黄昏時が来るわ」

「黄昏時？」

「この世界で一番好ましい時間よ。覚えておきなさい。貴いものはいつだって暗闇の中にある。黄昏時は前哨戦《ぜんしょうせん》なの。貴生兄さんが消えた時も、その境目の中だった」

そういうわけで、小学生の昏見は舞奏ではなく奇術の腕を磨いていった。いずれは昏見貴子の後を継いで、一世を風靡《ふうび》する奇術師になることが期待されているほどだった。

しかし、昏見少年が熱中しているものはもう一つあった。本屋さんに行くと、彼は同じジャンルの本ばかりを手に取った。月夜、宝石、予告状。祖母と同じ銀髪の怪盗が表紙の本をランドセルに常備しながら、彼は息せき切って祖母に報告した。

「ねえ、貴子お祖母《ばあ》さま。僕、怪盗になろうと思うんですよ。でも、学校でそう言ったら、あまりよくない夢だと言われました。お父さんとお母さんはいいって言ってくれたんですけど」

「ふうん。非現実的だとか言われたなら、私が殴り込みに行っても構わないわよ。人の可能性を否定するような言葉は赦さないわ」

貴子はそう言って細腕を捲《まく》った。貴子は何かにつけて可能性の話をした。全ての人間は何にでもなれる可能性があり、どんな悪人だって善人になる可能性がある。海が割れることも空が落ちることも、ありえないことなど無い。

「怪盗、いいじゃないの。予告状を出したり赤外線センサーをくぐり抜けたりすることが現代で不可能だなんて言わせないわ」

「いえ、そうではなくて。犯罪者だろうと言われました」

「うーん、返す言葉も無いわね」

祖母が腕組みをしながら言う。学校で言われたことは尤もなことであったらしい。確かに、物を盗むのは犯罪だ。昏見は素直に反省した。

「でも、私も怪傑《かいけつ》ゾロが好きよ。それに怪盗ニックなんかも格好いいわね。美学を持ってやっている人間は美しいわ。そういう怪盗を見たら、みんな自分を省みるでしょう？　ヒーローの本懐はそこにあるわ」

本懐という言葉の意味はよく分からなかったが、昏見は頷いた。怪盗というのはやりようによるのだ。確かに、昏見がお気に入りの小説に出てくる怪盗も、ちゃんと美学を持っている。

「もしあなたが怪盗をやるのなら、あるべきものをあるべきところに戻すことを心がけなさい。不当に奪われたものを奪い返すことを誓いなさい。どんなものでも、あるべきところにないものは無価値だわ」

その時の貴子は、昏見貴生のことを考えていたのだろう。

この世には不当に奪われたものが沢山あり、それをあるべきところに戻すことが、貴子が怪盗に期待している役割のようだった。義賊よ、義賊。と、貴子が言う。

そうして、貴子は怪盗ニックの全集を贈ってくれた。無価値なものを盗むことを信条とした、奇妙な冒険譚だ。その怪盗の物語も、昏見のお気に入りになった。

奇《く》しくも、それが昏見貴子からの最後の贈り物になった。中学に上がるのを待たずして、偉大なる奇術師は永遠に舞台を去った。

遺産は均等に分配されたが、館を含む彼女の遺品は、大方が昏見に遺《のこ》された。奇術の道具や本を生かせるのは昏見有貴だと思われたのだろう。両親と話し合いながら、ありがたく受け取った。もう褒めてくれる祖母はいないが、奇術のテクニックだけは磨いた。

そして機が熟した頃、昏見は怪盗ウェスペルとなった。

どうせやるなら、とことんまで理想に沿ったフィクションを作り上げようと思った。奇術は観客をいかに自分の世界に取り込めるかだ。昏見は舞台を大きく広げ、一夜の夢を演出してみせた。大学に進学した昏見は、美術史学を専攻した。それがこれからの目的に一番適《かな》うものだったからだ。

不当に収奪されたり買い上げられた美術品は、探せばいくらでもあった。そういう人間の周りには、他にもきな臭い噂もあるものだ。派手に立ち回れば注目が集まる。そうしたら、今まで隠れていた悪事も月夜の下に晒される。

奪われたものは奪い返さなければならない。形があるものも無いものもあるべきところに。昏見貴子だって喝采を送るであろう興行を重ねていった。

ウェスペルの名が広まっていくにつれ、世間の反応も変わっていった。具体的に言うなら、ウェスペルがターゲットにするような人間が自ら罪を告白するような事例が出てきたのだ。「意に沿わず紛れ込んでしまった」という名目で、美術品が返還される例も出てきた。

その流れが嬉しかった。義賊とはかくあるべきだ、と昏見は思った。昏見は人間に期待していた。もし、この世界に本物の義賊がいるのならば、態度を改める悪人も出てくるだろう。そうしたら、世界は少しだけよりよいものになる。どんな人間でも改心の可能性がある。なら、ウェスペルがそのきっかけになろう。

そんな彼に、面と向かって戦いを挑んできた相手がいた。

「なーに調子乗ってんだクソ怪盗。お前がやってることはただのコソ泥じゃねーか。お前、名探偵に会ったことないだろ？　今日がお前の黄昏時だ」

昏見の前に現れた名探偵は、どこまでも不敵で輝いていた。まるでミステリ小説の中から飛び出してきたような、理想的な探偵の姿だった。陽の落ちた後の空のような、深い似紫《にせむらさきいろ》色の瞳。

皋所縁の存在を知った時、不覚にも運命だと定めてしまった。

彼は自信過剰で不敵な名探偵としての姿しか周りには見せていなかった。しかし、屋根の上で向き合った昏見にこそ本質が見えた。彼はそれほど勝ち気な性格じゃない。むしろ、探偵に向いていないほど心優しく繊細《せんさい》な人間だ。

そんな彼が名探偵・皋所縁であり続けるのは、昏見有貴と同じ動機だろう。それをすることで、世界が少しだけ優しくなると信じているからだ。彼が名探偵として活躍すれば、この世の殺人事件が減っていくと信じている。祈っている。だからこそ、彼は理想の探偵として立ち続けるのだ。

笑ってしまうくらい、昏見有貴と皋所縁は似ていた。だからこそ、昏見はこの運命と心中してやってもいい気分になっていた。志を同じくする探偵と怪盗の大立ち回りは、世界を少しだけ幸せにするかもしれない。想像しただけで楽しくて仕方がなかった。それに、怪盗には探偵がつきものだ。昏見は怪盗推しだが、探偵だって大好きなのだ。

けれど、怪盗ウェスペルの蜜月《みつげつ》は唐突に終わった。

皋所縁が引退を表明し、表舞台から姿を消した。こういった結末を予期していなかったわけじゃない。皋所縁がいつか耐えきれなくなるところも想像していた。それに対しては何を言うつもりもなかった。本人は気がついていないようだが、皋だって人間だ。自分に抱えきれないものまで引き受ける必要はない。彼が普通の人生を取り戻すのならそれでもいい。このまま、皋は自分の幸せを周回遅れで取り戻すのだろう。

だが、昏見の予想は大きく裏切られることになる。皋は探偵を辞めたが、全てを棄てたわけではなかった。久しぶりにまみえた皋の舌には、縛られた手の形にも縛められた花の形にも見える奇妙な痣が――化身があった。それが気になって、昏見は再度皋への接触を試みた。

そして『誰もが殺人を犯すことのない世界』という彼の本願を知った。

それはかつての皋所縁の祈りとは正反対の願いだった。探偵として間接的に人を諭すのではなく、人間そのものを書き換えてしまうような願い。

探偵を辞めた皋は、人間の可能性をすっかり諦めてしまっていた。

そのことがどうにも耐えがたかった。志を同じくしていると思っていた共闘者が、今や一番遠い彼岸《ひがん》にいる。白状しよう。昏見は皋所縁のファンだった！　それはもう、悲しいくらいに。

肩甲骨に今なおある化身を思いながら、昏見は少しだけ逡巡《しゅんじゅん》する。昏見貴子が生きていたなら、きっと止めただろう。舞奏もカミも、きっと一筋縄ではいかない。昏見貴生のように呑み込まれてしまう可能性もある。

けれど、構わなかった。もう既に、彼の名探偵はカミに奪われたに等しい。なら、奪い返さなければならない。カミに懸けた本願を奪い去り、皋所縁を取り戻す。

これは昏見有貴の戦いではあるが、昏見貴子の戦いでもあった。負けるつもりは毛頭ない。昏見には二人分の重みが乗っている。

もう二度と、カミの思い通りにはさせない。この先に、何が待ち受けていようとも。


「所縁くん！　凄いじゃないですか！　ごくごく基本的なステップは全部間違えずに出来ています！」

「それ、舞奏披三日前に聞きたい褒め言葉じゃねえんだよな……」

一日も休まず稽古を重ねているお陰で、基本的な振り付けは見栄え良く出来るようになってきた。しかし、それだけだ。声は裏返らないことを意識出来るようになっていたが、全然響かない。視線は自然と下を向いてしまって、顔が客席の方に向けられない。

「これじゃあ全然話にならないんだよな……結局萬燈さんの言ってたことも分からずじまいだし」

「そんな！　諦めないでくださいよ。私の綺麗な舞奏が間近で観られなくなってもいいんですか？」

何言ってんだ、と一蹴《いっしゅう》してやることも出来た。だが、こうして舞奏に励んでいると、どうしても昏見の凄さに気づかざるを得ない。全然ブレない動きに、伸びやかな歌声。聞き慣れた声であるはずなのに、昏見の歌はどうにも魅力的に響くのだ。ややあって、皐は真面目に言う。

「お前の舞奏は綺麗だよ」

「…………………それはそれは、ありがとうございます」

「は？　え？　何だよ今の間。お前まさか照れたの？　マジで？」

「あ、すいません。丁度、笛の音で所縁くんの声が聞こえませんでした」

「雑に誤魔化《ごまか》してんじゃやねーよ。って、……うん？」

耳を澄ますと、確かに遠くから笛の音が聞こえてくる。それも、舞奏曲に使われそうな和風の音色だ。

「どこかで舞奏でもやってんのかな」

「社で合わせているノノウの方々かもしれませんね。気分転換に観に行きましょうか」

昏見の予想は当たっていた。武蔵國舞奏社に所属したばかりのノノウが、稽古の一環として舞奏を披露するらしく、客席には社についている観囃子の人々がちらほら見受けられた。なるべく目立たないように隅に座り、舞台に目を向ける。

やがて、扇を持った三人のノノウが舞台に現れた。音楽がかかり、舞奏が始まる。彼らは互いの顔すら見ずに舞い始めたが、動きは揃っていた。そのまま、一糸乱れぬ舞奏が続く。

そうして、三曲からなる舞台が終わった。観囃子から拍手が起こり、ノノウ達が退場していく。皐も、その背が見えなくなるまで拍手を送った。

だが、初めて舞奏を観た時ほどの感動は得られなかった、気がする。特に目が肥えたというわけではないと思う。さっきの舞奏だって十分に楽しかった。だが、あの時とは何だか違う。今回見たノノウ達にも技量はあったはずなのに。

「どうしました？　所縁くん。釈然としていなさそうですね」

「あー、うん。何だろうな……上手かったけど、こう、しっくり来なくて……何だろうな？　前、舞奏観た時はもっとこう……あったんだけどな？　こっちのノノウも上手いっちゃ上手いんだけど……」

「それは所縁くんが意中の相手と観たから、なんてオチじゃないですよね？　酷いですよー。私というものがありながら」

「や、あの人はそんなんじゃないって……なんかこう、もっと……」

　さっきのノノウの舞を思い出す。一糸乱れぬ統率の取れた舞奏だった。一挙手一投足が皐よりも上手い。だが、それほど素晴らしい舞奏であるとは思えなかった。一体、違いは何なのだろう？　事件を解き明かそうとする時のように、さっきのノノウを分析する。ややあって、皐は言った。

「………そうか。俺があの時観たノノウ達は観囃子のことを意識してたんだ」

　今回のノノウの舞奏は、あまり観囃子を意識したようなものではなかった、気がする。技量はあったが、舞奏を完璧にこなすことだけに意識が向いてしまっていた。だから、観囃子である皐と目が合わず、どこか据わりの悪いものになっていたのだろう。

「分かった、繋がった。萬燈さんの舞奏があれだけ魅力的な理由にやっと気づいた」

「え？　例のパラダイムシフトですか？」

「単純な話だよなあ。俺には観囃子を意識するってことがまるで出来てない。だから視線も下がるし、声もどこに向けて発すればいいか見失う。でも、萬燈さんもお前も、ちゃんと届けるべき相手を意識してんだよな……」

　勘違いしていた。舞奏競は技量の高さを競うものではなく、観囃子の歓心を得る戦いだ。そこを履《は》き違えていた時点で、皐の舞奏は土俵にも上がれていなかったわけだ。今からここを意識して、どれくらい変わるだろうか。焦りもあるが、興奮もしている。自分が観囃子であった時、どんな風に舞われたら嬉しかったかを思い出す。

「皋さん？」

その時、背後から声を掛けられた。振り返ると、そこには見知らぬ青年が立っていた。格好からして一般人——今日のノノウの舞奏を観に来た観囃子だろう。彼の目は、微かに興奮の色を帯びていた。

「突然すいません。でも、観囃子席にいる時から気になっていて……あなた、名探偵の皋所縁さんですよね？　俺、ずっとファンで……」

どうやら、探偵時代のお客さんらしい。探偵としてはすっかり凋落《ちょうらく》した皋に声を掛けているのだから、本当に好意的なのだろう。錆《さ》び付きかけていた回路を使って、かつてのように応対する。

「元、な。元・名探偵。普通の男の子に戻った相手に、そんなキラキラした目向けんなよ。ファンアイテムがまだ部屋にあるんなら、さっさとフリマアプリで売れ。まだギリ高値で売れるかもしれないけど、こっからの値崩れ早いぞー？　何しろ俺は失格探偵なんだし」

「そんなことありません！」

強く言われて、一瞬戦《おのの》く。そのまま、彼は続けた。

「テレビで皋さんの姿を見る度に、あんな風になれたらって思ってました。どんな時でも、皋所縁は正義の名探偵だった。あなたが解決した事件はいくつもあります。俺の憧れた皋さんは失格探偵なんかじゃない」

「……そう言ってくれるのは嬉しいけどな。俺はそんな大層なもんじゃねえよ。色んなものから逃げ出して、流れ着いてここにいる」

青年が再度反論しようとする。それを制すように、皐は言った。

「でも、俺を見ててくれてありがとう。俺なんかに、関心を向けてくれて」

その言葉が素直に出てきた。自分でも意外なほどだった。口元に笑みが浮かんでいるのが分かる。ややあって、青年が言った。

「……皐さんは、覡としてこの舞奏社に所属したんですよね？　舞奏披、楽しみにしています」

「ああ。後悔はさせない。だから、楽しんでくれ」

皐が言うと、青年はしきりに頷いてから去って行った。

「わー、神対応。これでいよいよ頑張らないとですね。ああいう皐所縁ファンだって舞奏披には沢山来ますよ」

「……まあ、そう、かもな……。いや、本当にそうか？」

「だって引退した推しの活躍が、別枠とはいえ見られるんですよ？　ゆか担《たん》は大喜びでしょう。興奮しちゃいますね」

昏見が冗談めかして言う。うるせーよ、といつもの通りに返そうとして、ふと言い淀んだ。代わりに、別の言葉を口にする。

「……あのさ、俺が負けて闇夜衆じゃなくなっても……」

「はい」

昏見がまっすぐに皐のことを見つめ返す。変装越しではない素の瞳が、皐のことを捉えている。続きの言葉を待っているのだ。ややあって、皐は続けた。

「…………お前のこと通報していい？」

「やめてくださいよ。あのお店気に入ってるんです」

その言葉が『ても』という接続助詞とは絶妙に繋がらないことには気がつかれているだろう。本当に言いたかった言葉はこれじゃない。もっと感傷的な言葉だ。だが、寸前で止まれた。

自分が負けて闇夜衆から去ることになったら、そこから先の自分達は無関係だ。いや、闇夜衆を応援する観囃子にはなるだろうが、こうして言葉を交わすことは無くなるだろう。それでいい。別の言葉と他の関係を求める必要はない。

「ほら、さっさと戻ろうぜ。お前にはまだまだ付き合ってもらうからな」

「えー、そろそろ東京証券取引所の後場《ごば》が始まっちゃうんですけど。私、数億を動かすクラミ・デイトレーダー・アリタカなので困っちゃうな」

「お前が株取引してるとこ今まで一度も見たことねえんだけど」

軽口を叩き合いながら、稽古場へ戻る。

あとは、残り三日でこのパラダイムシフトをどれだけ生かせるかだった。

舞奏披の日は、憎らしいほどの晴天だった。

そのお陰か、武蔵國舞奏社には多くの観囃子が集まっている。地元で組まれた舞奏衆に興味がある者、事前の情報で闇夜衆に期待を持った者、萬燈夜帳のファンや、引退後の皋所縁を観に来た野次馬など、そこには色々な『歓心』があった。

時間になり、まずは萬燈が舞台に歩み出た。その瞬間、ぴたりとざわめきが止み、注目が萬燈に集まる。

「よく来たな。俺は天才小説家兼作曲家にして、武蔵國の覡の萬燈夜帳だ」

萬燈が名乗りを上げるだけで、観囃子が歓声を上げる。単に萬燈夜帳というスターに会ったからだけではないだろう。萬燈の一声で、この場にいる観衆は許しを得たのだ。目の前の存在に無尽蔵の期待を捧げ熱狂してもいいのだと安心した。期待をかければかけるほど、褪《あ》せぬ輝きを返してくれるという安心。それがどれだけ観囃子にとって優しいことか知れない。どれだけ支配的なことかも知れない。

「ここに起こるは稀代の対決だ。十全に楽しんでくれ！」

そこから始まった萬燈の舞奏は、美しかった。

この容赦の無い獣は、あろうことかこの日の為に自作の舞奏曲を作ってきていた。泡が弾《はじ》けるような独特の音から始まるその曲は、大胆に鍵盤の音を取り入れてありながらも、伝統の旋律を崩さない。連なる音が競い合うように溶け合っていく。どこが区切りなのかも分からない奇妙な曲だ。

萬燈はそこに、暴力的なまでに強い歌声を乗せていた。稽古の時には聞いたことのないような圧のある声だ。それに合わせ、舞も力強いものになっている。扇を使っているはずなのに、まるで剣舞のようだった。見ているものの喉に切っ先を突きつけるような舞奏は、観囃子に息苦しさを与えてもおかしくない。

観囃子がこれを受け容れられるのは、萬燈が予め観囃子と共犯関係を結んでいるからだ。どれだけ圧の強い舞奏を奉じても、それは観囃子を楽しませるものだと信じ込ませてある。猛獣使いの腕を信じていなければ、獣が玉に乗る演技など誰が観るだろう？　萬燈が提供しているのは、そういう娯楽だった。

緊張と興奮に満ちた萬燈の舞奏が終わりに差し掛かる。燃えさかる炎に延々と晒されていたような気分なのに、終わるのが震えるほど惜しい。

これが萬燈夜帳の披露する舞奏なのだ。

音楽と共に萬燈の動きが静止する。一拍遅れて、万雷の拍手が送られる。萬燈が片手を上げてその全てを受け止めた。

そして、ずっと観囃子の方を向いていた萬燈が臯の方を向いた。そのまま、どこまでも挑発的な笑みが向けられる。この後に舞うのは公開処刑だと本人も分かっているのだろう。分かっていて、皐を誘っている。本当にいい性格をしてらっしゃる！

萬燈と入れ替わりに舞台に上がる。先ほどの余韻《よいん》は観囃子の間にまだ色濃く残っていた。それにあてられて、緊張で動けなくなりそうだ。けれど、皐はどうにか観囃子の前に進み出て、一人一人を意識しながらゆっくりと声を発した。

「……っと、俺は……武蔵國に所属している覡の、皐所縁だ」

探偵時代のように語りかけると、沸き立っていた観囃子の注目が自分に集まるのが分かる。どれだけ萬燈夜帳に浮かされていようが、登場した皐の存在には強制的に引きつけられる。どんなに狂乱していた殺人現場だろうと、皐は推理を披露してきたのだ。この場くらい支配出来なくてはお話にならない。

「今日は、俺の舞奏を観に来てくれてありがとう。つってもここにいる人間の大半は萬燈夜帳ファンだろ？　ほんとアウェーだよなあ、ここに立たされる人間の気持ち分かるか？　逆に気まずい？　だよなあ」

へらりと笑って、中央に立った。そのまま、まっすぐに観囃子を見据え、扇を構える。

「ただ、俺は前座じゃ終わらない。さあさあお立ち会い、ここから先が解決編《本番》だ！　もっと期待してくれ、熱狂してくれ、そうして、俺がこの舞台に相応しい覡だと証明してくれ！」

音楽が始まる。皐所縁の初陣《ういじん》が始まる。

皐が選んだ舞奏曲は武蔵國の舞奏社に昔から伝わっている伝統的なものだ。舞奏曲の基本を押さえたスタンダードな曲である。派手な曲ではない。だが、舞払いや止めなどの動きが要所に配置されており、基礎が出来ていなければ舞えない。二週間前の皐なら通しで舞うことすら叶わなかったものだ。

大きく息を吸って、必死で覚えた歌を放つ。自分の言葉に耳を傾けてくれる存在に届くよう、自分の勝負出来る音域で最大限に声を張る。扇が滑らないよう必死に握り、一番遠くの観囃子にまで観えるよう大きく振った。

誰かを笑顔にする為に、花を植えるような人間になりたかった。そうして、自分の手の届く範囲のたった一人を幸せに出来るだけで満足すればいいと思っていた。

なのに、皐所縁は愚かで強欲だった。だから名探偵なんてものをやっていたのだ。自分の目に映る人全てを笑顔にしたくて、自分の腕の短さを責めた。そうして、探偵ですらいられなくなってしまった。

けれど、まだ歌える。まだ舞える。この声が届く観囃子を笑顔にすることが出来る。観囃子は気を散らすこともなく、皐のことを一心に見つめてくれていた。その目に興奮が宿っているのを見るだけで、泣きそうになってしまう。

そこでようやく、皐は自分がここにいたい理由を悟った。自分の願いを自分で叶えたい。それは嘘じゃない。でも、全部でもない。

皐はこの場所が、観囃子が——舞奏が好きだった。

曲が終わり、最後の止めに入る。けれど、体力が追いついていない皐はそこでよろけてしまう。一拍遅れて、もう一度扇を掲げた。

やりきった。失敗した箇所は数え切れない。でも、今出来る最大限のことをした。皐は立ち上がり、一礼をする。

その瞬間、観囃子から歓声と拍手が起こった。

観囃子が笑顔で声援を送ってくれている。そのことが信じられなくて、しばらく呆然としてしまった。全ての音が遠くなる。

「皐」

皐の意識を引き戻したのは、舞台に上がってきた萬燈の声だった。

肩で息をしながら、その言葉を噛みしめる。すると、自然と笑みが出た。

「よくやったな」

「……分かってる。俺の負けだよ、萬燈さん」

歓声も拍手も送られた。けれど、どう贔屓目に見ても皐の舞奏が萬燈のものに勝《まさ》っているとは思えない。熱狂も興奮も段違いだ。勝負にすらなっていない。判定する社人だって同じことを言うだろう。

ただ、皐の心は晴れやかだった。これから舞台を去るというのに、どうしようもなく清々《すがすが》しい。これが最後になるなら、それでも本望だった。

「えーっ、そんな簡単に認めちゃっていいんですか？」

横から昏見がしゃしゃり出てくるが、皐はゆっくりと首を振る。

「いいんだよ。俺、たらたら言い訳する犯人のこと嫌いだし」

「そんな……！　じゃあ、所縁くんとはここで今生のお別れなんですか？　若い命を散らすだなんて」

「え？　命？」

「負けたら舌を抜かれるんでしたよね？　普通に考えて所縁くん死んじゃいません？」

昏見が無邪気に首を傾げる。そういえば、皐はそう啖呵を切ってこの勝負に挑んだのだった。過去の自分の威勢《いせい》の良さを思い出し、一気に血の気が引く。

「……や、そう、そうなんだけど。え、それは、ちょ、マジで……」

「そんな！　往生際が悪いですよ、所縁くん！　勝負が決まったならちゃんとお仕置きを受けるべきです！」

「えっ、その、萬燈さん、これは……」

「まあ、勝敗がついたならそうだわな。言葉ってのは重いんだぜ？　こと小説家の前ではな」

「え、えええええええ!?　えっ、それじゃあ本当に」

口元を押さえつつ、いよいよ青ざめる皐の前で、今度は萬燈の方が耐えきれずに笑った。

「安心しろ。俺は言葉に重きを置く人間だが、まだ勝敗はついてねえからな」

「いや、流石にそれは無いだろ……。誰がどう見たって萬燈さんの勝ちだって」

「いいや、お前の勝ちだよ、皋。何故なら、俺の歓心はお前の舞奏に向いてるからだ」

萬燈の言葉に嘘は無かった。疑う余地すら無い。萬燈は皋の舞奏を認めている。あの欠けたところだらけの舞奏に、心を動かされている。そこにあったのは情けではなく期待だった。

皋所縁をリーダーに据えた、闇夜衆への期待だ。

「この舞台いっぱいの観囃子の歓心と、この萬燈夜帳の歓心のどちらが重いか、賢い皋所縁なら分かるんじゃやねえか？」

どこまでも不遜な言葉だ。だが、萬燈夜帳においては、その不遜さすら赦される。何故なら、彼こそはこの世に顕れた異形の才。カミに臨む本物の天才だからだ。

「改めまして、よろしくな。俺の愛しい他人ども」

萬燈が皋と昏見を交互に見る。そして最後に、観囃子へと手を掲げた。

「この勝負は皋の勝ちだ！　俺はこいつがリーダーを張る闇夜衆で戦おう！　どうぞ好きなだけ歓心を向けてくれ」

観囃子が歓声を上げる。その瞬間、大きな爆発音と共に視界が金色の花吹雪《はなふぶき》で覆われた。目が眩《くら》むような光景を前に、思わず背を丸める。

「うわっ！！？？！　何だこれ！？！」

「おめでとうございます！！！　祝・闇夜衆の真結成！　これは不肖・昏見有貴からお二人へ

の、そして観囃子の皆さんへのプレゼントです！　いやあ、解散にならなくてよかったですよ！　私の仕込みが無駄にならなくて！」

昏見が嬉しそうに言って、花吹雪を浴びている。どうやら、予めこれを仕込んでおいたらしい。派手好きな昏見が好みそうな演出だが、あまりにも量が多かった。

「ちょっ……これ大丈夫なのか!?　舞台汚《けが》した判定になんない!?」

「観囃子は沸いてるぜ！　カミだって喜んでるだろうさ。俺が保証する」

何の根拠も無く言って、萬燈が笑う。そして、昏見が優雅に前に進み出た。

「改めまして、私達が武蔵國の闇夜衆です！　さあ、私達の一世一代の興行をご高覧あれ！」

昏見の声が朗々と響く。歓声が響いているにも拘わらず、彼の声は夜を拓《ひら》く月の光のようにまっすぐに届いていた。歓心を掠《かす》め取り、人の心を奪う声だ。そのまま、昏見が高らかに告げる。

「ようこそ、私達の至上の独擅場《どくせんじょう》へ」

闇夜衆の初の舞奏披は成功に終わったと言っていいだろう。紙吹雪を片付けて（この件に関しては、後から社人からのクレームが入ったが、昏見はしれっとした顔をしていた）改めて披露された三人での舞奏は、その日一番の喝采を受けた。

あの時の興奮は今でも忘れられない。きっと数年先でも反芻するだろう、輝かしい瞬間だった。

そして、その瞬間は、闇夜衆としてこれからも更新されていくのだ。これから始まる、舞奏競の中で。

「皐、後半になると腕が下がってる。あと、扇の先の処理が甘い。折角舞台で不敵に笑えるようになったんだから、扇は絶対に顔にかからないようにしろ。あと、さっきの部分はあんまりビブラートを使わない方が綺麗かもな」

皐の舞奏を見た萬燈が、つらつらと指摘する。舞奏社での風景は、以前とあまり変わらない。ただ、二人と少しだけ渡り合えるようになってきた。皐と萬燈の戦いから始まった闇夜衆は、舞奏でも戦いの様相を呈《てい》していた。三人全員が譲れない思いと共にぶつかり合い、それによって逆説的に調和を生み出すという刺激的な舞奏を奉じる。だから、皐自身も喰われないよう挑まなければならない。本番までに、どれだけ食らいつけるかが皐の課題だった。

「一回一回の指摘が多い……けどちょっとずつ成長してる気もするから泣けるわ」

歩みは遅いが、確実に進歩はしている。そのことが分かるから、嬉しかった。

それに、舞奏は楽しい。この期《ご》に及んでも、今に及んでこそ。

「やっぱり闇夜衆っていいですねえ。素敵です」

昏見がにこにこと笑って、扇で自らを扇《あお》いでいる。

「それってそういう風に使っていいのかよ」

「所縁くん。扇は扇ぐものですよ。はー、闇夜衆最高。私達はズッ友ならぬズッ舞奏衆ですね。あ、でも、萬燈先生は舞奏を通して私達を認めてくださったわけですし、舞奏競で魅力的な覡に出会えばころっとそちらに乗り換えちゃうかもですよ。先生は才能大好きっ子ですから」

「お前はまたすぐそうやって……」

「……まあ、無くはねえな。覗ってのはどうにも興味深い」

萬燈が顎《あご》に手を当て、不敵に笑う。

「ぐ、折角萬燈さんとの絆《きずな》が深まったっていうのに……」

「安心してくださいよ。私は所縁くん一筋ですから」

「それでよく俺が安心すると思ったな。ちょっと感動するわ」

その時、社人が稽古場に入ってきた。

「失礼します。皐さん宛に手紙が届いています」

「俺に？　え、ファンレター的な？　ですかね？」

「きゃー、所縁くんも隅に置けませんね」

「うるせえ」

昏見をいなしながら、シンプルな白い封筒を受け取る。そうして、裏面に書かれた名前に目を見開いた。

そこには、美しい筆跡で『古宮さくら』と書かれていた。

恐る恐る封を開けて、そこにある言葉を受け取る。

探偵から覗になった皐への、思いを受け取る。

極めてシンプルな手紙だ。様子を伺《うかが》う言葉、一行しかない近況報告。それに続いた「いつかあなたの舞奏を観てみたい」という願い。

皋はしばらくその手紙を見つめていたが、不意に顔を上げて言った。

「……もう一回合わせたい。二人とも、まだいけるだろ？」

「お、所縁くんやる気ですね。勿論ですよ。私を誰だと思ってるんです？」

「構わねえよ。俺もまだ足りねえしな」

皋は扇を構える。そして、まだそこにいない観囃子に向かって、大きく振り下ろした。

第4話「天涯比隣(forever friends ROUISO)」

「お兄ちゃんなら今はいないけど」

その言葉が、幼い九条比鷺《くじょうひさぎ》の口癖だった。

浪磯《ろういそ》の名家である比鷺の家には、毎日沢山の客が来る。一番多いのが両親に会いに来た客で、次いで多いのが兄である九条鵺雲《やくも》に会いに来る客だ。

物心ついた時から、比鷺は兄と比べられて生きてきた。七つ年上の兄は人当たりが良く、誰からも好かれるような人間だった。おまけに、彼の鎖骨の辺りには、雷と龍《りゅう》を合わせたような形の、美しい化身《けしん》があった。舞奏《まいかなず》の才を証明する、カミに選ばれた者の証だ。誰もが九条鵺雲に期待していたし、彼はその期待に十分に応える実力があった。

対する九条比鷺は、あまり人付き合いが上手いタイプではなかった。注目を集める兄の横で、耐性の無いままスポットライトを浴び続けたせいだろう。緊張が失敗を呼び、ますます光の下が怖くなる。

不幸だったのは、兄には及ばずとも比鷺にも才能があったことだ。比鷺は大抵のことを上手くやったし、要領も良かった。そのせいで、余計に比べられた。地虫と鷹《たか》を比べる人間はいないが、鷹と烏《からす》を比べる人間はいるものだ。羽の艶を比較されるような日々が、比鷺の身を硬くする。

そんな有り様だったから、みんなが求めるのは鵺雲の方だった。九条屋敷にやって来た人間は決まって鵺雲の所在を尋ねた。そうして人気者の彼がいないことを知ると、残念そうに去って行くのだ。

小学校に上がる頃には、比鷺は伝書鳩《でんしょばと》のような役割を与えられていた。鵺雲がいる時には彼を呼びに行き、いない時は先の言葉を伝える。相手が大人の時は謝りすらした。ごめんなさい。お兄ちゃんじゃなくてすいません。

だから、同じ年頃の少年が訪ねて来た時も期待はしなかった。快活そうな短髪に澄んだ目をした少年は、いかにも比鷺とは違うタイプだ。こんな少年が比鷺に会いに来てくれることはない。ましてや友達になってくれることはない。期待されるような自分じゃないから、こっちだって期待はしない。

そんな比鷺を見て、彼は不思議そうに言った。

「お兄ちゃん？　鵺雲さんの方には別に用は無いけど」

「……え？」

「俺は九条比鷺に会いに来たんだ。いるなら、会わせてほしい」

その言葉の意味が汲《く》み取れず、反応が少し遅れた。

「会ってる」

「え？」

「……会ってるけど、九条比鷺に」

比鷺が言うと、少年は笑顔で手を差し出してきた。さながら完璧な映画のラストシーンのようだった。切り取られて保存されていないのが惜しいくらいだ。そのくらい、九条比鷺と六原《むつはら》三言《みこと》の出会いは完璧だった。

だからだろうか。いつか走馬燈《そうまとう》を見る時、この思い出ばかりが流れてしまいそうで恐ろしい。

六原三言の名前は前々から知っていた。三言は浪磯小学校でも指折りの人気者だからだ。明るく快活で、誰にでも分け隔てなく優しい。たまに無茶なことをするけれど、持ち前の運動神経でどうにかしてしまう。

そして、その手の甲には舞奏の才の証である化身がある。三言はそれを隠そうともしていない。長く伸ばした髪で自分の化身を隠している比鷺とは大違いだ。小学四年生の身でありながら、三言は既に覡《げき》として舞奏の稽古を受けている。比鷺は彼の舞奏を何度も観ていた。三言は、芯《しん》の通ったとてもいい舞奏を奉じる。彼ならば、兄の鵺雲に匹敵するほどの舞奏を奉じられるだろう、と誰からも期待されていた。審美眼のある比鷺も確信した。三言はきっと素晴らしい覡に成長するだろう。

あらゆる意味で、比鷺と三言は別のタイプの人間だった。かけ離れ過ぎていて嫉妬も湧かない。そんな彼がわざわざ比鷺に会いに来て、友達になろうと言ってくれたのだ。嬉しくないはずがなかった。

「それで、なんで俺に興味持ってくれたの？」

一緒に遊ぶのが恒例になってから、比鷺はおずおずとそう尋ねた。

「勿論、俺と仲良くなりたいって気持ちは分かるよ？　俺の知られざる魅力は分かる人は分かるやつだもんね！　でも、何かきっかけ？　とかあったのかなーって。実はずっと前から俺のこと気になってた？　友達になりたかった？　ふへ、照れるなー！」

気恥ずかしさを隠すように、早口で続ける。あれから一年が経っているが、未だに三言がどうして自分に声を掛けてくれたのかは分からないままだった。あの日、比鷺の人生は大きく変わった。自分のことを選んでくれた理由がどうしても知りたかった。

けれど、三言はどこかきまり悪そうに笑いながら言った。

「……いや、比鷺はいつも教室で一言も喋《しゃべ》らないっていうから……先生から友達になってあげてくれないかって言われたんだよ。でも、俺は隣のクラスだから、家に直接行くしかなくて」

「え？　何だよそれ。俺と友達になりたくて来たんじゃないのかよ！　なーにが『友達になってあげて』だよ！　友達ってそういうのじゃないじゃん！　ど、どうなってんの!?　マジで！」

「だから言いたくなかったんだよ……。今これだけ仲がいいんだからいいだろって言っても納得しないだろ？　比鷺は」

「納得しない！　出来るわけない！　あーもう聞かなきゃよかった！　三言がビジネスフレンドだなんて知りたくなかった！」

浪磯港のコンクリート敷きに転がりながら、比鷺は足をばたつかせた。殆ど何も入っていないランドセルががちゃがちゃと鳴り、比鷺と一緒に抗議する。

「……比鷺、うるさい。なら三言と遊ばなきゃいいだろ、このコミュ障」

不服そうな声でそう言ったのは、ランドセルを枕《まくら》にして眠っていた少年だった。子供ながら目鼻立ちのはっきりした顔立ちは、自然と人の視線を引き寄せる。初めて会った時、こんなに綺麗な顔をしている人間がいるのだということにまず驚いた。彼が、三言の幼《おさな》馴染《なじみ》として紹介された八谷戸《やつやど》遠流《とおる》だった。

三言に連れられて遊びに出るようになって、初めて紹介されたのが彼だった。その堂に入ったマイペースっぷりに戦いたものの、三言の助けもあって比鷺と遠流もすぐに仲良くなった。

遠流はマイペースで摑み所が無いけれど、何事につけても要領がよかった。頑張りたくないからこそ最短ルートを辿りたいらしい。ゲームに苦戦する比鷺に裏技やコツを教えてくれたのも遠流だ。

今まではチーム分けされる対戦ゲームで遊ぶと、比鷺が入った方は必ず負けてしまっていた。ゲームなんかつまんないな、と思っていたはずなのに、遠流が教えてくれてからは見違えるほど上手くなった。最近は暇な時間をすっかりゲームで潰すようになってしまったくらいだ。

「遠流はいっつも意地悪ばっかする！　お前なんか三言の近くで寝てるだけじゃん！　遊んでないじゃん！」

「僕はこれでいいんだよ。つべこべ言うな。……三言の近くだとよく眠れる……」

そのまま、またもごろりと丸くなってしまう。一緒に遊んでいても、目を離すと寝るのが遠流だ。その一貫した姿勢は尊敬出来なくもないが、折角の放課後にこれでは寂しい。血色のいい頬をつついて、どうにか起こそうとしてみる。

「もー、起きてよ遠流！　集まったんだから何かしようよ」

「遠流は何をするか決めると動いてくれるんだけどなー。こうして何をするかを決めてる時間は休むって決めてるらしい」

三言はそんな遠流を責めることなく、むしろ優しげに言った。前々から思っていたが、三言は遠流に甘い。とても、すごく甘い。

「じゃあ何する？　俺水風船やりたい。田島《たじま》さんとこの商店の」

「水風船、確か売り切れてたんじゃなかったっけか」

「えー、三言がやってるとみんな真似するんだもんな。じゃあどうしよう……俺ん家《ち》でゲームでもいいけど」

「そうだ！」

三言が遠流の肩を二度叩く。すると、遠流がのっそりと目を覚ました。どうやら移動するつもりらしい。

「みんなに紹介したい秘密の場所があったんだ。今行かないか？」

「秘密の場所？」

「ああ、この間一人で探検してる時に見つけたんだけどさ、特別に教えてやろうかなって」

「……特別」

「ああ。さっきまでビジネスフレンドとかで拗ねてただろ？　だからさ、ビジネスフレンドには見せないようなもの、見せてやるよ」

三言が悪戯っぽく笑いながら、比鷺を手招きする。

「それとも、九条屋敷の比鷺お坊ちゃんは危ないところには行きたくないか？」

「ばっ、馬鹿にすんなよな！　行くし！　ていうか俺より遠流は？」

振り返ると、遠流はすっかり起き上がってランドセルを担ぎ直していた。眠たげな目を頻《しき》りに擦っているが、準備は万端《ばんたん》らしい。

「じゃあ、みんなで行こうぜ。ずっと誰かに教えたくてうずうずしてたんだ」

三言が連れてきたのは、いつも遊んでいる浪磯の浜辺から少し離れた海岸だった。海水浴場として開放されてはいないが、磯が広がっており、澄んだ水が一面に広がっている。人がいないところは確かに『秘密』で『特別』だと言えなくもなかったが、それだけのようにも見える。

「ねー、ここが本当にその場所なの？　ていうか遠すぎ……こんなに歩いたの久しぶりでお腹《なか》痛くなってきた」

「俺はランニングがてらよく来るんだけどな。それに、遠流だって平気そうだぞ」

「げえ、なんで……いっつも寝てばっかのくせに……。はー、疲れた……ここまで来てこれだけだったら正直コスパ悪――」

視界の端を輝くオリーブ色が横切ったのは、その時だった。

「アオバトだ」

磯を指差しながら、遠流が小さく呟く。その間にも、緑色の身体をした鮮やかな鳥が何羽も集まってきた。羽の赤色が目に痛い。瞬く間に、磯はアオバトの群れで覆われた。

「な？　凄いだろ。ここ、海の水を飲みに来たアオバトがこんなに沢山見られるんだ。最初は岩場に花が咲いてるのかと思ってさ。みんなに教えようと思ったんだ」

アオバトは浪磯のシンボルだ。色々なところにこの美しい鳥の飛来地情報が出ている。ただ、その光景を自分達が独り占めしていることに嬉しくなった。

「へー……確かに凄いじゃん。歩いた甲斐《かい》あったかも」

「な？　そうだろ？　まだ他の人達が観測場所として見てないだけだから、そのうち秘密の場所じゃなくなるだろうけど」

そう言われると、急に惜しい気持ちになる。海は誰のものでもないけれど、この光景に自分達の名前を付けたい。

「ねえ、三言、遠流。この岩に俺達の名前彫らない？　名前」

近くにあった平たくて黒い岩を指差して、比鷺が言う。

「石でガリガリやったら書けそうだよ。この場所、俺達のものにしよう」

「……勝手に僕達のものにしていいの？　みんなの浜辺でしょ」

「う、遠流め。正論を」

「いいぜ、書こうか」

「三言がそう言うなら」

「う、遠流め。寝てばっかいるだけあって寝返りが早えー」

言いながら、ナイフ代わりの石を拾い上げる。

「折角だから四隅に書こうよ」

比鷺が言うと、二人は頷いてそれぞれに名前を刻んだ。右上に三言、右下に遠流、そして左下に比鷺だ。比鷺の『鷺』の字は画数が多く、少し時間がかかってしまった。

「出来た！　これが『友情の石碑』！」

「……何そのＲＰＧに出てきそうな名前」

遠流が訝しげに言う横で、比鷺は大きく胸を張った。

「いいだろ？　勇者の町とかにありそうでさ」

「……比鷺はすっかりゲーム脳だな」

「俺ってばゲームの才能があるみたいだからね。そっちの方を伸ばしていこうかと」

「ゲームするよりかは俺と舞奏の稽古でもした方がいいと思うけどな」

「舞奏はゲームほど楽しくないもん」

鼻を鳴らしながら、友情の石碑を見下ろす。

しっかりと刻んだけれど、この文字はいつまで残るだろうか？　この石碑と一緒に、自分達の友情は長く続いていくだろうか？　そう思うと、祈らずにはいられなかった。どうか三言達とずっと仲良くいられますように。……俺の初めて出来た宝物達が、ずっと幸せでありますように。

「大丈夫だよ」

三言がぽんと肩を叩いて、そう言ってくる。心を読んだかのようなその言葉が照れくさくて、ぶっきらぼうに返してしまう。

「何がだよ」

「比鷺のことだから、どうせろくでもないこと考えてたんだろ。お勉強は出来るのにそういうところはアホだよな」

「アホじゃない！　俺は天才！　……いい気になんなよなー」

「俺は、どんな時でも比鷺の味方だよ。どんなことがあっても必ず傍《そば》にいる。だから大丈夫だ」

告げられた言葉は自信に満ちていた。惑うことのない目に引き寄せられる。出会った時から、三言の言葉にはどこか信じてしまう力があった。

「じゃあ信じるからね。ずっといつでもいつまでも永遠に浪磯でみんな一緒に仲良くしようね」

「流石に重いな。それ、石に文字書いたくらいじゃどうにもならないぞ」

「ちょっと三言！　さっきの感動的な流れは何だったの!?　ていうか遠流！　友情の石碑にランドセル置いて寝ないでくれる!?　それ大事なやつなんだけど！」

歩き疲れたのか、遠流は早速横になっていた。その肩をべしべし叩きながら、比鷺が叫ぶ。

「もう、絶対置いてくからね！　俺はお前を甘やかさないから！」

大声に驚いたアオバトが一斉に飛び去っていく。それでも遠流は幸せそうな顔で眠り込んでいた。


比鷺の願いが通じたのか、三人での日々は中学に入っても続いた。

中学校に上がると、比鷺は初めて三言と一緒のクラスになった。三言だけじゃない。遠流も同じクラスだ。そのお陰で、学校に行くのが楽しくなった。

慣れないブレザーに身を包んで、二人と待ち合わせしている信号前に向かう。すると、親友達が当たり前のように自分を待っているのだ。他の誰でもない、九条比鷺を。

「おはよ、三言。遠流はまーた溶けてる」

「……学校が遠くて大変なんだよ。もっと近くにあればいいのに」

「ここからだったら結構近いじゃん。甘ったれすぎ。三言もなんとか言ってやってよ」

「大概甘ったれてる奴が言う言葉か？　お前、昨日休んだのほんとに腹痛なのかよ？」

笑いながら言われた言葉に、思わず言葉を詰まらせる。

「昨日は推し実況者の長時間生があって……なんかこう、夜更《よふ》かししてたらお腹痛くなって……だから本当だって、五割ほんと……」

「比鷺、お前僕のこと言えないだろ」

「うるさい。俺は授業中寝ないもん。んなこと言うならもうノート見してやんないからな」

ぎゃあぎゃあ言いながら、学校に向かう。潮風の匂いが鼻腔《びこう》を擽《くすぐ》って、影を払っていく。

幸せだったのだと思う。

兄の鵺雲は浪磯から通える大学に進学し、一層舞奏に打ち込むようになった。周りの期待に十分に応え続ける様は、妬《ねた》ましいけれど大したものだと思った。当の鵺雲は柔和で人当たりのいい笑顔を浮かべ、性懲《しょうこ》りも無く言う。

「比鷺も舞奏の稽古をすればいいのに。そうしたら、きっといい覡になると思うよ。だって比鷺だもの。もしかして、僕に気を遣っているのかな？　比鷺が本気を出せば覡としての僕が用済みになってしまうもんね！　気にすることないのに」

「うっせバーカ、早く大学行けバーカ」

携帯ゲーム機を弄りながら、兄にすげなく言ってやる。

三言達と仲良くなってから、血の繋がった天才との距離も上手く取れるようになってきた。鵺雲ほどではないけれど、比鷺だって大抵のことは上手くやれた。特別じゃなくても主役じゃなくても、人生はそこそこ楽しいものだ。人気実況者は沢山いて、そのどれもが輝いている。

鵺雲と同じく、三言も舞奏の稽古に励んでいる。まだ中学生だけれど、その舞には既に鵺雲にも劣らない華やかさがあった。彼はただ舞奏を奉じるだけでなく、きっと舞奏競《まいかなずくらべ》に参加することの出来るほどの覡になるだろう。そんな三言が鵺雲と組めば、大祝宴《だいしゅくえん》にまで辿り着けるかもしれない。

ここ数年で行われている舞奏競は相応の歓心《かんしん》を集められず、開化舞殿《かいかまいでん》を開くほどの領域には至っていない。だからこそ、比類無き才を持つ鵺雲には相応の期待が懸けられている。彼こそが悲願へと続く虹のきざはしなのだ。

本来なら比鷺も九条家の悲願の礎《いしずえ》になるはずだった。鵺雲と共に舞奏衆《まいかなずしゅう》を組み、舞奏競に挑むことを期待されていたのだ。生まれた時からうなじに化身を持つ比鷺は、生まれた瞬間が一番歓心を向けられていた。

初めて舞奏社《まいかなずのやしろ》に行ったのは二歳の頃らしいが、はっきりとした記憶は無い。物心がついた時には、比鷺は正座をして、兄の舞を見学していた。

ただ観ていればいいというわけじゃない。彼の舞のどこが優れているのか、ノノウ達の舞には何が欠けているのか。それを逐一《ちくいち》尋ねられた。舞奏のことを理解しているかを試されていたのだ。それをクリアした後は、実際に舞ってみるように言われる。だから比鷺は必死だった。ちゃんと出来なかった時の周りの目が、あまりにも冷たかったからだ。

小さな手で神楽鈴《かぐらすず》を握り、兄がやったように舞ってみせる。見よう見まねでも、ある程度までは上手くいった。でも、期待されていたほどではない。その歳にしてはよく出来た舞だが、それ以上のものではない。幼くも聡《さと》い比鷺は、周りの失望と妥協を鋭く感じ取ってしまう。それが身体を硬くし、失敗を生む。

ごめんなさい、と言うと周りは溜息を吐いて笑ってくれた。分かった。失敗は仕方ない。これからはきっと素晴らしい舞を観せてくれるんでしょう？　だってあなたは、九条の家の子供なのだから。

「大丈夫。比鷺はまだコツが分かっていないだけなんだ。比鷺なら、きっと素晴らしい覡になれるに違いないよ。だって君は九条家の血を引いている。素晴らしい化身があるのだから」

兄にそう言われる度に、自らのうなじに触れる。自分では見えない位置にあるそれは、何の自信にもならなかった。こんなものがあるから、比鷺への期待が重くなる。

小学校に上がる頃になっても、比鷺の舞はそう上手くはならなかった。

勿論、他國の舞い手に比べれば比鷺の技は優れていた。同年代の子と比べても際立っている。比鷺は神童ではあった。でも、歴史を塗り替えるほどの天才ではない。比鷺がどれだけ高く飛べても、太陽には届かない。なのに、嫉妬は人一倍受けた。口さがないノノウの中には、鵺雲と比べて比鷺を不当に貶《おとし》める輩《やから》もいた。その程度で自分達を追い落とすつもりなのか。そうして、まだ七つにもならない子供相手に、その化身の不相応さを詰《なじ》った。

やがて、比鷺は折れてしまった。向けられた全てを抱えきれず、全部を放り出して逃げ出してしまった。あの舞台に相応しい器《うつわ》ではなかったということだろう。両親が何も言わなかったのは、比鷺があまりに頑《かたく》なで、なおかつ鵺雲があまりに秀でていたからだ。それに彼らには『化身持ちは然るべき時には必ず舞奏に向き合うことになる』という呪いのような思い込みがあった。いつかきっと、九条比鷺も舞奏社に戻ってくる、と。……そんなことがあるはずもないのに。

その点、三言は違う。三言は鵺雲の隣に立つに相応しい。比鷺が抱えきれなかったものを、ちゃんと背負っていってくれる。比鷺の期待を受けて輝く一等星だ。そのお陰で、比鷺は息がしやすくなった。覡として生きる以外の自分を受け容れられた。

ただ、比鷺はしばしば三言と共に舞奏衆を組む夢を見た。

舞奏はキツかった。しんどいし疲れるし、舞台に立つのは泣きそうなほど怖い。なのに、三言の隣で喝采を浴びる瞬間の高揚は、その全てを忘れさせてしまった。こんな性《た》質《ち》の悪いものも無い。これじゃあ、ずっとここにいたくなってしまう。三言が化身の浮かんだ手をこちらに伸ばしてくる。比鷺がその手を取った瞬間に目が覚める。

正直、悶《もだ》えた。フロイト先生の辞書には舞奏をする夢の解釈、なんてピンポイントな項目は無かった。これがただの願望であるとしたら、流石にそれは、ご冗談がきつい。せめてオブラートに包んでほしい！

とはいえ、比鷺が舞奏を始めることはなかった。覡として三言と舞うことを望むのと、登録者数百万人の実況者になることは似たようなものだ。魅力的だが、それに心血を注ぐほどではない。比鷺は身の程を弁《わきま》えている。

イカロスの例を引くまでもなく、分不相応な夢には罰が与えられるものだ。自分の翼《つばさ》が蠟《ろう》で出来ていることなんて知っている。だからこそ比鷺は、地上で幸せになる方法を探し出せるようになったのだ。

こうして、つつがなく日々が過ぎていく。九条比鷺は人見知りでゲームの好きな中学三年生になっていた。身長はすくすく伸びたけれど、中身の方はそれほど変わっていない。ＦＰＳでの立ち回りは上手くなったけれど、現実での立ち回りはそうでもない。人生で誇れるものが腰撃ちの精度しか無い。手の中の進路希望調査票を握ったまま、比鷺は大きな溜息を吐く。

「中学校生活が幸せすぎて、高校生の俺が想像出来ない。もうほんとにマジで怖い。このまま時を止めてしまいたい」

放課後の教室で、比鷺は本気でそう口にする。時間が有限で無慈悲に過ぎゆくものであることは、どうしてこうも恐ろしいのだろう。窓の外の夕陽が暮れゆく風景も、急に物悲しく感じる。三言と遠流を見るだけで涙が出そうだった。寂しい。

「まだ卒業まで大分あるだろ」

「すぐだよ。夏休み終わったらすぐじゃん。もう駄目だ」

「このまま行くと、みんな浪磯高校に進学するだろ？　なら何も変わらないんじゃないか？」

さっさと進路希望調査票の空欄《くうらん》を埋めた三言が、あっけらかんと言う。

「変わるよ！　変わるもん！　あー、怖い怖い。三言、高校入ったら朝迎えに来てくれる？　一緒に学校行こ？」

「流石に面倒だし遠いから嫌だ」

「ケチ！　トレーニングの一環で延々とランニングするくらいなら、朝俺の家までランニングしてよ。変わんないし、そっちの方が意味があるでしょ」

「無いだろ。だったら朝が弱い遠流の家に行った方がいい。お前は一人で起きられるだろうし」

「はー？　じゃあ俺も起きないんですけど！　遠流ばっかりずるいずるい！」

喚《わめ》きながら、遠流が突っ伏して寝ている机を蹴る。睡眠を邪魔された遠流が、不機嫌そうな顔で起き上がった。その手の下では『第一志望：浪磯高校』と書かれた進路希望調査票がくしゃくしゃになっていた。

「……はあ。高校、僕もやだな。中学でも遠いのに、高校はもっと遠い……そんなもの通える気がしない。眠い。だるい。いっそ高校に住むしか……」

「まーたそんなこと言っちゃって。というか遠流はちゃんと受かるのかな……。浪磯高校って結構頭良いし、遠流って勉強そんなに得意じゃないでしょ」

「僕を舐めないでくれる？　本気を出したら平気だよ。……起きてられたら問題無い」

「む、無理ゲー……。じゃ、遠流とは中学でお別れじゃん！　うえ〜、ご愁傷様《しゅうしょうさま》〜」

笑いながら額を叩いてやると、眠そうな遠流の目がきゅっと細められる。その様はさながら機嫌の悪い猫のようで、不覚にも少し可愛《かわい》い、と思う。

その時、教室に下校時刻を報《しら》せるチャイムが鳴った。

「あ、もう五時か。俺、舞奏社に行かないと。二人はどうする？」

「えー？　もう少しゆっくりしてこうかな。遠流は？」

「……僕もまだ残る」

「そうか。じゃあまた明日な！」

三言が元気に言って、教室を出て行く。その足音が聞こえなくなってから、比鷺はおもむろに切り出した。

「……勉強、教えてやろっか？　俺、多分そういうの向いてるし」

「…………………む」

「むかーし、ゲームの裏技教えてくれただろ。お返しだよ」

「それ、いつの話だよ…………」

「俺、お前と同じ高校行きたいんだけど」

真剣な顔で言う。むかつくことも沢山あるけれど、遠流は大事な友達だった。これからも、ずっと一緒にいたい。その思いが通じたのか、遠流もいつになく真剣に言った。

「うん、分かった。お願い」

その日から、比鷺は遠流に勉強を教えることになった。

ああは言ったものの、遠流がいない高校生活は考えられなかった。誰一人欠けることがないのが、比鷺の思う幸せの形だ。その幸せの為なら、この寝てばっかりいる省エネな幼馴染の為に一肌脱いでやらなくもない。


三言が舞奏社に行くと、比鷺と遠流の二人だけが残る。今まではどうでもいいことを話したり、比鷺がハマっている動画を無理矢理見せたり、あるいは眠っている遠流を見ながらゲームをするという、何とも言えず堕落《だらく》した、けれど贅沢な時間を過ごしたりしていた。人と一緒にいるのに平然と寝るのは気に食わないが、この世の全てのものから自由になったような遠流の寝顔は、嫌いじゃなかった。

その時間の一部が、勉強に充《あ》てられた。遠流は勉強自体が苦手というわけではなく、授業中に本気で眠っているが故についていけていないだけで、比鷺が教えるとすぐに理解した。こういうところも要領が良いのだ。

「遠流って割とチートだよなあ。俺が教えたらちゃんと出来ちゃうじゃん」

「……ちゃんと復習もしてる。比鷺に教わったとこ。見直して覚えてるから出来るようになってるんだよ」

「どーかなー。努力が報《むく》われるってのは才能だよ。遠流には才能があるんじゃない？　努力の」

そう言うと、遠流がじっと比鷺のことを見つめた。翡翠色《ひすいいろ》の目に見つめられて、思わず目を伏せてしまう。中学生になった今も、遠流の顔立ちの良さは変わらない。むしろどんどん引き立っていく。研ぎ澄まされた視線の強さが痛いくらいだ。目が逸《そ》らせなくなるような引力の核が、八谷戸遠流には宿っている。ややあって、遠流が口を開いた。

「でも、比鷺には化身がある」

「あ？」

「……才能の証なんじゃないの、それ」

思わずうなじに触れてしまう。長い間見てすらいない場所。でも確かにそこに『在る』ことが分かってしまうものだ。

「……えっと、遠流ってさ、覡になりたいとか、ある？」

「ううん、別に。だって疲れるだろうし。正直な話、僕はこのまま頑張らない生活をしたい。努力して何かを成し遂《と》げるとか、大変なことはしたくない」

そのことは知っている。ずっと昔から、遠流の信条はブレない。進むべき道を貫き通しているのが彼だ。その口から化身の言葉が出てきたことさえもびっくりしたくらいなのだ。そのまま、遠流が続ける。

「でもさ、もし比鷺が……三言と一緒に舞奏衆を組むなら、そこに入れないのは寂しいかもしれない、とは思う」

「……なら、その時は三人でやればいいじゃん。化身無くたって覡にはなれるらしいよ。ノノウから覡になったって人いるし。三言だって遠流と舞奏やりたいと思うよ」

不意にあの夢が過る。三言と応じる歓声の雨。そこに遠流がいるのは悪くない想像だ。理想の夢を見る方法は知らないけれど、出来ることなら遠流も入れたい。そして三人で大祝宴に到達し、三人はいつまでも幸せに暮らしましたとさ。ハッピーエンドだ。

「……でも、実際はクソ兄貴もいるし、俺は覡なんか無理無理。てかやりたくもないし」

「僕もやりたいわけじゃない」

「じゃー、化身の有り無し関係ないって。あ、三人でやるならあれがいいな、実況グループ。やっぱ実況も複数人でやった方が盛り上がるんだよねー。三言が忙しいから無理かもしれないけどさ、三人でやることなら別にあるじゃん」

「それはもっといらない」

「ちぇー、何だよ。でもお前昔っから効率厨《こうりつちゅう》だったもんなー。楽しくゲームってタイプじゃないか」

でも、いいかもしれない。三言の身体が少し空いて、受験が無事に終わったら、三人で実況を録《と》るのだ。そして人気のワクワク動画に上げることにしよう。三言も遠流もいい声をしているし、自分は文句無しのキュートボイスだし。結構伸びるかもしれない。

「じゃーじゃー複合グループにしようよ。俺がゲームやって、三言が歌やってー、えー、遠流は何する？　寝息のＡＳＭＲとか？　まー、遠流は顔だけはいいからチラ見せすればそれだけでファンが付くような……っておい、隙あらば寝るなって！　俺は絶ッ対遠流と同じ高校行きたいんだからな！　三言は舞奏の方も頑張ってるんだから、俺らも頑張ろ」

遠流を揺さぶりながら、無理矢理シャーペンを握らせる。返ってきたばかりの英語のテストはまだまだ学び直すところが多い。

全部上手くいっていると思っていた。手の届くところに、大切なものは全部あって、比鷺はそれを大切に抱えているだけでよかった。このまま浪磯で、三人仲良く過ごすのだ。比鷺はそれだけを大切にしていればいい。

けれど、そうはいかなかった。夏休みが始まってすぐ、状況が変わった。

三言が家族と一緒に交通事故に遭《あ》ったのだ。

書いてしまえばたったの一行、報せを受けたのはほんの五分だ。

けれど、比鷺にはそれが永遠にも等しい時間に感じられた。嘘ですよね？　と言うタイミングすら逃して、比鷺の呟きは受話器の虚《うろ》に吸い込まれていく。

六原三言は治療を受けている最中。残念ながら、家族は助からなかった。生き残ったのは三言だけ。容態は分からない。比鷺のところに連絡が来たのは、親友だからというよりもむしろ浪磯の名家・九条家の人間であるからだった。初めて九条家の名前に感謝した。浪磯で起こったことなら、大抵は入ってくる。

報せを受けてからは食事すら喉を通らなかった。暗い部屋の中で、比鷺はひたすら祈った。どこに向けるのでもない漠然とした、それでも切実な祈りだ。

「何でもします。お願いです。三言を助けてください。俺の何をあげてもいいから、俺が代わりになってもいいから、お願いします……」

この時ほど、舞奏を真面目にやっておけばよかったと思ったこともなかった。カミが願いを叶えてくれるのは舞奏競で勝って大祝宴に到達した覡のみという話だったけれど、そんなことは知ったことじゃなかった。少しでいい。カミに贔屓されて奇跡を掠め取る力が欲しかった。

こんな時だからこそ誰かと話したいと思ったのに、どういうわけだか遠流にも連絡がつかなかった。タイミングの悪いことに、彼は丁度東京に暮らす親戚《しんせき》のところに行っているらしい。なんでだよ、と歯噛みしてもどうにもならない。比鷺はただ一人でこの現実に耐えるしかなかった。

三言は比鷺の世界を変えてくれた。

悩んでいる時は肩を叩いてくれた。怯えている時は背中を撫でてくれた。迷っている時は手を引いてくれた。その手には、いつも化身があった。

その度に、三言の化身が手の甲にある意味を考えた。カミは三言を見初めた時に、この特別な手を気に入ったのだろう。誰かを導く為の光であり、荒れた海でも揺らがない錨《いかり》でもある三言の手。

今度は比鷺がその手を引いて、暗闇から引きずり出してやらなくちゃいけないのに。現実の彼に出来ることは、こうしてただ祈るだけだった。

結論から言うと、六原三言は助かった。医療の力というよりは、奇跡としか言えないような力で。

六原三言とその家族は、四人乗りの車に乗り込んで、浪磯の外、東の方へと走行していた。どこへ向かっていたのかは定かじゃない。相当なスピードで走る車は、浪磯を離れて数キロのところで事故を起こした。車が燃え、両親と妹が亡《な》くなった。

しかし、六原家の中でただ一人、三言だけが殆ど無傷で車から放り出されたのだ。意識は失っていたものの、車と一緒に潰されることなく、彼だけが助かった。どうしてそんなことになったのかは分からない。まさしく奇跡の賜物《たまもの》だった。

比鷺の祈りが通じたとは思わなかった。三言の命を奪わなかった運命とやらに、当然だと吐き捨ててやりたいくらいだった。三言が死んでいいはずがない。なんでだよ。だったら全員助かっていいはずだろ。

三言が意識を取り戻したと聞いて、比鷺はすぐさま彼が入院している浪磯の病院へと向かった。

面会謝絶も覚悟していたが、意外にもあっさりと面会は叶った。担当している医師の一人が、何とも言えない顔で比鷺を迎え入れる。

病室まであと一歩のところで、医者がその『理由』について口にした。

「六原くんですが、彼は今、非常に特殊な状態にあります」

「特殊な状態って何ですか？　命に別状は無いんですよね？」

焦りながらそう尋ねると、医者はゆっくりと頷いたあと、静かに続ける。

「……どうやら、六原くんは記憶の一部を失っているようなんです」

「記憶の一部……？　って、え!?　そ、それじゃ、その」

「今のところ、事故の記憶と……自分の家族の記憶を失っていることは分かっています。既に社人《やしろびと》の方が何人かいらっしゃっていますが、自分の名前や、舞奏に関する記憶についてはちゃんと保持しているようなのです」

「じゃ、じゃあ、……………俺は、」

言葉を口にした瞬間、まだ想像でしかない痛みに胸が締め付けられる。

「分からない。身体的には何も異常がありませんし、一度会ってみてください」

三言の世界の中から自分が消えていたらどうしよう。そう思うと足が竦《すく》んだ。病室の扉がとても大きく重く感じられる。

――忘れられていてもいい。親友の中から自分が消えてしまっていても構わない。

三言があの時声を掛けてくれたみたいに、今度は自分から手を伸ばそう。比鷺は、意を決してその扉を開いた。

「……比鷺。来てくれたのか」

白いベッドに横たわっている三言は、そう言って柔らかい笑顔を見せた。それを見た瞬間、こらえていた涙が溢れてくる。そのまま、親友の懐に勢いよく飛び込んだ。

「三言！　三言よかった！　……三言が無事で……俺のことも覚えててくれて……」

「心配掛けてごめんな。びっくりしただろ」

「そうだ！　遠流のこと覚えてる!?　八谷戸遠流！　あの猫みたいでいっつも寝てて、ずーっとだるだるしてるくせに毒舌でマイペースな遠流！」

「突然どうした？　覚えてるに決まってるだろ。俺が二人のことを忘れるはずない」

「…………よかった……」

そう呟いて、ずるずると崩れ落ちる。覚悟していたとはいえ、忘れられていなくてよかった。覡でもない比鷺の願いを聞き入れてくれたカミに感謝してしまいそうだ。

「痛いところ無い？　怪我《けが》は？　お医者さんは大丈夫だって言ってたけどほんと？」

「本当だよ。大丈夫だ。比鷺は心配性だな」

「だって、あんな事故――」

そこまで言ったところで、違和感の正体に気がつく。

三言は困惑しきった顔で比鷺のことを見つめていた。事故に遭って途方に暮れているというよりは、もっと根源的なところに戸惑いの色がある。そこで、比鷺は改めて医者の言葉を思い出した。

「そうだ……もしかして三言、事故のことも、忘れてるの……？」

三言はどこか居心地の悪そうな顔で「気がついたらベッドで寝てたんだ」と呟いた。

「……事故のことも、家族のことも、何一つ思い出せない。写真も何枚か見せてもらったし、見覚えはある。けど、何も感じない。分からないんだ。本当は悲しむべきなんだろうけれど、何も……」

まるでそれが世界に対する酷い不義理であるかのような顔だった。

「家族と暮らしていた記憶だけは当然あるんだ。でも、それがどんな人だったかが分からない」

「そんな、え、じゃあそうだ……妹のことは？　三言、妹ちゃんと仲良かったよな。だってほら――」

比鷺の言葉はそこで止まる。続くものが出てこない。

三言の妹がどんな女の子だったかが思い出せない。それだけじゃない。三言の両親のこともあまり印象が無い。何度か三言の家に遊びに行ったこともあるし、その時に挨拶《あいさつ》もしたはずなのに。逆に言えば、それ以上の関わりは無かった。肝心な時に役に立たない自分が悔しくてたまらなかった。記憶力はいい方のはずだ。でも、自分は一体どんな風に三言の家族と接していただろう？　焦りが言葉を詰まらせ、言うべき言葉が比鷺の喉の奥で死んでいく。

「……お医者さんは焦らなくていいって言ってた。俺のペースで思い出せばいいって。だから、色々な人と話して整理してみるよ。こんなことになってしまったけど、必要以上に悲しくならないのはいいかもしれない」

　まるで比鷺のことを慰めるような口調だった。気を遣わせてしまったのかもしれないと思うと、ますます縮こまってしまう。

「……病院、遠いよ。歩くの疲れちゃった」

「そうだな。面倒をかけてごめん」

「でも、俺来るから。三言のこと見舞いに来るからね。寂しい思いなんか絶対にさせないから」

　噛みしめるように言うと、三言が嬉しそうに頷く。そんなことを思う柄でもないのに、比鷺はこの笑顔を守る為なら何でも出来るような、そんな気持ちになった。

　三言の記憶喪失《そうしつ》は、心の防衛反応だろうと診断された。耐えきれないほど辛い目に遭った時に、心が自分を守る為に忘れることを選んだのだ。心が癒《い》えるにつれ、三言の記憶は戻るかもしれないし戻らないかもしれない。

それを聞くと、これすら一種の加護だったのかもしれないと思う。三言が悲しみに暮れる姿は見たくない。一時的に忘れることで喪失感を受け容れることが出来るなら、それも恩寵の一種なのかもしれない。

比鷺は病院に足繁く通った。三言は検査でも異常が無く、近いうちに退院出来るとのことだった。相変わらず記憶は戻らなかったが、他に後遺症が無いことは嬉しかった。

一方、三言の身が無事だと広まるにつれ、気味の悪い噂が立った。曰《いわ》く、三言だけが助かったのは、彼にカミの寵愛があったからだという。浪磯でも有数の舞い手として将来を嘱望されている六原三言だからこそ、カミは奇跡を授けたのだと。

——何でもかんでも化身のお陰かよ、と心の中で吐き捨てる。けれど、そういった超常的な奇跡を連想させるに足るほど、三言の助かり方は神懸かっていた。誰かが意味を付け加えるに足るくらいに。

当の三言はこの噂を少しも気にしなかった。それどころか、彼は尤もらしく頷いたのだ。

「そうかもしれないな。俺はまだまだ未熟だが、優秀な覡になる為に研鑽を積んでいる。それがカミに少しだけでも認められたのかもしれない」

「えー、三言までそんなこと言うの？　そんなことないって。三言の日頃の行いが良かったから……や、それもそれで同じ文脈っぽくなっちゃうけど。でも、そんな……舞奏を頑張ってたからってことはないでしょ」

お見舞いに持ってきたクッキーを自分で食べながら、比鷺はそう言って笑う。ここまでの流れを冗談にしてやろうと思ったのだ。けれど、三言は再び真面目な顔になった。

「真実がどうであれ、早く退院しないとな。幸いどこも怪我は無い。舞奏には支障が無いんだから」

具合を確かめるように、三言の指が曲げ伸ばしされる。傷一つ無い綺麗な手だ。それを見て、僅かばかりの不安に襲われた。

事故に遭ってからの三言は、何だか一気に大人びてしまった。状況が状況であるし、記憶の一部を失ったことが性格にも影響を及ぼしたのだろうが、なんだか落ち着かない。

それでも、と比鷺は思う。何を失っても、少しくらい変わっても三言は三言だ。彼が六原三言である限り、自分は三言の友達でいる。それが、九条比鷺に出来る唯一のことだからだ。

「それにしても、本当に頻繁に来てくれるな。家が大変なんじゃなかったのか？」

「そりゃ大変だよ。大変だし、親は俺まで変な気を起こすんじゃないかって家から出すのを嫌がるし。ほんっと訳分かんない、あのクソ兄貴！　三言が大変な目に遭ったってのに空気読めなすぎ！」

「仕方ない。鵺雲さんにも鵺雲さんで事情があったんだろ」

「あるわけないって！　あいつの気まぐれでどんくらいの人間が迷惑してきたと思う？　ちょっと舞奏の才能があるからってちやほやされてさあ！」

噛みつかんばかりの勢いで比鷺が吠《ほ》える。

本当はずっと三言に付き添っていたかった比鷺だったが、そうもいかなかった。三言が事故に遭うのと殆ど同時に、浪磯を揺るがすもう一つの大事件が起こったからである。

九条家の『兄の方』である九条鵺雲がいなくなったのだ。

『やりたいことが出来たので、浪磯を出ます。愛する比鷺のことをよろしくね』

残された書き置きにあったのは、その一言だけだった。

当然、九条家はおろか浪磯中が大騒ぎになった。特に動揺していたのは鵺雲が所属していた舞奏社である。将来有望な天才覡をいきなり失った衝撃は計り知れない。もう一人の覡である三言が事故に遭った矢先の事件だ。舞奏から距離を置いている比鷺ですら、舞奏社のことを心配してしまった。

比鷺の両親もどうにか鵺雲の足取りを辿ろうと必死になっていた。しかし、鵺雲が本気で失踪を選んだのなら捕まるはずがない。彼はどんなことだって誰より上手くやってみせる。そういう男だ。ご丁寧なことに、大学には退学届が出されていた。全くもって人生が上手い！

「もうほんと信じらんないよ。あいつがいなくなったからって俺に変な期待がかかる流れになるかと思うと、もう最悪。やりたいことって何だよ！　あいつはあいつで舞奏馬鹿だったくせに！　三言だって怒ってるでしょ？　あいつと舞奏衆を組むかもしれなかったんだから！」

「残念だとは思う。鵺雲さんは素晴らしい覡だったから。でも、人の選択に文句は言えない」

「……げー、いつからそんなに聖人になっちゃったの？　もっと恨み言言ってもいいのに」

現に比鷺は怒っている。昔から何かと気に食わない兄ではあったし、こうして肝心な時に浪磯を引っかき回したことにも怒りを覚える。何より、比鷺にも三言にも何も言わずにいなくなってしまったのが腹立たしかった。自分達の存在が蚊帳の外に追いやられた感じが嫌だった。極めつけに『比鷺をよろしく』の言葉まで。馬鹿にするのにも程がある。

そこに僅かばかりの寂しさが無かったとは言えない。色々なことが目まぐるしく変化してしまって、取り残されたような気分になる。あんな男でも兄は兄なのだ。色んなことで不安になっている時くらい、傍にいてくれればいいのに。

「……どいつもこいつもなんだよ。遠流も全然帰ってこないしさあ……」

「遠流は電話をくれたぞ。忙しいみたいだから仕方ない」

「そうじゃなくてさあ！　親友が事故に遭ったこと以上に優先すべき用事なんてないでしょ！

……や、所詮《しょせん》俺ら中学生だし、家の事情とかあんのかもだけど……」

マイペースで眠たがりな親友の姿を思い浮かべる。口では文句を言ってはみたものの、あの遠流が三言の元に駆けつけず電話で済ませている時点で、異常なことが起こっている気がした。ちゃんと眠れているだろうか、と、らしくない心配までしてしまう。色々なものが比鷺を置き去りにして動いている。遠流に会いたかった。遠流がいたら、この病室ももっと明るくなるだろうに。

比鷺の願いは、思いがけず早くに叶った。

病院から帰ると、家の前に八谷戸遠流が立っていたのだ。

「……比鷺。おかえり」

久しぶりに見た遠流は、少しやつれているように見えた。その代わりに、浮世《うきよ》離れした風貌《ふうぼう》に磨きがかかっている。有り体に言って、今の遠流は美しかった。元から綺麗な顔をしていたけれど、それだけじゃない。今の遠流には隠しきれない圧倒的な存在感があった。少し会わなかっただけなのに、こっちもまるで別人みたいだ。

肝心な時に何でいないんだよ、と責める言葉の一つでも言ってやるつもりだった。普段の比鷺ならまず間違いなく憎まれ口の一つでも叩いていただろう。東京に行っている場合じゃないし、浪磯を離れていたのだとしても、比鷺に連絡くらいくれるべきだ。大切な親友が大変な目に遭ったのだから。

それを咄嗟《とっさ》に口に出来なかったのは、遠流がどこまでも沈鬱《ちんうつ》な面持ちでいたからだ。たった一人で重荷に耐えている顔をして、泣きそうな目で比鷺のことを見ている。翡翠の目が暗くても分かるくらい揺れていた。

「……ちょ、あの、本物の遠流だよね。お前どうしたの？」

「どうしたも何もない。平気だ」

「平気って……意味分かんないんだけど。ていうか、何してたの？　何で今ここに……」

「三言は大丈夫だ。外傷も殆ど無いし、身体には何の異常も無い。そろそろ退院する頃合いだろう。記憶を失ってはいるが、日常生活には支障は無い。血の繋がった親戚は遠くに住んでいるが、三言は浪磯に残りたがるから、全力食堂《ぜんりょくしょくどう》の小平《こだいら》さんのところに住み込みで働くようになるだろうな」

口振りがまるで予言者染みている。明日の天気でも語るような口振りで、親友のこれからを語るだなんて。でまかせには聞こえなかった。遠流の言葉は、医者よりも確信に満ちている。

「……だから、大丈夫だよ」

安心させるように、遠流がもう一度言う。直接的な言葉は何も無いのに、終わりの予感だけが言葉の端々に滲んでいた。

「ねえ、……遠流はいなくなったりしないよね。……三言だって大変な目に遭ったんだしさ」

わざわざ先に言ったのは、僅かばかりの抵抗だった。何かがおかしい、と思う。知らない舞台が始まっている。脚本を渡されないまま、比鷺は無理矢理舞台に上がらせられている。このままだと、きっと最悪の結末が待っているだろう。

果たして、遠流はゆっくりと首を横に振った。ただそれだけの仕草が震えるほど様になっていて、つくづく映《は》える男だなと思ってしまう。

「僕はやらなくちゃいけないことがある。……お前とは……三言とも、一緒にはいられない」

「え……なんで!?　どうしてそんなこと言うの？　やらなくちゃいけないことって何？　それって俺らといるより大事なことなの？」

「……そうだよ」

遠流が静かに言う。全部を諦めてしまったような、それでいて不退転の覚悟を決めているような、奇妙な響きがあった。

「そんな。浪磯高校一緒に行こうって言ったじゃん。一緒に勉強したのに」

「それは本当に……悪いと思ってる。せっかく教えてもらったのに」

「そんなのって……」

「もう決めたことなんだ」

噛みしめるような言葉に食いつきたくて、なお比鷺は続けた。

「……分かった。理由を話してくれたら納得する。……俺、そこまで聞き分け悪くないよ。何か理由があるんでしょ。ちゃんと言ってよ」

それは比鷺が提示した唯一の妥協点だった。避けられないことなら言ってほしい。比鷺だけ何も知らないままでいるのは嫌だ。もし遠流が何かを背負っているのなら、半分だけでも分けてほしい。だって、まがりなりにも比鷺は遠流の親友なのだから。

一瞬、遠流の目が揺れる。比鷺、と掠れた声が漏れた。覚悟を決めて言葉を待つ。どんなものでも受け止める覚悟があった。

永遠にも紛うような長い沈黙の後に、遠流が顔を逸らす。そのまま、絞り出すように言った。

「……大したことじゃない」

それが求めている答えではないことは明白だった。何のことはない。遠流は事情を話すつもりがないのだろう。

何も分からない状況の中で、一つだけはっきりしていた。

比鷺は遠流に信頼されなかったのだ。同じものを背負うに値しないと思われた。だから、遠流は何も言わずに行ってしまう。怒りたくないのに、力になりたいのに、比鷺の心に暗いものが立ちこめる。ずっと張っていた困惑の糸が絡まり、解《ほど》けない瘤《こぶ》になる。

「何それ。……誤魔化さないでよ」

「お前はここで、舞奏をやれ。……三言を支えるんだ」

「は？」

何で今それ、と思う。比鷺が舞奏をやるかどうかと、今ここで遠流がいなくなってしまうかもしれないことには関係が無いのに。けれど遠流は厳しい表情で言った。

「お前には才能がある。もう九条鵺雲はいない。お前が三言と組むしかない」

「何言ってんの？　俺は空いたところを埋める為の道具じゃないんだけど。それに、俺じゃ無理だって。俺なんかが三言と舞えるはずない。だったら遠流がやればいいじゃん。お前だって
――……」

「だって、僕とお前は違うだろ」

絞り出すような声に、思わずうなじを触ってしまった。そこには、比鷺を比鷺たらしめる特別なものがある。才能の証明であるものが。

「じゃ、じゃあ、……せめて、遠流も一緒に組んでくれるなら……そうしたら、俺も……嫌だけど、頑張れるかもしれないし……浪磯に残ってよ」

「……今のままの僕じゃ、意味が無い。これからやることが上手くいくかも分からない。そうしたら、僕は足手まといだ……。何にせよ、浪磯は出ないと」

「どういうこと？　じゃあ、俺に押しつけてお前だけ逃げるわけ？」

「うるさい！　僕がやれって言ったらやれよ」

駄々をこねるように遠流が言う。感情が抑えられないのか、遠流は語気荒く続けた。

「僕だって頼みたくなかった！　九条鵺雲さえ、浪磯に残っていれば――」

その言葉を言った後で、遠流が初めてハッとした顔をした。近寄りがたい雰囲気がほんの一瞬薄まり、幼馴染の遠流に戻る。けれど、その態度が一番いけなかった。ここに鏡が無くて良かった、と比鷺は心の底から思う。きっと自分は情けなくも傷ついた顔をしているだろう。本当に嫌になる。

これ以上色んなものが駄目になっていくことに耐えられなくて、比鷺は悲鳴のような声を上げた。

「……もういい！　じゃあどこにでも行けよ！　もう浪磯に帰ってくんな！　遠流の馬鹿！」

振り返らずに家に走った。玄関をくぐった瞬間、涙がぼろぼろとこぼれてくる。それを見たお手伝いさんが血相を変えて寄ってくるが、構わず部屋に行った。それからは、夕飯にすら手を付けずにずっと籠《こ》もっていた。


遠流は学校にすら来なくなった。家庭の事情、というぼんやりとした理由で欠席を続けている。教室では二人分の座席がぽっかりと空いてしまっていた。あんなに楽しかった中学校生活だったのに、今ではすっかり様変わりしてしまった。何をしていても憂鬱《ゆううつ》で、授業が耳に入らない。


それでも、三言の病室に見舞いに行くことはやめなかった。

「三言は何か聞いた？　遠流のこと」

「いや、聞いてないな。浪磯を離れることだけ伝えられた」

思わず安心してしまった。自分には話さないのに、三言にだけ話していたとしたら悲しい。だったら、二人とも取り残されていてほしい。浅ましい思いに、更に嫌な気分が募る。

「……気にならないの？　三言は。問い詰めたりしないの？」

「もし聞いて欲しいのなら、遠流は話してくれたはずだろ。だから気にならない。それを無理矢理問い詰めても仕方ないだろう」

三言の言葉には全く嘘が無かった。本心から言っているのだ。だから、比鷺もこのやるせなさを吐き出す場所が無い。口ごもる比鷺に対し、三言は明るく言った。

「そうだ。あと二、三日したら退院出来るらしい。これで遠くの病院に来てもらう必要もなくなるな」

「え？　じゃ、じゃあ……というか、三言は……」

「そんな顔をしなくても大丈夫だ。親戚の人とも話し合ったんだけどな、俺は浪磯にいたい。ここの舞奏社が好きなんだ。幸いにも、全力食堂の小平さんが俺の身元を引き受けてくれるそうだ。感謝しないとな」

ぞく、と微かに背が粟立《あわだ》つ。それは、遠流が予言していた流れの通りだった。もし三言が遠くの親戚の元に引き取られたら、そうそう会えなくなってしまう。浪磯を出ないというのは朗報だ。けれど、予言を語る蛇《へび》のように見通していた遠流の姿が頭から離れない。

「……そ、そうなんだ。小平さんのところに……」

「ああ。俺が浪磯に残って安心したか？」

「そりゃ、三言が遠くに行かないのは嬉しいけどさ……」

歯切れ悪く呟く。全力食堂リストランテ浪磯の店主・小平さんはいい人だ。舞奏にも理解が深いし、地元の人からの信頼も厚い。比鷺も小さい頃から随分お世話になった。何も問題は無いのに、どうしてこうも引っかかるのだろう。違和感を呑み込んだまま、比鷺は言う。

「ま、まあ……よかったよね。うん」

「そうだろ？　俺は相模國《さがみのくに》の覡でいたい。浪磯を離れなくてよくなったのは幸いだった」

三言が指先を合わせながら、穏やかに言う。比鷺にはその仕草が祈りを捧げているようにも見えた。

何かがおかしい。三言も遠流も、何かが違う。

比鷺は結局諦めきれず、遠流の母親に事情を尋ねに行った。遠流が何も言わなくとも、親権者から引き出せることはあるだろう。容疑者が黙秘を続けるつもりなら、こちらも変化球を投げる用意がある。

「こんにちは、遠流くんの友達の九条比鷺です。お話があるんですけど……」

インターホンを鳴らしてそう言うと、遠流の母親はあっさりと中に通してくれた。魔王城に挑むような気持ちで、比鷺は中に入る。

「急にすいません。遠流くんが学校にも来ないので心配で……」

「心配かけてごめんなさいね。転校手続きでばたばたしていて。この時期だから、逆に手続きが面倒なの」

香りのいい緑茶を淹れながら、遠流の母親が申し訳無さそうに言う。眉を寄せて困ったように笑う様は、息子の遠流によく似ていた。

「転校って何ですか？　その、遠流から詳しいこと聞いてなくて」

「あら、そうなの？　あの子、みんなには自分で説明するって言っていたのに……」

「遠流はこれからどうなるんですか？　そもそも今どこにいるんですか？」

「遠流は今東京の親戚の家に……」

「それは聞きました。なんで転校なんか――」

喰い気味に尋ねると、彼女が一瞬目を伏せた。言おうか言うまいか迷っているような顔だ。半ば祈るような気持ちで見つめていると、遠流の母親は意を決したように口を開いた。

「実は……その、都内の芸能事務所に入ることになったの。寮生活になるから、浪磯を出ることになって。高校も芸能活動が課外活動として認められるところに」

「げ、芸能活動？　遠流が？」

思わず素っ頓狂な声が出てしまう。八谷戸遠流と芸能活動、この二つが全く結びつかない。徒歩五分の道のりですら挫折するような面倒臭がりが、数時間の生放送に耐えられるはずがないのに！

「これは……言おうか迷っていたことなんだけれど」

「何ですか？　何かあったんですか!?」

「……あの子、化身が発現したの。……突然」

化身、と比鷺はそのまま復誦した。思わず自分のうなじを撫でてしまう。

舞奏の才を表すという奇妙な痣、化身。その痣は後天的に発現することもある。技量を積んだノノウの中には、晴れて化身持ちになった人間もいるそうだ。遠流が化身持ちになったというのはありえない話じゃない。

けれど、遠流はそんなことを一言も言わなかった。言わないまま、浪磯を去ってしまったのだ。僕とお前は違うだろ、という言葉が過る。

「それで……何か思うところがあったのかもしれない。……分からないの。気づいたらあの子が芸能事務所の人間を連れてきて……オーディションに合格したから芸能界に入りたいって言い出したの。あの子があんなに真面目に何かをやりたいって言い出すのは初めてだったから、……好きなようにやりなさいと、送り出してしまったんだけど。幸い、叔母《おば》が東京にいたから。あっちはあっちで……遠流の芸能活動の為なら応援するってはしゃいじゃって」

「……そうだったんですか」

昔から、遠流はよく芸能界のスカウトを受けていた。以前の遠流なら面倒臭そうに断るだけだったが、化身が出たことで意識が変わったのかもしれない。何しろ、化身は芸事の才を証明するものなのだ。持つ者は人目を惹くという。化身持ちにとって、芸能人というのは悪くない。俗っぽいことを言えば、覡より稼げそうでもある。

だから言わなかったのか？　化身が顕れたのに覡になるのではなく芸能界に入ろうとしたのが気まずかったから？

よく分からない。ちゃんと言ってくれれば、それはそれで納得した気がするのに。そもそも、比鷺だって化身が出ているのに舞奏の稽古をしていないのだ。遠流にあれこれ言うことなんてなかったはずなのに。

何にせよ、ここで駄々をこねていても仕方がない。

「分かりました……。ありがとうございました。遠流にもよろしくお伝えください」

どうにか笑顔を作って、比鷺はそう言った。

「なぁにが『よろしくお伝えください』だっつーの！　あいつに今伝えたいのは罵倒《ばとう》と呪詛だっての！」

誰もいない海辺に来るなり、比鷺はそう叫んだ。怒りのままに係船柱を蹴りつけたものの、足が痛くなるばかりで何の鬱憤も晴れない。けれど、遠流のお母さん相手に喚き立てないほどの常識は持ち合わせている。

何につけても頑張りたくないはずの遠流が初めてあれだけ能動的に動いたのだ。祝福しなければいけないのかもしれない。高校進学を前にして、早めの決断は正しい。でも、それでも、……何か一言でも言ってくれたら。

「お前には黙ってたけど、僕はずっと芸能界に憧れてたんだ。三言や比鷺と会えなくなるのは寂しいし、浪磯を離れたくはないけれど、夢の為に頑張るよ！」

そう言われたら、薄情者って怒って、その後に不承不承送り出すくらいは出来たはずなのだ。それすら自分達には無かった。

「……でも、そうだよな。俺なんかに相談してもどうなるわけでもないし。三言にすら言わないんだから、俺の出る幕なんかないか」

自嘲気味に呟くと、後ろ向きな言葉が妙に馴染んだ。三言にすら相談出来ないことなんだから、自分が教えてもらえるはずがない。九条比鷺には背負えるような力なんか無いのだから。

悲しいはずなのに、さっきよりも息がしやすい。思えば、比鷺はずっとこうして生きてきたのだ。自分に期待しなければ、心も少しは硬くなる。

三言が退院する日、比鷺は赤と黄色の花でアレンジされた大きな花束を持って行った。手ぶらで行こうとしたところを、親に持たされたのである。三言は花なんか貰っても喜ばないだろうと思ったが、一応持って行った。拒否されるかと思ったのに、三言は笑顔で受け取ってお礼を言ってきた。これはこれで怯んでしまう。

「え？　三言、浪磯高校行かないの？」

三言の進路について聞いたのは、浪磯の浜辺を歩いている時だった。歩きにくくはあるが、全力食堂に向かうならここを通るのが近道になるのだ。

「そうだな。中学を卒業したら、通信制高校に入ろうと思う。あまり登校をしなくていいところに」

「何で？　勉強が不安なら俺が教えるし……そもそも、そこらへんの記憶は無くなってないんでしょ？　小平さんはなんて言ってるの？　まさか進学反対？」

「いいや。むしろ通信制でもいいから高卒の資格を取っておけ、っていうのが小平さんの意見だ。本当は通信制すら行かないつもりだったんだけどな」

「てか同じ高校行くって約束したじゃん！　なんで!?　俺、三言と一緒に高校行きたい」

「でも、俺はそれよりも舞奏の稽古がしたいんだ。引き受けてもらった以上、空いた時間は全力食堂を手伝いたいし。浪磯高校に行ってる暇は無い」

絆《ほだ》されてくれるかと思ったのに、三言はきっぱりとそう言い放った。目の奥に星の光が灯っている。彼は間違えないし迷わない。かくあるべきだ。それでこそ。

でも今はそのまっすぐさが恐ろしい。比鷺の声が、千々に掠れる。

「……舞奏の為に、俺との高校生活を諦めるの？」

「諦めたわけじゃない。選んだんだ。俺は舞奏競に勝って、大祝宴に行きたい。俺は色んなことを忘れてしまったけれど、一番大切な使命だけは忘れなかった。化身持ちの覡としての使命は」

三言が海に向かって花束を掲げる。凜《りん》とした佇まいは、舞台に立っている時と同じだ。美しい。花束が神楽鈴に見え、浪磯の海に仮想の鈴の音を響かせる。

「助かった命だ。俺は必ず覡としての本分を全うする」

そう言われては、返す言葉も無かった。三言は大変な目に遭ったのに、こうして立ち直っている。それだけじゃなく、相模國の舞奏社を背負う覡として未来の舞奏競を見据えている。

比鷺に出来ることは、せめて三言の邪魔にならないようにすることだけだ。


大分遅れて行われた家族の葬儀でも、三言は泣かなかった。一人生き残った者として、しっかりと前を見据えていた。

葬儀が終わって一区切りがつくと、二人の生活は軋《きし》みながらも元に戻った。変わったことといえば、三言が一層舞奏に打ち込むようになったことと、遠流がいなくなったことくらいだ。

比鷺は何度も舞奏をやるよう打診を受けたけれど、声を荒げながら拒絶した。今まで散々放任してきたのに、鵺雲がいなくなった途端にこれだ。半ば意地になりながら、半ば怯えに囚《とら》われながら、舞奏を拒絶する。一人で稽古を続ける三言は、そんな比鷺に何も言わなかった。

たまに遠流の言葉を思い出したが、それでも舞奏社に足を踏み入れることはなかった。親友の最後の願い、なんてろくでもない字面が浮かぶ。もし自分がちゃんと稽古を重ねていて、誰からも認められる覡だったなら。そんなどうしようもない考えが頭に浮かんだ。

冬休みになった。三言は舞奏社に通い詰めるようになり、比鷺は家の中でただぼんやりとゲームをして過ごした。浪磯高校の入試の日がやって来て、比鷺はそれを一人で受けた。

当然ながら合格した。

春がやって来て、比鷺は予定通り浪磯高校に進学した。

三言も遠流も迎えに来てくれることはない。比鷺は一人で高校に行かなければならなかった。新品の学ランに身を包み、どこか空っぽな気持ちで入学式に向かう。上の空で入試を受けてしまったおかげで、比鷺は主席として新入生代表の挨拶をする羽目に陥った。本当なら適度に手を抜いて、人の注目を集めないようにするのに。

けれど、失敗は続いている。比鷺はスポットライトから逃れられない。

教室に入るなり、比鷺は数人のクラスメイトに取り囲まれた。彼らの目は一様に好奇心で輝いていた。そのうちの一人が言う。

「九条くんってあの九条屋敷の子なんだよね？　覡としても有名だって」

彼女の言葉に悪意は無かったはずだ。周りに全く馴染もうとしない比鷺に、きっかけを与える為の言葉だ。それこそあの日、三言が比鷺のところに来てくれたように。でも、違う。比鷺を救ってくれた言葉はそれじゃない。

「九条くん？」

返答を急かすように、彼女がもう一度口にする。もう、まともに目が見られなかった。

「それは俺じゃなくて、俺は弟の方だから……」

嫌だったはずの言葉を、自分で口にしてしまう。

弟の方だから頑張っても仕方ない。弟の方だから期待されない。呪いのようなレッテルを、今度は保護膜として使ってしまう。弟の方だから注目しなくていい。弟の方だから期待なんかしないでほしい。

「菜子《なこ》ちん誰に話しかけてんの？　知り合い？」

まずいことに、菜子と呼ばれた彼女の所為でクラスメイトの男子までもが話しかけてきてしまった。放っておいてくれ、と心の中で思う。なのに、言葉が上手く出てこない。

「えー、入学式出たのに『誰？』はヤバくない？　新入生代表の挨拶やってた九条くんだよ。駅前のおっきい家に住んでる有名人」

「あ、聞いたことある。お前の兄ちゃんってあの九条鵺雲だろ？　姉貴がよく話してたわ。浪磯のお金持ち」

「ちょ、理解雑すぎ」

あはは、と笑い声が上がる。ここで笑うべき、なのかもしれない。でも、正解がよく分からないのだ。もっとちゃんと喋らなくちゃいけないのに。

「九条鵺雲がいなくなった時って大騒ぎだったもんね。結局あれってなんでなの？　遠くの大学行ったたってほんと？　浪磯には帰ってこないの？」

「潤子《じゅんこ》必死だなー。まさか鵺雲さんのファンだった？　だから舞奏観に行ってたの？　下心じゃん」

「いいでしょ下心くらい。それも歓心なんだから」

「……鵺雲のことはよく分かんない……。全然どうなったのかも知らないし」

家族なのに知らないはずないでしょ、と周りが笑う。何が面白いのか分からないので、引き攣《つ》った顔で俯《うつむ》く。

「俺のこと覚えてる？」

極めつけに尋ねられたのは、そんなことだった。

「一回同じクラスになったことあるんだけど」

学ラン姿の少年が、どこか挑みかかるような顔つきで言う。

「あ……覚えてる。寺塚《てらづか》だっけ……」

中学の頃、同じクラスにいた男子生徒だ。中学校の頃は三言や遠流が周りにいたから、あまり喋ったことはなかったが。正解を引き当てたのにも拘わらず、寺塚はむしろ不服そうに口元を歪《ゆが》めた。ちゃんと覚えてたのに、と言い訳のように思う。

「覚えてるとは思わなかったわー。あの頃の九条って大分お高く止まってたし」

笑い混じりに言われた言葉には明らかに棘《とげ》があった。大方、クラスメイトに囲まれている比鷺が癇《かん》に障《さわ》ったのだろう。そういう相手は今までもいた。

「……いや、お高く止まってたつもりはないし……それは俺に対するバイアスかかりすぎじゃないの？」

すぐさまそう反論すると、寺塚の顔が更に歪む。

「俺さあ、本当は九条と仲良くなってみたかったんだよ。でも、中学の頃は六原達がいただろ？　なんかあの頃のお前って化身持ちしか取り巻きに入れないって感じだから、話しかけづらくて」

「……別に、三言と仲良くなったのは化身持ちだからじゃない」

それに、取り巻きでもないし、そもそも遠流には化身が無かった。それで、寺塚がどういう考えでいるのかも分かってしまった。九条比鷺は化身持ちを取り巻きにしている。なら、一緒にいる八谷戸遠流だって化身持ちなのだろう。そういう理屈だ。

「あ、そうなの？　てっきり舞奏をやるからには仲良くしてた方が呼吸が合うとかそういう話なのかと。そうじゃないと、六原とか八谷戸とかとあんなにべったりしないだろって。タイプも違うし」

バン、と机を叩いて立ち上がると寺塚がびくっと後ずさった。寺塚だけじゃない。周りも完全に引いていた。ここから先は、戻れなくなる。でも、止められなかった。この時ばかりは猫背をしっかりと伸ばし、威圧するように相手を睨《にら》みつけた。

「ああそうだよ。この無才の凡人が。必死に媚《こび》売ったところで、俺はお前を取り巻きにしてやるつもりはないから。調子に乗んなよ、薄ら馬鹿。俺を当て擦るのはまだいいけど、三言達のことで知った風な口を利くなよ！　ていうか普通に俺自身も擦られたくないけどね！　そうだよ、俺は見た目も頭も家柄もいい九条家のお坊ちゃんだよ！　妬んでんじゃねえよ！　はん、俺に生まれなくて残念だったな！　来世に期待しろや！」

比鷺はそのまま教室を飛び出し、二度と戻らなかった。ついでに鞄《かばん》すら置いて行ったので、後日郵送される羽目に陥った。


この麗しき経緯《いきさつ》を経て、比鷺は高校を二日で辞めた。一日目が入学式終了後即解散でよかった。そうでなければ、一日で辞めることになっていただろう。

高校側もまさか新入生代表挨拶をした地元名家の生徒が辞めるとは思わなかったのか、九条家の電話はひっきり無しに鳴り続けた。しかし、教室であんな啖呵を切った比鷺が、あの場所に戻れるはずもなかった。適当に流せばよかった！　と後悔してももう遅い。それに、たとえ時間が戻せたとしても、あの言葉は看過出来ない。

高校を辞めると言った時、両親は何も言わなかった。鵺雲が出奔《しゅっぽん》した時よりはずっと落ち着いていた。

「……高卒認定は取るから。それでいいでしょ」

そう言い添えると、母親は深く頷いた。

「……そうですね。あなたが決めたことならそれで構いません。鵺雲からも『比鷺にあまり無理をさせるな』と言われていますし……あなたが決めたことなら反対しませんよ。……あなたまでの子のように自棄《やけ》を起こされては困ります。……これ以上、この家に泥を塗らないで」

手を離されたとは思わなかった。

今までだってずっとこうだったのだ。何も変わらない。本当に、何にも。

今の比鷺に求められていることは、浪磯を出ないことだ。目の届くところにいるなら何でもいい。九条家を絶やさない為の飼い殺しだ。何だか全部どうでもよかった。あの教室に戻らなくて済むのなら、どう思われようと構わない。

こうして、比鷺は部屋に閉じこもるようになった。やることも無いので、一日をゲームで潰す。昔はぎこちなかったコントローラー捌《さば》きも、今や軽やかなものだ。きっと三言や遠流にも引けを取らない。その二人は、もうゲームをしなくなってしまったけれど。

高校を辞めて程なくして、比鷺の家に三言がやって来た。その顔はいつも通りの笑顔を浮かべていたが、彼が心配していることは明らかだった。長い付き合いだから分かってしまう。

「……今度は誰に言われて来たの？」

「いいや、俺が来たくて来た。それじゃ駄目か？」

駄目じゃない。それどころか理想的だ。

初めて出会った時のことを、三言はちゃんと覚えていてくれている。そして、今度は正解を引いてくれた。比鷺の一番喜ぶ言葉を。

「三言ってば口が上手くなったね。それで俺が機嫌よくなるって知ってるんだから」

「機嫌が良くなったなら嬉しい。比鷺、全然外に出てないんだろ？　これ、全力食堂で今開発中のメニューなんだ。塩麹《しおこうじ》ばらちらし丼《どん》。比鷺に元気になってほしくて」

押しつけられたプラスチックの容器を見ながら、小さく「ありがとう」と言う。

「……三言は、なんで俺が高校行かなくなったか聞かないの？」

「ああ、そうだな。比鷺が話したいなら聞くよ。話したいのか？」

「いや、聞かなくていいよ。……大したことない話だから」

「そうか」

三言が頷く。その態度は、遠流がいなくなった時と同じだ。深く詮索はしない、ということだろう。

「高校に行かない分、比鷺の好きなことが出来るっていうならそれはそれでいいと思うけどな」

「好きなこと、好きなことか……」

「そうだ。俺は教室の中には行けないけど、校門の前までだったら行けるぞ。何ならランニングがてら送って行こうか？　開店時間との兼ね合いがあるから、少し早くなるが」

三言が穏やかな声で言う。中学の頃は絶対に言わなかった言葉だ。

「おせぇー！　めちゃくちゃおせぇー！　もう退学届出したんだってば！」

本当は、三言と一緒に高校に通いたかった。そうしたら、二日で辞めることにはならなかっただろう。三言にはそういう道もあったはずなのに。なのに、三言は舞奏に専念することを理由に浪磯高校への進学を諦めてしまった。今となっては比鷺も同じ立場だ。打ち込むことがあるか無いかの違いだけ。

「比鷺が辛い時は、俺はいつだって傍にいるから。力不足かもしれないけれど頼って欲しい」

「…………うん」

「たまには外に出た方がいいんじゃないか？」

「気が乗らないの。……俺のことが心配なら、また様子見に来てよ」

わざと拗ねたように言う。これだとまた面倒だと言われるだろうか。

けれど、三言は真面目な顔をして言った。

「そうか。ならバイトが終わって舞奏社に行くまでに、毎日寄るよ」

「え？　いや、……ま、毎日来なくていい。三言にだって生活があるし、覡としても忙しいでしょ」

流石に毎日来て欲しいとは思わない。チェックされているみたいだし、それに。

「わざわざ義務みたいに俺のところに来なくても……平気だから」

刺々《とげとげ》しい言葉だと思った。自分で聞いていても嫌になる。こんな言葉を投げかけて、自分は三言に何を言ってほしいのだろう？　そんなことはない、毎日来ると意地を張ってほしいのか。その物言いは何だと怒ってほしいのか。もしかして、こんな言葉を吐かれて、三言は傷ついているだろうか。だったら、謝らないといけない。

ちらりと三言の表情を窺《うかが》う。

けれど、三言は相変わらず、親友として完璧な微笑を浮かべていた。心配そうではあるが、気分を害した様子など欠片も無い。果たして、三言が言った。

「分かった。なら、どのくらいの頻度ならいい？」

「…………え？」

「毎日来られるのは比鷺にとっても迷惑だよな。気づかなくてごめん。どのくらいの頻度がいい？」

まるで業務連絡の一環であるかのように、三言が尋ねてくる。配慮であることは間違いないのだろう。三言はいつだって優しい。でも、拭いようのないこの違和感は何だ？

答えは簡単。今の三言は寛容すぎる。優しすぎるのだ。それは比鷺の知っている三言ではない。じゃあ、目の前にいるこれは誰だ？

「……三日に一度で……」

結局、比鷺は様々な違和感を全部包《くる》んで放り投げて、そう答えた。深く突っ込んで、三言がこの家に来なくなる方が嫌だった。

もう自分には三言しか残っていないのだから。

「おいおい待て待て何偉そうにお手玉しようとしてんだ、馬鹿この、クッソ！　そんなにお手玉したいなら幼稚園に戻れっつーの、っしゃオラ！　飛び道具でちまちま牽制《けんせい》すんなオラ！　空中でコンボ決められる絶望を味わえっつーの、はいメテオ！　完璧！　くじょたん最強！　はーん、たまんなーい。これだから格下相手を負かすのはやめられませんわー！」

　コントローラーをがちゃがちゃと鳴らしながら、画面の向こうの相手に悪態を吐く。比鷺の操っているキャラクターは華麗な動きで相手を翻弄し、見事に勝利を決めていた。それを目《ま》の当たりにすると、得も言われぬ快感で身体が震える。

　色々なことを諦め、高校を辞めて引きこもるようになった九条比鷺は、意外なことに充実していた。むしろ、今が人生で一番楽しいかもしれない。

　やることが無くなって暇になった比鷺は、たまたま見ていたワクワク動画で実況を漁った。そうしてあれこれ観ている間に、一つの思いが湧いてきた。

　……もしかしてこれ、俺でも出来るんじゃない？　ゲーム得意だし、声も悪くないし。

　そうして比鷺は、当時ハマっていたとあるゲームで実況動画を録り、それをワクワク動画にアップした。実況者名は、自分の本名をもじって『くじょたん』にした。誰にも呼ばれたことのない渾名なのに、何故かとてもしっくりとくる。いい名前だ、と自画自賛してしまうほどに。

　この動画は意外と伸びた。プレイスキルが単純に高かったのもあるし、初めてにしてはくじょたんの実況がこなれていたのもあるだろう。比鷺には実況の才能があった。くじょたんは瞬く間に再生数を伸ばし、生放送にも人が来るようになった。

純粋に楽しかった。比鷺の実況を楽しみに来てくれる人がいる。自分は求められているのだ、という実感は心を潤してくれるものだった。それが嬉しくて、比鷺は実況にのめり込んだ。

調子に乗りやすい性格が災いして炎上騒ぎを繰り返したが、確かな実力と生来の愛嬌《あいきょう》で、くじょたんのリスナーは増え続けた。生放送をするようになると、更に伸びた。

自称天才実況者・くじょたんの誕生である。

学校に行ってなくても、舞奏の稽古をしていなくても、比鷺には実況があった。素晴らしい。打ち込むことが出来るのは幸いである。実況を始めてから見るからに元気が出た比鷺を見て、三言も素直に喜んでいた。

「比鷺はゲームが得意だからな。実況？　という分野で頭角を現すのも当然だ。俺は比鷺を誇りに思うぞ」

「あ、なんかそうして曇り無き眼《まなこ》で見られるとそれはそれで心にくる」

それでも、嬉しくないわけではなかった。九条比鷺改めくじょたんは、こうして第二の人生を歩み始めたのである。ワクワク動画最高！　実況やっててよかった！　アンチと粘着は絶許《ぜっきょ》ですが、リスナーのことは愛しています！

その日も、比鷺は動画を録っていた。人気の格ゲーの新作が発売されたので、十人抜き動画とコンボ検証を組み合わせた動画をアップロードしようと思ったのだ。十人抜きまでは録れたものの、コンボ検証の方が上手くいかない。プレイが上手くいくと実況の方が疎かになるし、舌がよく回っている時はコンボが切れてしまう。

　プレイだけ別録りで音声を後から乗せるのもいいが、編集しているうちにバランスが悪くなる可能性もある。出来れば一気に録ってしまいたかった。このこだわりがなかなか手間なのだ。延々と同じコンボを繰り返しているうちに、ふと思い出すことがあった。

　このシリーズを最初に遊んだのは、三言や遠流とだ。あの頃はコンボも立ち回りも分からず、みんなで適当に遊んでいるだけだったが、それでも楽しかった。比鷺はゲームが下手で、キャラクターをなめらかに動かすことも出来なかった。

　それが今やこうなっているのだから人生は分からない。ゲームが下手な子供もやりこみゲーマーになるし、面倒臭がりでマイペースな幼馴染がアイドルになるのだから。

　そう。八谷戸遠流はアイドルになったのだ。比鷺がくじょたんになった頃と同時期に、テレビの音楽番組で遠流を観た。

　出番は一瞬で、彼の歌はサビだけが切り取られて流れるだけだったが、それでも八谷戸遠流は忘れられない強烈な印象を残していた。贔屓目じゃない。画面の中で微笑む遠流は、他の誰より輝いていた。

　それを観た瞬間、よかったな、と思った。

遠流の意図は分からないし、これが本当にやりたいことなのかよ？　とは今でも思っていたが、よかったな、という気持ちがそれら全てを上回った。

遠流はもう既にテレビに進出している。きっと、これからも上手くいくだろう。あの輝きは伝播《でんぱ》するのだ。観た人は必ず遠流に引き寄せられ、その名前を口にせずにはいられないだろう。彼がトップアイドルになるのに、そう時間はかからない気がした。遠流には才能がある。

あの姿と、小さい頃に遊んでいた遠流が重なってちらつく。比鷺を置いて、さっさと浪磯を出て行ってしまった裏切り者は、夢を叶え始めている。それを喜ばしいと思う気持ちと、憎らしく思う気持ちが綯《な》い交ぜになる。遠流も三言も比鷺を置いて、自分の道を歩いている。

果たして自分はどうだろうか？　このままで本当に幸せだろうか？

「……エナドリでも買い足しに行くか」

もやもやした気持ちを振り払う為に、わざわざそう口に出す。長時間プレイで頭がもやもやしているだけだ。カフェインさえ入れれば、この感傷からも解放されるだろう。コントローラーを放り出して、真夜中に家を出た。

少し歩きたい気分だったので、駅前のコンビニではなく、海沿いにあるコンビニに向かうことにした。あっちのコンビニには比鷺がハマっている唐辛子《とうがらし》のお菓子もあるから、ついでにそれも補給出来る。

頭上には星が綺麗に瞬いている。興味は無いはずなのに、星の名前や星座の位置が分かってしまう。……あれは北斗七星。その下に据えられているのが、北極星。世界の中心で動くことのない星を見ると、三言のことを思い出した。今までは三言を中心に、みんなが一緒に回っていたはずだ。それが、どうして離れればなれになってしまったのだろう？

あの岩のことを思い出したのは、その時だった。

三言と遠流と自分で、名前を彫ったあの岩。──『友情の石碑』。あれを見に行こう。

真夜中の感傷は人を奇行に走らせるのかもしれない。懐かしのシリーズの新作が、比鷺の頭をバグらせている。三言も遠流も先へ進んでいるのに、自分だけが動けない。なら、とことんまで立ち止まってやろうと思った。

自然と歩みが速くなる。自分が訳も無く焦っているのを感じる。あの石を見て、みんなの名前が書かれているのを見たらどうなる？　全ての呪いが解けて、また三人でいられるようになるだろうか？　馬鹿みたいな期待だ。でも、祈りを懸けてしまう。

夜の海は全ての光を呑み込む底無しの闇だ。親しんだ浪磯の海でも、それを見ると少しだけ怖《お》じ気づく。なるべく海の方を見ないように、星を標に歩いた。

かつてアオバトを見たところ、三人で歓声を上げた場所。そこが比鷺のよすがだ。帰りたい場所だ。

そうして星の光を頼りに辿り着いた場所に、友情の石碑は無かった。

目を凝らしてもう一度見る。無い。あったはずの場所には、ただの砂浜が広がっている。

「……あれ？　おかしい。絶対ここにあったのに。間違いないのに」

比鷺は記憶力がいい方だ。岩の場所は間違っていないはずだ。文字が薄れているのは覚悟していたが、何故か岩そのものが無くなってしまっていた。周りの岩も全て見て回ったが、痕跡は無い。

三人の友情の石碑は、どこかに消えてしまっていた。

理由は分からなかった。事情があって撤去されてしまったのか、考えづらいが自然現象で無くなってしまったのか。あるいは、もっと別の理由なのか。

気づいたら、比鷺は小さな笑い声を上げていた。この状況を出来の悪いジョークにする為の乾いた笑いだ。

「ま、そうか。あんなの、いつまでも残ってるはずないよな」

所詮、残るかも分からないものに子供の力で刻んだ名前だ。消えてしまっても不思議じゃない。おまけに、比鷺は今の今まで全く石碑を見に行こうとしなかったのだ。忘れていたも同然じゃないか。

そんなものを今更掬い上げようとしている比鷺がおかしいのだ。それに、他の二人があの岩のことを覚えているかも分からない。この思い出を大事にしているのは自分だけかもしれない。あんな思い出、忘れてしまってもおかしくない。

比鷺はそれから、しばらく笑い続けた。波の音が、比鷺のたてる笑い声を押し流していく。在りし日の友情が変わってしまっても、比鷺の停滞の日々は変わらない。何も。

＊

「はいどーも、くじょたんでーす。今日も生放送やってきまーす。え？　別に元気無くないっつーの。長時間プレイの疲れが出てる？　んなことないって。そんな程度で元気が無くなる俺じゃないって。最近は無水カフェインとエナドリのちゃんぽんを覚えたから三日眠んなくても平気。え？　死ぬぞ？　ちょっ、怖いこと言うのやめてよ！　わかった！　エナドリはほどほどにするからさあ！」

「……あのさ、変わらないものってあんのかな。みんなもさ、今はくじょ担《たん》とか言ってくれてるけど、俺のことずっと変わらず好きでいてくれる？　うるせー、アンチは帰れよ。お前らみたいなアンチの方が、俺のこと覚えててくれたりすんのかもね」

「そう思うとさあ、俺はもう変わりたくなんかないなって思うのよ。ずーっと閉じこもって、期待も何も無視して、ずっと籠もっていたいなって」

「……ネガティブな話じゃないっての。思うんだ。俺は多分、すごく幸せだった時期がある。その時のことを今でも大切に思ってる。でも、俺はたくさんのことを見過ごしてしまって、あとは走馬燈を待つだけなんだ」

「もし俺が、もう少しだけ…………」

「ま、いいや。気にしないで？　『くじょたん病み期』？　『ゲームやんな寝ろ』？　別にそんなんじゃないっての。お前ら俺のレートが上がりすぎて怖いから牽制してんじゃないの？　その手には乗らねーっての。じゃ、さっそく今日もノーウェアマンズランド・オンラインことノマオンやっていきまーす」

第5話「掌中之珠(promise of departed days)」

八谷戸《やつやど》遠流《とおる》は、あの時の会話を幾度となく思い出す。

「……なんで？　理由を教えてほしい」

遠流の言葉は、まるで子供が親に縋りつくかのようだった。実際に縋っていたのだと思う。今まで生きてきて、こんなに必死になったことはない。縋った相手はずっと傍にいた幼馴染だ。遠流とずっと仲良くしていてくれた相手だ。けれど、彼は遠流の全く知らない顔をして、皮肉げに微笑む。

「このままだと僕の願いが叶わないからだよ」

「……願いって本願のこと？　何か、叶えたいことが出来た？　そもそも叶わないって――」

「三言《みこと》と組んだのは間違いだった」

聞いたことのないほど冷たい声だ。彼は、普段なら絶対にしないことをして、絶対に口にしない言葉を口にしている。

「何言ってるんだ？　どうしてそんなこと……だってお前は三言のこと」

「うん。大好きだったよ。親友だった。でも今はそうじゃない。それどころか、憎しみすら覚えてる。三言は舞奏《まいかなず》なんかやるべきじゃなかったんだ」

目の前に立っている人間が誰なのか分からなくなる。それに、もう既に遠流はその声や顔が思い出せない。

「だから、やり直さないといけない。僕はもう二度と間違えない。九条《くじょう》鵺雲《やくも》も六原《むつはら》三言も必要ない。僕は僕の為に、もう一度大祝宴《だいしゅくえん》に辿り着く」

それに対して、自分は何を言っただろうか？　親友を切り捨てた彼に対する罵倒だろうか。それとも、引き留めようと必死に言葉を紡《つむ》いだだろうか。どちらにせよ関係は無い。結局、彼は行ってしまう。最後の言葉は決まっている。

「どうせ忘れる」

その言葉だけは、さっきとはまるで違う寂しそうな声で告げられた。だから遠流は、また何も言えなくなってしまう。

幼い頃からとにかく眠るのが好きだった。

どうしてそんなに眠るのが好きなのかと、何度も尋ねられてきた。対する遠流は、そんな質問に答えている暇は無いと言わんばかりに寝続ける。眠るのが何故好きかなんて、この幸せそうな寝顔を見れば一目瞭然《いちもくりょうぜん》ではないか。そういうことだ。

自分でそれを意識したのは遅かったが、八谷戸遠流はびっくりするほど綺麗な顔立ちをしていた。寝る子は育つと言うが、こういうところにもその効果が現れたのかもしれない。

ここまで見た目が綺麗だと、どこかしこで寝ていても割と赦されてしまうものである。丸まって眠り込んでいても『そういうもの』だと思われるという特権！

地元・浪磯《ろういそ》の和やかな風土も相まって、遠流は毎日幸せなお昼寝ライフを送っていた。学校のある朝も朝食を抜いてでもギリギリまで寝る。というか、目覚まし時計が鳴り、母親から揺さぶられ、幼馴染に引きずられてもまだ寝ていた。

夢と現実を天秤《てんびん》に掛け、前者のことをとことん優先する。眠り第一のこの性質は、死ぬまで変わらないだろうと思っていた。

そんな彼は今や寝坊をしない。それどころか、スヌーズ機能すら使わないで一回で起きる。芸能界において、遅刻は絶対の禁忌だ。お昼寝もしない。未成年が故に深夜までの仕事は無いが、分刻みのスケジュールをこなした後に、明日の仕事に備える必要がある。必要以上の睡眠を取っている時間は無いのだ。

昔の遠流を知っている人からすれば劇的過ぎる変化だろう。端から見ている両親も驚いている。一番驚いているのは遠流自身かもしれない。だって、自分がここまで出来るとは思っていなかった。まさか八谷戸遠流が、スポットライトと引き換えにうたたねを手放せる人間だなんて！　けれど、本当だった。遠流は目的の為にどこまでもストイックになれる人間だったのだ。ここまで言えば、浪磯に戻ってきた彼が寝坊をしたのが、どれだけイレギュラーなことだったか分かって頂けることだろう。遠流はちゃんと、朝七時にアラームを掛けたのだ。

ぼんやりとした意識で目覚めたのが、午前十時過ぎだった。窓の外から差し込む日差しがもう強い。それを厭《いと》うように身体を丸め、布団《ふとん》の中に潜り込む。まだ眠い。もう少しだけ寝ていたい。きっと、本当に駄目な時間になったら、三言が起こしに来てくれる。

理性が戻ってきたのは、それから更に十分後のことだ。水を掛けられた猫のように飛び起きた遠流は、傍《かたわ》らのスマホを手に取り、改めて時刻を確認する。普段なら考えられない起床時間にパニックを起こしかけた。マネージャーの城山《しろやま》の顔が浮かび、どんな言い訳をしようかと目を回す。

そこでようやく、遠流の意識は完全に目覚めた。スマホにはお叱《しか》りのメッセージは一件も入っていない。部屋を見回す。ここは都内の寮ではなく、浪磯の三言の部屋だ。舞奏の稽古の後、泊まっていかないかと誘われたことを改めて思い出す。

ばくばくと鳴る心臓を押さえたまま、床に敷かれた客用布団にぽすりと寝転ぶ。アラームは鳴ったはずだ。でも、気づかなかった。普段ならあり得ないことだ。気が抜けているとしか思えない。

昨日は楽しかった。子供の頃のように三言とくだらない話をして、そのままうとうとと眠りに落ちたのだ。遠流にとっては久しぶりに味わった、安らかな時間だった。

でも、寝坊するのは流石に無い。三言の姿はとっくに無かった。きっともう店に出ているのだろう。それを思うと更にじたばたしてしまう。何という体たらくだ。

過ぎたことを悔やんでも仕方がないので、遠流はのそのそと立ち上がる。置いてあったバッグを手に、着替えをする。

遠流の化身《けしん》は腰にある。右腰に手を当てる時に触れる位置だ。普通に生活していれば、否応なく見ることになる。その度に、三言を大祝宴に連れて行くという使命を思い出す。これはある意味でスティグマだった。遠流を奮い立たせる掌中《しょうちゅう》の珠《たま》だ。

ふと、同じ舞奏衆《まいかなずしゅう》であり幼馴染の九条比鷺《ひさぎ》を思い出す。彼の化身はうなじにある。普通に生活していればあまり見ることのない位置であり、しかも比鷺は髪を長く伸ばして化身を覆い隠していた。

どんなことに対しても一定の才を発揮してしまう彼が、そんな場所に化身を隠し持っている。能ある鷹が爪を隠すようなその様が皮肉だった。遠流が戻ってくるまでまともに舞奏をやっていなかった彼だからこそ、尚更そう思ってしまう。

三言が住み込んでいる部屋は、全力食堂《ぜんりょくしょくどう》リストランテ浪磯の二階にある。階段を降りて廊下を進めば、すぐに店舗《てんぽ》に行き当たるようになっているのだ。だから、身支度を整えて下に降りると、三言の元気な声が聞こえてくる。暖簾《のれん》をくぐり、店内に入った。

「あ、遠流。起きたのか」

すぐに気づいた三言が、店長の小平《こだいら》に一言言ってこちらに歩いてくる。その笑顔には一点の曇りもない。

「ごめん、三言。随分寝ちゃってた」

「いいよ。疲れてたんだろ？　遠流は忙しいんだから、ちゃんと休める時に休まないとな。よく眠れたか？」

何と返していいか分からず、俯き気味に頷く。そのまま三言は、遠流を奥の席に通した。

「朝ご飯なのか昼ご飯なのか微妙だけど、何かお腹に入れた方がいい。小平さんに頼んで適当に出してもらっていいか？」

「……え、こんな中途半端《ちゅうとはんぱ》な時間にいいの？」

「いいんだよ。食べられる時に食べとかないとな！」

「三言の言う通りだぞ！　遠慮すんな遠流！　お前、体力勝負の仕事してるんだから、一食抜いたら命にかかわるぞ！」

話の次第が聞こえていたのか、厨房の小平もそう言って豪快に笑った。大柄な体軀《たいく》に鍛え上げられた筋肉を持つ彼からは、店を震わせるような大声が出る。その声を浴びると、遠流も幼い頃に戻ったような顔をして「ありがとうございます」と言うしかなくなってしまうのだ。

そうして出てきたのは、浪磯の海で採れたしらすを使った生しらす丼だった。遠流にとっては慣れ親しんだ味だ。お味噌汁《みそしる》の匂いが食欲を刺激する。

「……いただきます。ありがとう、三言」

「召し上がれ。とはいっても、俺じゃなくて小平さんが作ってくれたんだけど」

「運んできてくれただけでも嬉しい。勿論、小平さんにも感謝してるけど」

「まあ、ゆっくり食べてくれよ」

そう言って、三言はぱたぱたとレジに向かう。相変わらずの働き者ぶりだ。見ていて眩しくなってしまう。アイドルになった遠流が手本としているのは、こういった三言の姿だった。何事にも手を抜かず、ストイックで努力家な三言の影を追って、八谷戸遠流は出来ている。

アイドルになると決めてから、遠流はずっと正しい選択肢を選び続けてきた。結果を達成するのに必要なことを、手を抜かずにやってきた。

『才能』があることだけは知っていたから、惑うこともない。材料もレシピも揃っているなら、失敗しないだけの甲斐性があった。八谷戸遠流は器用なのだ。

このままいけば、櫛魂衆《くししゅう》は多くの歓心《かんしん》を集める舞奏衆になれるだろう。あとは大祝宴まで気を抜かず、為すべきことを為すだけだ。

でも、三言や比鷺と一緒にいると、何となく気持ちが昔の自分に戻ってしまう。何にも頑張らず、何にも考えず、ただのうのうと過ごしていた頃の自分に。その結果が今日の寝坊に繋がっているのだろう。

反省の気持ちと共にしらす丼を口に運ぶと、生姜醤油《しょうがじょうゆ》の豊かな風味が鼻に抜けた。

「ごちそうさまでした」

粒一つすら残さず綺麗にしたどんぶりを下げると、小平は嬉しそうに「よっしゃあ」とガッツポーズをした。

「随分嬉しそうですね」

「そりゃあ全力で作ったもんが綺麗に食われりゃ嬉しいだろ。美味《うま》かったよな？」

「ええ、勿論です。小平さんの料理はいつだって一級品ですから」

「なーにかしこまってんだ。都会のアイドルってのはお貴族様みたいになるんだな」

「これでも国民の王子様ですよ、僕は」

　アイドルである自分の肩書きを口にしながら、遠流は優雅に笑ってみせる。最初はぎょっとしたキャッチコピーも、今や大分馴染んでいる。事務所がどう売っていきたいかを知る為には簡潔でとてもいい言葉だ。少なくともこの言葉を冠するようになってから、遠流は更に効率よくアイドルを演じることが出来るようになった。

「かーっ、こまっしゃくれたなあ。お前もデカくなったもんよ」

「変わってしまってかわいげがないですかね」

「いいか。この世に悪い変化は一つしかない。それは飯を食わなくなることだ。今のお前は少なくとも飯を食っている。なら全力で生きてるってことだ。何の問題も無い」

　とてもまっすぐな目で小平が言う。こんな彼だからこそ、今の三言を引き受け、舞奏に専念させてくれているのだろう。その巡り合わせに感謝しかなかった。ちらりと店内の三言を見る。彼は常連客に摑まって長話に付き合わされていた。相変わらずの名物店員ぶりだ。

「三言のやつ、今日は四時上がりにしてあるからな。いつもより早く舞奏社《まいかなずのやしろ》に行けるぞ」

「そうなんですか。嬉しいですね」

「このタイミングで新しいバイトが入ったからな。少しは回るってわけよ。そもそも俺はあいつに店を手伝わせるつもりなんかこれっぽっちもなかったんだが」

「それは三言の性格ですから。お世話になっているのに何もしないっていうのが苦手なんでしょうね」

「あいつもまあ大人になったわなあ。覡《げき》としての自覚が出てきたのかもしれないが、ほんと、全力で生きてるよ」

小平が感慨深げに言う。二年間寝食を共にした彼にとって、三言はもう実の子供同然なのだろう。

「正直お前が戻ってきたことも、あの比鷺が舞奏衆を組むって言った時も驚いたが、感謝してる。三言のやつは今楽しそうだ」

「だったら……チームメイト冥利《みょうり》に尽きます」

「勝敗がどうであれ、俺は櫛魂衆のことを全力で応援してるからな」

ありがとうございます、と言いながら遠流は頭を下げる。その言葉自体は素直に嬉しいものだ。だが、それだけでは駄目であることも知っている。遠流は三言を大祝宴に辿り着かせなければならない。

そうしなければ、遠流はもう二度と、もう一人を――『幼馴染』を取り戻すことは出来ないだろう。


結論から申し上げると、遠流は一度舞奏競《まいかなずくらべ》の結末を見ている。

この世界は二回目だ。二周目、と呼んだ方が通りがいいだろうか？　どちらでも構わない。ぐるぐる回る様がイメージに近かったので、この言葉を使っておこう。

遠流は日々を穏やかに過ごし、親友である六原三言ともう一人の『幼馴染』、そして九条比鷺の兄・九条鵺雲が組んだ「櫛魂衆」が舞奏競で勝ち進むのを見た。彼ら「櫛魂衆」は他の舞奏衆に負けず、順調に御秘印《ごひいん》を集めた。そしてとうとう、勝てば本願が叶うという大祝宴にまで辿り着いたのだ。

しかし、「櫛魂衆」が願いを叶える段になって、全てがおかしくなった。三人が各々《おのおの》何を願ったのかは分からない。開化舞殿《かいかまいでん》で一体何が起こったのかも。きっと何か並々ならぬことが起こったのだろう。そうでなければ、遠流がそこに立ち会うハプニングなんて発生しなかったはずだ。

そこで遠流は『幼馴染』と最後の会話を交わした。

叶えたい願いが叶わなかったこと、三言と舞奏衆を組んだことが間違いだったこと。彼は三言が舞奏をやるべきじゃないと思っていたことを、遠流に告げた。

そして『幼馴染』の彼は、時間を戻すことを願った。

気がつけば、遠流は中学生の頃まで戻っていた。

三言の事故が起こった直後、舞奏なんか何の関わりもない自分まで。

奇妙なことに、時間の戻った世界では、四人目の『幼馴染』のことを誰も覚えていなかった。それどころか痕跡すら残っていない。かつて比鷺の提案で四人の名前を彫った岩すら消えていた。「どうせ忘れる」という言葉を思い出す。『幼馴染』は消えてしまった。

彼が意図的に自分の存在を消していった理由には察しがついた。何故なら、時間の戻った世界では『幼馴染』だけでなく、九条鵺雲までもが浪磯を去っていたからだ。鵺雲の目的は分からない。しかし、確実なことが一つある。

この世界では「櫛魂衆」が組まれることはない。三言は一人で舞い続けることになる。いくら三言が卓越した舞の技を持っていたとしても、このままでは舞奏競で勝ち上がることは出来ないだろう。相模國《さがみのくに》の舞奏は三人を想定して作られているもので、三言はそれに合わせて稽古を重ねてきた。

これで『幼馴染』は三言を舞奏から遠ざけておくことが出来る。彼を助ける人間は誰もいないのだから。それが『幼馴染』の計画だったのだろう。

しかし、番狂わせが起きた。

『幼馴染』との会話を交わした後、遠流はカミに遭遇《そうぐう》したのだ。

こんなことを舞奏社の人に真面目に言えば、不謹慎だと諭されてしまうだろう。けれど、実際に彼はカミを見た。人々の祈りを受け、舞奏を通じて歓心を受け容れるものを。

だから、必死に願った。

「僕にもこの舞台に立つ資格がほしい。どんな対価を払ってもいい。お願いします。僕に化身をください。そうしたら僕は、絶対に素晴らしい舞奏を奉じてみせる」

カミは言葉を発しなかった。そもそも、発声器官を持っているのか、言葉というものを持ち合わせているのかも分からなかった。だが、遠流はそれが何を求めているのかを理解した。

カミは遠流に二つのことを求めた。人ならざる者との契《ちぎ》りに、一瞬だけ躊躇する。手に余る約束は、きっと手酷いしっぺ返しをもたらすだろう。だが、遠流に選択肢は無かった。

「約束します。僕は必ず三言を大祝宴に連れて行く。どんな手を使ってでも」

カミは少しだけ微笑んだように見えた。しかし、およそ人間のものには思えない雰囲気が、その笑みをどこまでも不自然なものにしていた。そのことを一層気味悪く思う。何故なら、目の前に現れたカミは遠流のよく知っている人間の——六原三言と同じ姿形をしていたからだ。

そして、遠流は化身を得た。舞奏競というものに挑む余地を得た。

自分の存在は『幼馴染』の誤算そのものだろう。何しろ、彼が知らないだろうことが二つある。

第一に、遠流は記憶を完全に失っていない。彼の名前も顔も忘れてしまったけれど、存在だけは覚えている。彼がやけに甘い物好きだったこと、ところ構わず寝る自分を引きずって帰ってくれたこと、半分に割ってくれたあんまんのことを思い出せる。完全に記憶から消えてしまったわけじゃない。

第二に、遠流が化身を発現していることだ。一周目の世界で、遠流は化身を持たなかった。化身を持たないノノウが実力だけで覡になるケースも無くはないらしいが、何の素養も無い遠流が舞奏社に所属出来る可能性は低かっただろう。

けれど、今の遠流には化身がある。

これはカミとの契りで無理矢理に得た偽物の化身だ。才能の証明ではない。しかし、それでも舞奏社に所属し、三言と共に舞台に立つことが出来る。孤立し、一人になってしまった三言を、大祝宴に連れて行くことが出来るのだ。

この二つが、彼の計画を崩すだろう。

今の遠流には、もう『幼馴染』の面影すら分からない。だが、もし彼がこの世界の何処《どこ》かで覡として舞奏を奉じているのだとすれば、大祝宴で必ず出会うはずだ。

遠流はその瞬間を待っている。


三言の仕事が終わるまで、遠流は舞奏社で一人稽古に勤しむことにした。今日はアイドルの方の仕事が入っていない。

どれだけ頑張って食らいついていっても、遠流の舞奏は三言には遠く及ばない。芸能界に入ったことで、歌とダンスの基礎を学ぶことは出来たが、それだけではまだ足りない。

　遠流は他の覡に比べて舞奏の経験が圧倒的に少ない。化身だって元からあったものではない。自分にはカミに見初められるような才能が無かったのだ。だから、努力で埋めるしかない。

　一時間ほど一人で稽古に励み、動きを確認する。社人《やしろびと》は遠流にも色々と気を遣ってくれる。そのことがむず痒《がゆ》くも嬉しかった。

　休憩時間にスマホを確認すると、マネージャーの城山からいくつか連絡が来ていた。手早くチェックし、返信する。アイドル関係の仕事は週三程度に抑えてもらっているが、その分遠流がスケジュールを緻密《ちみつ》に把握していなければならない。やるべきことは沢山あった。

　その最中、ふと連絡先の欄にある名前に目が向いた。九条比鷺、という本人の印象には全く似合わない綺麗な名前をなぞる。すると、その拍子にうっかり電話を掛けてしまった。呼び出し音から間もなく、電話口から詰めた息遣いが聞こえた。

『…………………』

「おい、出てから居留守使うな」

『ひっ、だってだってぇ出なかったら怒るじゃん！』

「何で居留守を使っちゃ駄目なのか分かってるか？　僕の貴重な時間をお前みたいなウィッカーマンに浪費させられるのが我慢ならないからだよ。分かったらさっさと出ろ」

『ウィッカーマン……ってあのデカい藁人形《わらにんぎょう》でしょ！　祭りの時に火点《つ》けて燃すやつ！ちょっと考えちゃったんだけど！』

「相変わらずうるさい奴だな。なら出るなよ」

『で、何？　今日俺休みでしょ。稽古の日に絶対サボらない代わりに、お休みの日は俺の好きにさせてくれる約束じゃん。今日休みだもん。遠流こそくじょタイム邪魔しないでくれる？』

一転して早口でまくし立てる比鷺に対し、思わず舌打ちが出た。しかし、舞奏の稽古に休みの日を設けてやったのも事実だし、発端は遠流の間違い電話だ。このまま切ってやってもいいが、少し考えてから口を開く。

「あのさ、比鷺」

『えー、改まって何？　こわー……』

「……僕が……」

『遠流がぁ？』

訝しげに呟く比鷺の声を聞いて、昔のことを思い出す。

浪磯を出ることを決めてから、三言とも比鷺ともまともに話さなかった。実家に戻った時に、三言の姿を見かけたくらいだ。比鷺は家から出ないので、比鷺とのちゃんとした思い出は、病院帰りの彼を待ち伏せて話した時が最後だろう。

あの時比鷺は、浪磯を離れようとする遠流に理由を尋ねた。事故に遭った三言と、いなくなってしまった兄と、更に地元を離れようとする幼馴染の間で途方に暮れていた。

比鷺は決して馬鹿じゃない。炎上はするくせに、実際はかなり理性的だ。どんなことがあっても、理由さえ聞けば納得する。遠流が地元を離れることへの、ちゃんとした説明が必要だった。比鷺が発した言葉は、奇しくもあの時、遠流が『幼馴染』へと発した言葉と同じだった。

迷ったのは事実だ。本当は比鷺に全てを打ち明けてしまいたかった。

けれど、言えなかった。

自分達には四人目の幼馴染がいた。彼が大祝宴で願いを叶え、時間を戻してしまった。その時に、遠流以外の人間は彼のことを忘れた。こんな与太話を信じてもらえるとは思えなかった。仮に信じてもらえたとしても、四人目の幼馴染がどんな人間だったのか、どんな名前だったのかすら答えられない。これでは話したところで意味が無い。

それに、遠流にはまだ隠していることがある。

比鷺にも三言にも、絶対に言いたくないことだ。

言えないことがあるのなら、何も言わない方がいい。そう思った。

遠流に言えることは、比鷺に舞奏をするように促すことだけだった。舞奏衆は三人までだ。もう一度櫛魂衆を組み直す為には、どうしても比鷺の力が必要だった。

比鷺が舞奏に消極的なことは知っていた。比鷺はずっと、実の兄と比べられて生きてきた。幼い頃の比鷺の舞奏は自由で美しかったのに、何故か比鷺の舞奏は平凡で凡庸《ぼんよう》なものだと評価された。あんなことを言われて舞奏を楽しめるはずがない。そのうちに、比鷺は舞奏自体を辞めてしまった。あの舞が観られなくなったのだ。

ただ、遠流は知っている。舞奏を見つめる比鷺の目が、今なお憧憬の色を宿していることを。あれだけ舞える人間が、あっさりと舞奏を諦められるはずがないのだ。恐らく比鷺は、覡である自分をまだ諦めていない。

それを見ると、九条比鷺の生きづらさを感じてしまう。

だが、そんな比鷺に同情出来たのもそこまでだった。

一年前、遠流は理由を言わず、比鷺に三言を託して浪磯を出た。端から見ても勝手だし、あんな言い方で協力を得られるとは思わなかった。けれど、一人残された三言を見れば、きっと助けたいと思うはずだ。覡として隣に立ちたいと思うだろう。そう考えた。

しかし、予想に反して比鷺は全く動かなかった。

熱を入れて稽古をする、というところまでは期待していなかったが、まさか全く何もしないとも思わなかった。この一年で比鷺がやったことといえば長時間配信と炎上だけだ。おまけに遠流関連のことでも燃えた。――こいつ、何をやっているんだ？

三言が一人で舞っているのを見て、何も思わなかったのだろうか。それとも、何か思っても一歩が踏み出せなかったのか。どちらにせよ、遠流の目論見《もくろみ》は完膚《かんぷ》なきまでに外れた。

結局、比鷺が覡になったのは遠流が浪磯に戻ってきてからだ。このタイムロスが惜しかった。もし比鷺がこの一年を覡として真面目に過ごしていれば、櫛魂衆は更に素晴らしい舞奏を奉じることが出来ただろう。素人《しろうと》同然の遠流をカバーすることも出来たはずだ。

でも、そうはならなかった。

比鷺は自分と違って何でも出来る。元から化身もあった。

何事も頑張りたくなかった自分が言うのもなんだが、比鷺は持って生まれたものを腐らせている。もう少しだけでも頑張ってみれば、見える世界も変わってくるだろうに。

そう思うと、比鷺に対する言葉に出来ない感情が溢れそうになる。分かっている。これはただの嫉妬だ。焦燥と言ってもいい。

もし自分じゃなくて比鷺が記憶を持ち越していれば。あるいは、比鷺の才能が自分にあったなら。もっと上手くやれていたのではないか。そう思うと、ネット上で燃えている比鷺に怒りがこみ上げてくる。その才能をネットに焼《く》べるな。

『……もしもーし。急に黙んないでよ。まさか寝てる？　あんだけ偉そうなこと言っといて、中身は元のねむねむな遠流のままってこと？　おーい、起きろー』

比鷺の言葉で我に返る。随分長く物思いに耽《ふけ》ってしまった。やっぱり、比鷺には言えない。言いたくもない。少なくとも比鷺は舞奏に向き合っているのだ。なら、このままでいい。

「うるさい。寝てない」

『ひゅっ、いきなり怖い声出さないでよ。えー、マジで俺の声が聞きたかっただけとか？　配信見なよ』

「……お前が一昨日《おととい》の配信中に口ずさんでたの僕の曲だろ。やめろ」

『へ!? ああ、そうだけど、えっまさかそれに文句つけにきたの!? JASRACかよ! 怖っ』

「僕に言及して炎上したくせに懲りないな。二度と歌うなよ」

『違うんだって! あれ自然と出ただけだし! ……ていうか遠流ってば俺の配信意外とちゃんと見てるんじゃん。嬉しーってかマジで典型的ツンデレ過ぎて笑うわ。お前は親友である前にくじょ担の一人だったってわ――』

そこでようやく通話を切った。暢気《のんき》な比鷺の声を聞いて気が抜けたからか、逆に発破がかかったのか、さっきより元気になった気がする。スマホを放り出して、もう一度立ち上がった。また再び、稽古をしながら三言を待つ。


「遠流、少し休んだ方がいいんじゃないか?」

そうして根を詰めていたからだろうか。舞奏社にやってきた三言は、開口一番そう言った。

「……疲れてるように見える?」

「いや。遠流は流石に体力があるな。疲れてるようには見えない。けど、もう数時間は練習してるだろ?」

「でも、人一倍頑張らなくちゃいけないんだよ、僕は。……化身の発現だって二人より遅かったんだし。才能の面では確実に劣ってる」

細かい部分を省いて、事実だけを述べる。すると三言は大きくかぶりを振る。

「そんなの関係無い！　遠流はカミに見初められたってことだろ？　化身が発現していなくても、元から才能はあったんだ。遠流は昔から人目を引いたし、舞奏には向いていると思ってたよ」

「……そうなんだ」

本当はこの化身だって偽物だ。裏付けになる才能も無いのに、カミに格好だけ与えてもらっただけ。ただ、三言にそう言ってもらえるのは嬉しかった。三言に自分のことを認めてもらえると、心が安らぐし安心する。

「遠流は化身が発現して嬉しかったか？」

「嬉しいというか……。変な感じというか……。三言と比鷺には化身があって、僕には無いのが普通だったし。だから、覡にはなれないんだなあって、それだけ」

舞奏を観るのは好きだった。華やかで楽しく、心が沸き立つ。それを舞っているのが大好きな親友であるなら尚更だ。けれど、自分がそれをやろうと思ったことはない。ああして全力で舞い歌うのはいかにも疲れてしまいそうだ。

「でも、今は嬉しいと思ってるよ。覡になりたいというか、三人の輪に入れてよかった、って。……化身が無いと、覡になれないから」

舞奏なんて疲れることをしたくはなかったけれど、みんなで何かをすることには憧れがあった。どんな経緯があったとしても、三言と比鷺の二人と櫛魂衆を組めたことは遠流にとって幸せなことだった。

「遠流なら、たとえ化身持ちじゃなくても覡になれたんじゃないかと思うけどな」

「そこまで買ってくれてるのは嬉しいけど……」

「お世辞じゃない。本心だからな。遠流がいてくれるから、俺は舞奏競に挑めるんだ。ありがとう」

三言が屈託の無い笑顔で言って、手を翳《かざ》してくる。それに軽くハイタッチをして、遠流も笑ってみせた。そうすると、疲れた身体に再び力が戻る。もう一度立てるようになる。

「分かった。あと、五分だけ休憩する。そうしたら、もう一度頑張るから、合わせに付き合ってくれる?」

三言が嬉しそうに頷く。


それからまた二時間ほど動きを合わせてから、舞奏社を出た。普段から多少鍛えているとはいえ、出る時は疲労困憊《こんぱい》だった。近道をしようと砂浜を歩いているのもよくない。一刻も早く眠りたい。昔の自分なら適当な場所を見つけてさっさと眠っていただろう。しかし、明日は都内に戻ってアイドルとしての仕事をする日だ。すっぽかすことになったらまずい。

「遠流、大丈夫か? いよいよ目が開いてないぞ」

「……大丈夫。平気」

「なんならおぶって帰ろうか？」

「僕の家、ここから結構遠いでしょ。三言も疲れてるのにそんなことさせられないよ。平気」

笑顔を作って、どうにか言う。誤魔化しが上手くなったことは、アイドルになって良かったことの一つだ。

「こういう時は流石に駅前の比鷺の家が羨《うらや》ましくなるけどね」

「確かにあの立地は羨ましいな」

「あれだけ恵まれたところに住んでるのにあそこまで出不精なのはある意味当てつけだと思うんだけど――」

遠流がそう言った瞬間、視界の端でフラッシュが焚かれた。思わずその方向に視線を向ける。沖堤防の辺りに、痩せた体軀の記者らしき男が立っていた。不躾《ぶしつけ》にカメラを構えている辺り、遠慮をするつもりはないのだろう。

「あれは……」

「パパラッチだね。節度のある記者は時間帯を気にするんだけど、お相手はそういうタイプではないらしい」

アイドルとして活動し始めてから、こういった手合いには何度も遭遇してきた。芸能人というものの宿命なのかもしれない。

この世界で目覚めた時、遠流は思った。

自分が櫛魂衆に入ることは、きっと舞奏衆としての力を下げることになる。自分が舞奏衆に加わるより、化身が無くとも実力のあるノノウが加わった方が舞奏の為にはいいだろう。けれど、これから自分達が挑むのは舞奏競だ。舞奏競は歓心を集める戦いだ。なら、舞の技量で敵《かな》わなくともやりようはある。凡人でしかない八谷戸遠流でも戦える。

昔から、芸能関係のスカウトはよく受けていた。遠流自身はあまり意識したことがなかったが、彼の顔立ちはとにかく人目を引いた。遠流が使える武器はこれしかない。だから、すぐにそれを目指した。舞奏競が始まるまでに、自分は場外で戦わなければならない。手段は選んでいられなかった。そうすれば、櫛魂衆に貢献出来る。

浪磯を離れる直前、比鷺に舞奏衆を組もうと言われた時に、即答出来なかったのはこの所為だ。もし遠流の実力が足りず、一年で人気アイドルにまで上り詰められなかったら、浪磯に戻ってくるつもりはなかった。何の武器も無い八谷戸遠流なら、いない方がいい。

幸いなことに、遠流は人気アイドルとして歓心を集めることに成功した。自分のことを応援してくれたファンには感謝しかない。それが無ければ、遠流は帰ってこられなかった。今の遠流は、以前の遠流とは違う。才能が無くても戦える遠流だ。

だから、辛い仕事も毎日追われる生活も耐えられた。これは遠流の戦いだ。誰でもない、遠流自身が選んだ道だ。

「三言、少し待ってて」

三言のことを庇うようにして、一歩前に進み出る。堂々と歩み出てきた遠流に、記者は少しだけ怯んでいた。構わず、遠流は言う。

「僕に何かご用ですか？　写真ならいくら撮って頂いても構いませんが、ここにいるのは僕の友人です。それを無遠慮に撮るのはどうかと思いますね」

冷たい声でそう言うと、記者が舌打ちをする。生意気な口を叩いていると思われたのだろう。でも、構わなかった。その態度で、彼がどんな悪意を携えて遠流を監視しているのかが分かってしまう。表情は崩さない。笑顔を浮かべたまま、遠流は言う。

「あなた、一週間前から僕を付け狙っていますよね。気づいていましたよ。ここ一年で急に目立っている僕が気に食わないんでしょう？　それとも、懇意《こんい》にしているアイドルか何かにネガキャンを頼まれましたか？　どちらにせよ、僕には関係ないけど。特に後ろ暗いところはありませんから」

そう、八谷戸遠流に後ろ暗いところなんて何も無い。ここにいるのは歓心を得る為に作り出された単なる偶像だ。

「何を書かれても気にしません。僕の人気はそんなことでは揺らぎませんよ。それに、あなたが僕に向けている悪意ですら、歓心なんですよ。気に食わない、粗《あら》を探したい、傷つけたい。そんな気持ちだって向けられるだけありがたいのが覗なんです。どうぞ、八谷戸遠流を気にしてください。その歓心を、僕はありがたく思っています」

そう言うと、記者は身を翻《ひるがえ》して去って行ってしまった。あまりに淡々と言う遠流を気味悪く思ったのだろう。

「もういいよ。行こう、三言」

「もう大丈夫なのか？」

「二、三日したらまた懲りずにやってくるだろうけど、僕は三言が不快な思いをしなかったらそれでいいから」

「遠流はああしていつも追いかけられているのか……大変だな」

「慣れるものだよ。むしろ、ここまで追いかけてもらえるほど有名になったことを誇らないとね」

遠流がそう言うのと、沖堤防の方から派手な水音が聞こえてくるのは同時だった。

助けて、というか細い声がする。海に慣れていない人間が溺《おぼ》れると、全力で叫んでもあんな声になるのだ。その声と水音を結びつければ、何が起こったのかは明白だった。

記者が足を滑らせて海に落ちたのだ。底無しの暗闇に見える、浪磯の夜の海に。

「まずい」

思わずそんな声が出る。恐らく、パニックを起こしていて沖堤防には上がれない。浜辺からそれほど遠くはないが、足の着かない恐怖から方向感覚を失ってしまうことも多い。

どうしよう。どうすればいい？　誰かを呼ぶか。大声を出して浜に誘導すればいいのか。躊躊っていれば、遠流の目の前で人が死ぬ。それが遠流を追いかけ回す記者であっても、死んでいいなんて思えなかった。

その時、三言が軽く肩を叩いた。そのままいつもの調子で言う。全てを引き受けるような声で。

「大丈夫だ、遠流。俺が助けてくる」

止める間すら無かった。三言が何の躊躇いも無く海に飛び込む。

水音が響き、辺りが突然静かになった。代わりに、遠流の絶叫が響く。

「三言！」

波の音が耳に響く。水中を覗き込み、暗闇の中に三言の姿を探した。冷たい水に手を晒して、三言の手を摑もうと藻掻《もが》く。

すると、程なくして浜辺の方から声がした。咳《せ》き込む音。砂を摑むじゃりじゃりとした音。

「こっちだ遠流！　救急車を呼んでくれないか!?　水はあんまり飲んでいないみたいだから、大丈夫だと思うんだけど――」

三言が大きく手を振っている。傍らにはあの記者が倒れていた。

彼の首からは例の一眼レフが無くなっていた。きっと流されていったのだろう。これで自分達の写真が使われることはないだろう、と思った。

救急車を呼んですぐ、遠流は三言に飛びついた。じっとりと海水を吸った服は重い。背後の海は今にも触手を伸ばして三言を奪い去ってしまいそうだ。それを意識すると、さっき三言がやったことの恐ろしさをまざまざと感じる。

「三言……！　なんてことするんだよ！　三言まで飛び込んで……死ぬかもしれなかったんだぞ！」

思わず、語気荒く言ってしまう。溺れている人を助ける時に、自分まで飛び込むのは最悪の手だ。どれだけ泳ぎに精通している人であっても、誰かを救助するのは至難の業だ。巻き込まれて死んでもおかしくなかった。

遠流は親友をもう一度失ってしまうところだったのだ。

「こんなことで、三言が死んだらどうするの。こんな、こんな――」

「俺は死なない」

それは、確信に満ちた言葉だった。

三言の髪の先から水滴が落ちる。

「俺はまだ覗としてやるべきことをやっていない。だから死ぬはずがない。ここで死んだら、俺の命には何の意味も無かったことになるだろ？」

三言は困ったような笑顔を浮かべていた。どうしたら目の前の遠流に、この理屈が理解してもらえるかに苦心しているようだった。自分は死なない。だから、あの場で夜の海に飛び込んでもいい。死なないことが分かっているんだから、誰かを助けた方がいい。

三言はそう本気で信じている。何故なら、自分の命が舞奏の為にあると本気で思っているから。

――大祝宴に辿り着くこと以外に、その命には何の価値も無いと思っているから。

三言との間に深い断絶を感じる。言っている言葉は分かるのに、その心が理解出来ない。こんなことが何度もあった。初めてじゃない。

「……もう二度としないで、三言。お願いだから」

「ああ。そうだな」

遠くでサイレンが鳴っている。救急車が近いのだろう。警告音そのものである音を聞いて、遠流の心は三言の事故直後まで引き戻される。

一周目と二周目で大きく違うのは、消えた『幼馴染』のことだけじゃない。

三言もだ。

二周目の三言は、遠流が知っている三言じゃない。

まるっきり別人であるとは言わない。今だって三言は友達思いで優しくて明るい。遠流の大好きな三言だ。隣にいると安心してよく眠れる。特別な幼馴染。

でも、ふとした時に、三言は全然知らない顔を見せる。たとえば、舞奏のことを語る時、カミについて触れる時。あるいは覡としての役割を話す時、三言は別人のような顔をする。

まるで神託を受けた神子《みこ》のような顔を。

それだけじゃない。今の三言には驚くほど我欲が無い。ただひたすらに舞奏に打ち込んでいる。それなのに、大祝宴に辿り着くことだけにはやけに執心しているのだ。まるで、舞奏競に勝つことだけが、自分の存在意義であるかのように。それ以外のものを全部捨ててしまったような顔をして、ただカミの為に舞っている。

六原三言は変わってしまった。

その原因を、遠流は知っている。

カミに願いを叶えてもらう時、遠流はカミと二つのことを契った。

一つは三言を大祝宴に連れて行くこと。

そしてもう一つは、自らの大切なものを差し出すことだ。

それが何かは告げられなかった。その状態で、差し出すか、諦めて引くか、そのどちらか一つを選ばされた。

あの時の遠流には選択肢が無かった。自分が差し出せるものなんてたかが知れている。自分が持っているものなら、何を奪われても構わなかった。

目が覚めてからしばらくは、何を差し出したのか分からなかった。自分は何一つ変わっていないし、何を失ったわけでもない。世界は何も変化していないように見えた。

そして、気がついた。

失われたのは、三言だった。

その時遠流は、自分が何を大切にしていたのか、何を差し出してしまったのかを知った。

これが、比鷺にも言えなかった秘密だ。三言について隠していることだ。

化身を持ちたい。遠流がそんな分不相応な願いをした所為で、三言からは我欲が消えた。ただ舞奏だけに命を懸ける存在になってしまった。遠流は三言の存在を書き換えてしまった。こんなことが赦されていいはずがない。どう償っても償い切れない罪だ。

「ごめんな、遠流。遠流に心配を掛けるつもりじゃなかったんだ」

遠流が引き攣った顔を晒していることに気がついたのだろう。三言が申し訳なさそうに言う。慌てて、濡れた身体を抱きしめた。

「大丈夫。ちょっと心配しただけだから。……僕は三言が大切なんだよ。……絶対に危ない目に遭ってほしくない」

抱きしめる腕に力を込めると、じっとりと海水が染みてくる。重みを分かち合うように、甘んじてそれを受ける。

もう後戻りは出来ない。遠流の犯した罪は、簡単に償えることでもない。だから、遠流はどんな手を使ってでも大祝宴に辿り着かなければならない。たとえどんな目に遭おうとも構わない。遠流が取り戻さなければならない親友は二人いる。

それまで、絶対に妥協しない。諦めない。たとえ二人に嘘を吐くことになっても、絶対に勝ってみせる。

何かを察したのか、三言が宥めるように背中をさすってくれた。その手つきは遠流がよく知る三言のもので、懐かしさに泣きそうになってしまった。

第6話「前程万里(come from nowhere)」

六原三言《むつはらみこと》が父親から最初に教わったのは、化身《けしん》の意味だった。三言の小さな手の甲にある痣を優しくさすりながら、彼は言った。

「三言。化身というものは、カミがその人の中で一番価値があると認めた場所につける印なんだよ」

幼い三言は、その言葉の意味を完全には理解していなかった。その時の三言は、父親が化身を撫でながらとても嬉しそうな表情をすること自体を喜んでいて、その意味をよく知らなかった。意味が分からないまま、子守歌のようにそれを覚える。父親があまりに優しくその言葉を繰り返すので、子守歌のように覚えてしまった。

「三言の化身が右手の甲にあるのは、カミがこの手を愛しているからなんだよ。きっと三言の手は、迷う誰かに差し伸べられる手なんだろうな。三言、その手を大切にな。その手はきっと、人を繋ぐ手になるだろうから」

三言は頻りに頷く。傍らには、小さな美しい神楽鈴がある。舞奏《まいかなず》が有名な浪磯《ろういそ》で売られている、玩具の一種だ。三言はその音が好きだった。どれだけ泣いていても、その鈴の音を聞けばぴたりと泣き止んでしまうほどだった。

「お父さん」

「どうした?」

「舞奏のところに行きたい。舞奏をやる」

舌っ足らずな口調で、舞奏社《まいかなずのやしろ》に連れて行ってもらうことをねだる。外でかけっこをするのも、屋内で絵本を読むのも好きだったが、一番好きなのは神楽鈴を手に舞うことだった。

物心がついた頃から、三言は舞奏社に出入りしてはノノウの舞奏を見ていた。社人《やしろびと》から手ほどきも受けていた。教えられた動きを完璧にこなせると、胸の奥底からキラキラとした熱が湧き上がってくる。あの感覚が好きだった。もっと上手くなりたくて、両親に舞奏社まで手を繋いで連れて行ってもらうことをねだった。

両親は一度も嫌だと言わなかった。もし自分の舞奏が他の人より際立っているのだとすれば、それは両親のお陰なのかもしれない。舞奏の素地をしっかりと作るべき時に、彼らは最大限のサポートをしてくれたからだ。

しかし、三言にはその両親の記憶が無い。

交通事故以来、三言は記憶の一部を失っている。どうして自分が事故に遭ったのか、自分の両親がどんな人間だったのか、仲が良かったという妹の存在も全く思い出せない。

写真の中の彼らは、他人としか思えなかった。事故で命を奪われたという彼らを痛ましく思いこそすれ、肉親を失ったという悲しみが湧いてこない。医者の説明を聞く限り、それは、衝撃を受けた心が事実を認識するのを拒んでいるからなのだそうだ。

説明を受けた三言は、これをカミからの祝福だと思った。もし悲しみに心が囚われるようであれば、舞奏に大きな支障が出ていただろう。しかし、三言は記憶を失ったことで立ち直り、覡《げき》として復帰することが出来たのだ。

両親の顔や人となりは忘れてしまっても、彼らが舞奏のことを愛していたことは覚えている。ならば、残された三言がやるべきことは誠心誠意舞奏に邁進《まいしん》することである。

だから、彼は今日も一心不乱に舞奏に打ち込んでいる。当代最高の覡として、大祝宴《だいしゅくえん》に辿り着く為に。周囲の期待を一身に背負い、観囃子《みはやし》の歓心《かんしん》を集めて舞台に立つ。


六原三言の朝は早い。

午前六時に目を覚ますと、身支度を整《ととの》えてから日課のランニングに向かう。四十分程度砂浜を走り込むと、シャワーを浴びてから全力食堂リストランテ浪磯に顔を出す。そして、八時の開店に間に合うように店主の小平《こだいら》さんと朝食を取る。

三言の面倒を見ると言ってくれた時に、彼がいくつか出した条件のうちの一つが『必ず朝食を一緒に取ること』だった。仕入れたばかりの食材を使って、小平さんはいつも品数の多い朝食を作る。

今日の献立はれんこんのきんぴらと鯵《あじ》の開きに味噌汁、豆腐の入ったもずく、じゃこのふりかけだった。こんもりと盛られた白米が食べ盛《ざか》りの三言にはありがたい。いただきます、と手を合わせると、小平は嬉しそうに笑った。

「どうだ三言！　何か変わったことはないか!?」

「特に変わったことはないですね。海も穏やかでしたし。晴れてたから気持ちが良かったです」

「そうか！　そりゃあ良かったな！　絶好の舞奏日和《びより》だ！」

三言のものに負けず劣らず大盛りの白米を掻き込みながら、小平が太鼓判《たいこばん》を押す。小平に言わせれば雨だろうが雪だろうがこの浪磯に舞奏日和でない日は無いのだが、自信満々に言い切る小平を見ると、何だか嬉しい気持ちになる。

「それで、どうだ！　櫛魂衆《くししゅう》の方は！」

「すごく順調ですよ！　遠流《とおる》はとてもやる気があるし、比鷺《ひさぎ》は若干元気が無いけど、稽古するって決めた日は絶対に舞奏社に来てくれますから」

相模國《さがみのくに》舞奏衆《まいかなずしゅう》・櫛魂衆が結成されたのは、ほんの二週間前のことだ。けれど、その二週間は三言が生きてきた中で一番楽しい二週間だった。大好きな幼馴染が傍にいてくれるだけでも嬉しいのに、その幼馴染は覡として三言と舞奏衆を組んでくれたのだ！

これでもう舞奏競《まいかなずくらべ》に一人で挑む必要もなくなる。相模國の舞奏は、基本的に三人を想定したものだ。相模國の伝統を守って、最大限のパフォーマンスが出来ることも嬉しい。いいことづくしだ。

三言の喜びが伝わったのか、小平がふにゃりと顔を柔らげる。普段ビシッとした顔つきをしているからか、その変化は印象的だ。

「本当に良かったよなあ……」

「そんなに喜んでくれるんですね。嬉しいです」

「そりゃあそうだろ。お前の技量なら一人でだって勝てた。俺はそう全力で信じてる。お前の舞奏は今も昔も完璧だ。だから、プラスで必要なのは楽しむことだと思ってたんだよ。楽しさ。ジョイだ」

「ジョイ……なるほど」

「どうせやるなら楽しい方がいいんだよ。俺はこの店を楽しいからやってる。お前の面倒が見たいから見てる。そこに楽しみがなかったら悲しいだろ」

小平の言うことは、正直よく分からなかった。それが楽しかろうが楽しくなかろうが、やるべきことならやらなくちゃいけないだろう。だが、楽しいことは良いことだと思う。三言は訳知り顔で頷いた。

「あの二人と立つ舞台は楽しいぞ〜。俺だって観るのが楽しみだ。俺は櫛魂衆を全力で応援してるからな！　俺も一緒に大祝宴に連れて行ってくれ！」

「勿論です！　絶対に小平さんの期待を裏切ったりしません！」

三言は力強く言い、じゃこふりかけのかかった白米を頬張る。鯵の開きもいつも以上に美味《おい》しい。今日来るお客さんはきっと喜ぶだろう。

櫛魂衆を組んだ六原三言は、何の問題も無い幸せな日々を送っている。そのはずだ。だが、少しだけ心に引っかかるものがあるのも確かである。チームメイトであり、幼馴染である二人の顔を思い浮かべると、少し胸がざわついた。

朝食を終えて、開店の準備をする。三言はここで店員として十七時まで働く。休憩は基本的には午後一時に取る。最も混み合う昼の十二時を避けて、店内でまかないを食べる。すると、常連客が三言に話しかけてきてくれるのだ。

「おう！　三言！　おっきくなったな！」

「間島《まじま》さん、それ昨日も言ってましたよ」

「三言くん！　舞奏の方はどうだい？」

「順調ですよ。新井《あらい》さんに歓心を向けてもらっているお陰ですね」

家族を亡くした三言のことを、浪磯の人々は揃って気にかけてくれている。道ばたでもよく話しかけてもらえるし、昼食の時は言わずもがなだ。歓心を向けられると舞奏の質が上がるというのが覡の性質だが、それとは関係のない部分でも元気を貰っているような気がする。

「そうだ。三言くんの櫛魂衆、舞奏披《まいかなずひらき》の日程が決まったんだって？」

常連客の一人が尋ねる。彼は熱心な観囃子でもあって、ずっと三言の応援をしてくれていた。

「はい！　来週末に……あと、十日くらいでしょうか」

遠流のお陰で既に櫛魂衆の存在は広く知られてはいるが、櫛魂衆として実際に舞奏を披露するのはその日が初めてになる。元より舞奏が有名だった浪磯だからか、今から大いに盛り上がっている。聞けば、舞奏披に合わせて舞奏社の周りには縁日が立つらしい。地域ぐるみで楽しめる舞奏披になるかと思うと、今から楽しみでならなかった。

「楽しみだなあ。ついに三言くんが舞奏競にねえ」

「小さい頃から観てたけど、お前以上に素晴らしい舞奏を奉じられる覡はいないよ。大祝宴まで辿り着いて、相模國の舞奏社が最高だってことを見せつけてやれ！」

「分かりました。期待していてください」

三言は笑顔で返す。贔屓目が無いとは言わないが、櫛魂衆の舞奏の実力は相当なものだ。芸能界で一通り歌とダンスのレッスンを受けていた遠流や、折り紙付きの才能を持った比鷺の二人は、他國の覡と比べても遜色が無い。

勝てるはずだ。櫛魂衆は三言にとって最高の舞奏衆なのだ。二人の力を借りた三言なら、きっと最高の結果を出せるに違いない。

——そう信じてはいるのだが。

「うわっ」

「んぎゃっ」

舞台後方から遠流と比鷺の悲鳴が聞こえ、三言は慌てて振り返った。そこにはもつれるように転んだ二人の姿がある。どうやら、互いの間合いを見誤ってぶつかってしまったらしい。

「いってー！　何すんだよ遠流の馬鹿！」

「お前がぐいぐい寄ってくるからだろ。ちゃんと距離感をはかれよ鳥頭」

「はー？　俺は手足が長いから大きく振りをするとそうなっちゃうんですー。遠流が気づいて調整してくれればいいじゃん」

「どうせ自分の振りに集中して、俺が近くなってきてるのに気づかなかったんだろ。ていうかそんなに振りをしっかり追ってるのに、さっき間違えてたぞ。あれれー？　トップアイドルの矜持《きょうじ》はどうしたんでちゅかー？」

「うるさい。黙れ。千切り倒すぞ」

「ちょっと待て！　そこまでだ！」

　至近距離で睨み合う二人の間に入り、物理的に距離を取らせる。こうしないと遠流が猫のように飛びかかって比鷺をやっつけかねないからだ。

「そんなことで喧嘩《けんか》をしても仕方がないだろ。次に生かせばいいんだから」

「それは分かってるけど……でも、比鷺が……」

「ふえーい、せんせー。国民の王子様である八谷戸《やつやど》くんが俺のこと睨んできまーす。さっきの振り付け間違えたのは八谷戸くんの方なのに、俺のことバキバキに睨んで威嚇《いかく》してきまーす。こういうの絶ッ対よくないと思いまーす」

　さりげなく三言の背中に隠れた比鷺が、わざとらしく作った声で言ってくる。それに対し、遠流の目の温度が更に低くなった。このままだと場がもっと凍りかねない。

「比鷺も比鷺だ。人の失敗をあげつらうのは趣味がいいとは言えないぞ。実況でインターネット上の人達の悪口を言っているうちに煽りスキル？　っていうのが身につきすぎたんじゃないか？」

「ぐ、丁寧に言われると胸が張り裂けそうになる」

しなしなと舞奏社の床に崩れ落ちる比鷺を見て、三言は思わず首を傾げてしまった。一体どうしてこうなってしまうのだろう？

遠流と比鷺の舞奏を観た時、三言は感動した。これほど二人の舞奏の完成度が高いとは思っていなかった。遠流はずっと稽古していたのか、相模國の伝統の舞奏曲《まいかなずきょく》を見事に舞いこなしていた。対する比鷺の方は、その遠流の舞を観ただけで、動きの八割を完全に理解して舞ってみせた。小さい頃に身につけた舞奏の素養が生きているのかもしれないが、それでもベテランの覡に遜色の無い舞奏だった。恐ろしい記憶力に身体能力だと思う。関節の硬さは舞奏競本番までストレッチを重ねてもらうことで解決出来るだろう。そうしたら、比鷺の舞奏は鮮やかな完成度で仕上がるはずだ。

二人とも素晴らしい覡だ。お世辞抜きにそう言える。

なのに、いざ三人で合わせてみると、三人の息は見事なまでに合わなかった。正確に言うなら、遠流と比鷺の間にある若干の緊張が舞奏のリズムを乱してしまい、全体が上手くいかなくなるのである。

だから、こうして衝突事故が起きてしまったり、二人の間が不自然に空いてしまったりする。これはもう力量の問題じゃない。同じ舞奏衆を組むことに対する信頼のようなものが足りていないのだ。

でも、分からない。二人は多少の誤解があったとはいえ、仲の良い親友同士なはずだ。こんなに微妙で気まずい距離感になるはずがない。二人の間にあったわだかまりは櫛魂衆の結成とともにすっかり消えてしまったはずなのに。

しかし、現実に不和はある。舞奏は覡達の間にあるものを如実に映し出してしまう。これを解消しない限り、櫛魂衆が十全な舞奏を奉じることは出来ないだろう。

「……うーん、どうしたものかな」

「ごめんね、三言。もう舞奏披まで日が無いのに」

「遠流のせいじゃないよ。ただ、どうしても比鷺と遠流の間に解消し切れていないわだかまりがあるというか……その屈託が舞奏に影響を及ぼしているような気がする」

「だってさ。じゃあ仲良くしよう、比鷺。僕が仲良くするって言ってるんだから抵抗するなよ。さあ、友情の握手だ。これで仲良く出来ないようなら千切ってやるからね」

「ひいいい、その発言の時点で全然仲良くする気ないじゃん！　だってこう……そんなわだかまりがどうとか言われてもわかんないよ！　俺ちゃんとやってるもん！」

「三日に一度休む奴が何言ってるんだ」

「うるさいうるさい！　これでも妥協した方なんだから！　本当は二日にいっぺん休みが欲しいところを、こうして頑張って舞奏社に通ってるんだからもっと褒められたい！　俺は褒められて伸びるタイプなの！　いや、そう期待の圧を掛けられるのもキツいから、俺が圧に感じない程度にさりげなく褒めつつ、適度に放置し、構うべき時に構い、一日一回はいい子いい子して育てらんないと力が発揮出来ないの！」

「燃費が悪すぎる。お前は承認を燃料に走る外車か」

ぎゃあぎゃあと喚く比鷺に、遠流が冷たく言い放つ。こうなってくるとまた元の木阿弥《もくあみ》だ。

これで舞奏がよくなるはずがない。

ちゃんと稽古をすれば報われると思ってきたし、実際に三言はそれで成長してきた。だが、これはどうすればいいのか分からない。遠流と比鷺に仲良くしてほしい。……だが、今だって仲が悪いわけではないように思える。じゃあ、必要なのは一体何なのだろう？

昼間、全力食堂で向けられた期待と歓心を思い出す。このままでは舞奏競に勝つどころか舞奏披ですら危うくなってくるだろう。今でも一応何曲かの伝統曲を完成させてはいるものの、そのクオリティーに満足しているとは言い難《がた》い。この二人の実力を掛け合わせれば、もっと素晴らしい舞奏が披露出来るはずなのに。それが歯がゆくてたまらなかった。

「……ちょっと、ごめんってば三言。そんな顔しないでよ」

不意に比鷺がそう言ってくる。

「三言ってば、普段はずっとにこにこしてるのに、舞奏のことになると情緒が忙しいんだから。大丈夫だよ。俺、どうにかやるし。舞奏披で周りの奴らにバァーンと櫛魂衆の舞奏を見せつけてやるつもりだから」

「ああ、俺こそごめん。何か妙な顔をしてたか？」

「妙な顔っていうか、寂しそうだったよ。ごめん。僕も頑張るから」

遠流も、迷子になった子供のような顔をしている。二人に心配をかけてしまったことに気づいた三言は、慌ててかぶりを振って笑顔を見せた。

「いや、二人ならきっと本番は素晴らしい舞奏を奉じられるはずだ。ううん。今でも素晴らしい舞奏だと思ってる。でも、二人とやる舞奏が楽しすぎて、もっと上があるんじゃないかと思ってしまうのかもしれない。贅沢になったな、俺も」

三言が頬を掻きながら言うと、二人が一層気まずそうに目を伏せてしまう。そんな顔をさせたいわけじゃないのに。

「……大丈夫だよ。そうだ、もう少し付き合ってくれるか？　舞奏披でやりたい曲はあと二曲あるだろ？　ここらで一度通しておきたいんだ」

「分かった。三言が望むならいくらでも」

「まあ、まだ舞奏稽古タイムだもんね。大丈夫、俺もちゃんとやるから」

そう言って各々の最初の位置に着く二人を見ていると、心の中が温かくなる。この舞奏社の舞台には、長らく三言しか立っていなかった。その時の舞台の広さを思うと、今は心強くて仕方がない。稽古用の神楽鈴を持ち直す。しゃん、と澄んだ音が響いた。

「それじゃあ最初から。――三、二、」

午後五時半に舞奏社に向かい、午後八時まで二人と舞奏社で稽古をする。夕飯のこともあるので、大体はここで解散だ。一人で舞っていた時は午後十時くらいまでは舞奏の稽古をしていたが、三人になってからは比鷺が定時で帰ると断固主張するので、三言も残らない。そして住み込んでいる部屋に戻り、明日に備えて眠る。これが六原三言の一日だ。

充実しているし、何の問題も無い。幼馴染二人のことは心配だが、そこは三言が関与出来るところではない。きっと二人の間のわだかまりも、舞奏の稽古を重ねていくにつれ解消されていくはずだ。

三言はそう信じている。

しかし、初めての舞奏披まで一週間を切っても、遠流と比鷺の噛み合わなさは解消されなかった。前に比べて舞奏自体の出来は良くなっているが、それは単に二人の技が向上しているからだ。二人の関係はあまり変わっていない。

考えれば考えるほどもやもやするので、稽古に集中することにした。二人と合わせる振りではなく、昔の舞奏教本にあった振りを試してみる。こうして新しい振りを試したり、それが舞奏曲のどこかに組み込めないかを考えるのは、レシピを考案しているみたいで楽しい。

今日は遠流がアイドルの仕事で、比鷺が休暇の日だ。二人とも忙しくしているのだろう。そう思うと、稽古場がやけに広く感じられた。二人と櫛魂衆を組む前はこうだったのに、なんだか慣れない。贅沢になってしまった自分を思い知って苦笑する。

舞奏を通してカミのことを考えている時だけは、全てのことから解き放たれたような気がする。神楽鈴の音が響き、呼吸の音までもが音楽に組み込まれていく。足は自分のものではないかのように軽やかに動き、ここではないどこかに連れて行かれるような気持ちになる。

記憶を無くしても、舞奏のことだけは忘れなかった。きっとこれが六原三言に残ったものなのだ。どんなことがあっても失わないものだ。舞奏を奉じている時だけは、三言は惑わない。

鈴は寄せては返す波の音のようだ。幼い頃から聞き慣れている浪磯の海と繋がっている。あの砂浜の風景が浮かんでくる。

その時、三言の脳裏に誰かの声が過った。

声の主は分からない。両親なのかもしれないし、妹のものなのかもしれない。

あるいは全く知らない誰かの声かもしれない。

一心不乱に舞奏を奉じている時に、時折立ち現れるこの声は、三言のことを微かに揺さぶる。

聞き覚えが無いのに懐かしく、心を揺らす。この感覚を追いかけていくと、三言は殊更《ことさら》いい舞奏が出来るのだ。

それは浜に残る足跡のように、三言のことを導いている。

そうして没頭していたからか、舞奏社を出たのは午後十時を過ぎてからだった。以前は当たり前の時間だったが、最近の傾向からするとかなり遅い。ここに比鷺がいたら「過労死ライン！」と叫び出す頃合いだ。

けれど、今日はいつもよりずっと強くあの声を追いかけられた。その無意識下でのやり取りが楽しくて、こんな時間まで稽古してしまった。あの声は何なのだろう？　三言を導く内なる声だろうか。

それとも――カミの声だろうか。

ともすれば窘《たしな》められそうなことを考えながら歩いていると、不意に声を掛けられた。

「久しぶりだな、六原」

振り返ると、そこには三言と同じ歳くらいの青年が立っていた。その姿を認めた瞬間、三言は嬉しそうに顔を綻ばせた。

「達巳《たつみ》？　達巳じゃないか！　久しぶりだな！　元気にしてたか？」

彼は幼い頃から舞奏に取り組んでいるノノウで、遠流が帰ってくる前まで一緒に舞奏衆を組んでいた相手だ。結局彼は三言と組み続けることを拒否し、覡でいることをやめてしまった。

三言は引き留めなかった。達巳が嫌だというのなら、引き留めていい道理が無い。

それでも、三言にとっては今でも大切な仲間のつもりだ。

「元気にしてたよ。俺が元気であろうがなかろうが、大して関係無いけどな。何もすること無いし」

妙に棘のある言い方だった。最後に会った時、彼はあまり三言のことをよく思っていなかったようだから、少し険があるのは仕方がないのかもしれない。それに、達巳はこうして会いに来てくれたのだ。三言は明るく言う。

「こうして会いに来てくれて嬉しい。何の用だ？」

「聞いたよ。櫛魂衆の話。……ああ、よくよく考えたら、六原と俺も『櫛魂衆』だったな。そっちじゃなくて今の櫛魂衆の話だよ。化身を持ってる、才能溢れたお友達とで組んだやつ」

「遠流と比鷺のことか。そうだな」

名前を覚えていないのかと思い、改めて言い添える。すると達巳は、大きく顔を歪ませた。

「そう。芸能人になった八谷戸遠流と、九条屋敷《くじょうやしき》の弟と舞奏衆を組むことになったんだよな。で、櫛魂衆として舞奏競に出る」

「そのつもりだけど……何か問題があるのか？」

「何で今更なんだよ」

絞り出すような声だった。首を絞められた人間が、切れ切れに出すような悲痛さを湛《たた》えた声だ。

「そんな二人と組める見込みがあるんなら、さっさと組めば良かっただろ。どうして今になってなんだよ」

「それは……遠流は今までアイドルの仕事で忙しかったし、比鷺はこの間まで嫌だって言ってたんだ。遠流が戻ってきたから、なんとか説得出来たくらいで……」

「この間まで嫌だって言ってたのに、あっさり覡になれるんだもんな。化身に加えて九条家って肩書きがある奴は楽でいいよな」

「その言い方は好きになれないな。比鷺には確かな実力がある。比鷺の舞奏を一度観れば分かるはずだ。一度観れば、九条家の名前が無くてもみんな認める」

比鷺のことを貶められるのは耐えられなくて、三言は少しだけ強い口調で言う。それを受けた達巳が、何故か傷ついたような顔をした。比鷺に無体なことを言っているのはそっちなのに、どうしてそんな顔をするのだろう？

それでも、達巳は立ち去ろうとはしなかった。手負いの獣のような目をして、言葉を続ける。

「それに、八谷戸遠流は化身持ちじゃなかったはずだろ。なのに、お前の腰巾着《こしぎんちゃく》してるうちに化身が出て、アイドルになって、片手間に覡もやるとか。何なの？　お前に媚《こ》びれば化身が出るわけ？」

「遠流は俺と仲良くしてたから化身が出たんじゃない。あれは遠流の才能がカミに認められた証だ。それに、遠流は片手間なんかじゃ――」

「じゃあ、俺は結局全然駄目だったたっていうのかよ！！！」

三言の言葉を遮《さえぎ》って、達巳が叫ぶ。

「なんだよ。どうしてお前らだけなの。結局全員化身持ちじゃん。あんな訳分かんない才能の証のせいで、俺は認められる覡になれない。お前にだって見下されっぱなしだ」

「俺はお前を見下したことは一度も無い。達巳が嫌にならなければ、舞奏衆を組み続けていたかった」

「……俺と組んでるのに八谷戸や九条の弟が組みたいって言ってきたらどうしてた？　舞奏衆は三人までだぞ」

思わず、言葉に詰まる。もし達巳と舞奏衆を組んでいる状態で、二人が舞奏衆を組みたいと言ってきたら、自分はどうしていただろうか。達巳だって舞奏社の承認を受けた覡だったのだ。舞奏衆を組むに値する実力を持っていた。

けれど、達巳の舞奏では足りない。どう贔屓目に見ても、達巳の舞奏は比鷺のものにも、遠流のものにも及ばない。もし大祝宴に到達したいのなら、達巳と組む選択肢は無い。

一瞬の沈黙を答えと受け取ったのか、達巳が薄笑いを浮かべた。

「だよなあ。俺の舞奏じゃ足りないんだろ。俺だって分かってるよ。どんだけ気にしないようにしようと思ってても、お前の横は息苦しいんだよ。だから動きが遅れるし、歌を忘れる。最悪だ。俺の舞奏なんか、ただのお遊戯《ゆうぎ》以上にはならない」

「そんなことはない。ノノウでありながら覡になれるほどの実力があったんだから」

彼の舞奏のいいところならいくらでも言える。たとえば、神楽鈴の鳴らし方が上手くて、舞台に澄んだ音が響かせられた。いつもこちらの様子を窺っているようなところがあったが、何も気にせずのびのびとやっていたら、もっと素晴らしい舞奏が舞えたはずだ。

だが、三言の言葉は届かない。

「お前は生まれた時から化身持ちだったんだもんな。すっげーちっちゃな頃から舞奏社に入れてもらえて、舞奏の稽古を受けられたんだろ。ほんっと、羨ましいよ。その環境があると無いとじゃ雲泥《うんでい》の差だよな」

「……化身は……」

「一度でいい。……どうして引き留めてくれなかったんだよ」

彼は、殆ど涙声で言った。引き留めてくれなかった。確かに、三言は引き留めなかった。達巳の判断に任せて、舞奏を辞めさせてしまった。じゃあ、辞めたいと言った彼の言葉は本心じゃなかったというのか。引き留めてよかったというのか。

けれど、あの時引き留められなかった三言が、今更何を言えるだろう？

「そんなもん才能無いやつの嫉妬だから全然気にしなくていいよ。はいはい嫉妬乙《おつ》、化身無くて可哀想でちゅねえ〜油性ペンで書けば？　って感じ」

　翌日、舞奏社でその一件を聞いた比鷺は、あっさりとそう言った。比鷺からしてみれば、あまりに身に覚えのある話で、むしろ懐かしいくらいだった。

「俺は三言と同じで生まれた時から化身持ちだからね。古今東西色んな妬み嫉《そね》みを受けてきたわけよ。勉強も出来たしかけっこも速かったし、そうなると何が起こるかっていうと、それも化身のお陰なんですかー？　みたいな話になるんだよ。なぁんでそうなっちゃうかねえ！　その時に思ったね。こういうのは付き合うだけ無駄って。三言も可哀想にねえ、雑魚《ざこ》に嚙まれたと思って忘れなよ」

　そう言いながら、比鷺は三言の頭をよしよしと撫でる。比鷺は化身持ちである事実と九条家の名前のマリアージュで、随分無用な嫉妬を買ってきた。

　勉強だってかけっこだって一番じゃなくて構わないのに、頑張ったみんなよりも上に行ってしまう。要らぬ罪悪感と向けられる敵愾心。そして排斥《はいせき》される悪循環。手の抜き方を覚えるまでは随分苦労したものだ。その点、オンラインゲームはいい。どれだけ全力でやっても咎《とが》められないし、比鷺より上の本物の天才もごく僅かだがいる。この安心感といったら！

「それにしても、やっぱり僕もあれこれ言われてるんだね。僕は全然気にならないから構わないけど」

　神楽鈴の手入れをしている遠流が事も無げに言う。

「ふーん。やっぱり後入れ化身組の遠流はあれこれ言われるんだ」

「誰が後入れだ。僕はラーメンのスープじゃないんだぞ」

「ねえねえ遠流って化身出た時どんな感じだったの？　ていうか化身ってどんな風に出るの？」

「別に……普通だよ。朝起きて、鏡を見たらあった」

「嘘だあ！　そんなニキビみたいな出方あるわけないだろ！」

「あるんだよ。別に信じなくていい」

遠流がつっけんどんに言う。比鷺はそれを見て心の中で舌打ちをした。今ちょっと話弾《はず》みそうだったじゃん！　どうしてこう冷たくするんだよ！　トーク番組ではあんなに気を遣ってるくせに！

悲しいことに、自分と遠流の息は合っていない。それどころか、そこらの他人の方がまだマシなくらいよそよそしい。一悶着《ひともんちゃく》あった自分達があっさり元の親友同士に戻れるはずもないのだが、それにしたって、色々と上手くいかなさすぎる。

遠流と仲良くしたくないわけじゃない。むしろ、前みたいに戻れたらいいと思っている。だが、どうしたらいいか分からない。気を抜くと、自分のことをあっさり置いていった遠流の姿が頭に浮かぶ。舞奏の稽古をしろとだけ言って、一緒に残ってくれなかったことを思い出す。クソ、あれさえなければよかったのに。遠流のせいじゃん。遠流の馬鹿。

結果的に、遠流が浪磯を出た理由は分かった。アイドルとして予め有名になっておけば、舞奏競で有利だと思ったのだという。だとすれば、人気アイドルになれなければそのまま舞奏衆を組まないつもりだったのだろう。気持ちは分かるが、勝手だし怖い。あと、一人で抱え込みすぎ。戻ってきた今だからこそ、話せることだってあるはずなのに。

おまけに、戻ってきた遠流は冷たい。都会の荒波に揉まれて心無き毒舌王子になってしまった。ヒロインに「千切られたいの？」とかいう衝撃的な暴言を吐く、あの映画で主演をしたのもよくなかったのかもしれない。なんということだ。恐ろしい。芸能事務所め。昔の遠流を返せ。けれど、その時ふと、都会での芸能活動だけが遠流を変えたわけじゃないんじゃないか？という考えが過った。

化身の話をした時の遠流は、若干様子がおかしかった。何かを誤魔化すような態度だった。もしかしたら、あそこに秘密があるんじゃないか？　遠流に化身が発現した時に、彼には何かあったんじゃないか？

——俺が真相を解明出来たら、遠流との間もちょっとは和やかになるかも。後入れ化身の覡は、心臓に氷の欠片を埋め込まれて冷たい人間になるとかいう代償があるのかも。それなら、解かす方法もあるかもしれない。

比鷺はそんな名探偵染みたことを考えた。半ば現実逃避だったが、やらないよりはマシだろう。だとしたら、行くところは一つ。

九条屋敷の地下書庫だ。

九条屋敷の地下には、ワインセラーと倉庫、それに大きな書架がある。本を読まない比鷺は殆ど足を踏み入れたことのない場所だが、舞奏社から帰った彼は真っ先にそこへ向かった。母親は何を勘違いしたのか、息子が舞奏への情熱に目覚めたのだと感激している。その期待は重いので勘弁してほしい。

二十畳ほどの部屋の中には、書棚に本がびっしりとひしめいている。この殆どが舞奏関連の記録や書籍であることも恐ろしい。自分の家がどれだけ『舞奏』というものに歓心を向けて生きてきたかを思い知らされる。

「はー、黴臭《かびくさ》いし物は多いしでクソダンジョン極まれり……」

唯一救いなのは、九条家に勤めるお手伝いさんが有能で、綺麗に蔵書を分類して並べているところだろうか。差し当たって『化身』のところの本を取り上げ、さっと速読してから戻すのを数回繰り返す。多少時間はかかるが、これでいつかは目当ての記述に行き当たるだろう。

ぱらぱらと捲り続けながら、九条家のことを思う。

舞奏の名門の名は伊達《だて》ではないようで、九条家の人間は必ず化身を発現していた。九条家はいつも問題無く覡の役割を務め上げ、舞奏競に挑んできた。

しかし、大祝宴に至った者はそう多くない。

比鷺の祖父の代にも舞奏競が行われたものの、十分な歓心を集めるには至らず、開化舞殿《かいかまいでん》が開くことはなかった。つまり、舞奏競自体がそれほど盛り上がらなかったのである。

父親の代は、それよりは盛り上がったらしい。相模國の舞奏社が存在感を示し始めたのもこの代だったという。比鷺の父親は他國の覡を圧倒し、御秘印《ごひいん》を着々と集めていったが、やはり開化舞殿の扉を開くことは叶わなかった。舞奏競はここ数回の中で一番の歓心を集めたと言われていたにも拘わらず、だ。

だからこそ、比鷺の代に期待が掛けられているのだろう。

これはある意味で舞奏を主題とした弔《とむら》い合戦なのだ。

そんなものに関わるのはまっぴらごめんだと思っていたのに、今や比鷺も櫛魂衆の一員である。まるでこうなることが運命づけられていたようで気味が悪い。化身持ちはいずれ舞奏に向き合うことになる、という予言が当たってしまった。

三言のことは大祝宴に連れて行ってやりたい気持ちがあるが、みすみす家の悲願に巻き込まれてやりたくない気持ちもある。

「第一、大祝宴に至ったら九条家に何かいいことあんのかよ……いや、あるか。名門の九条家って言われてるんだから、大祝宴に到達した覡を輩出したって言いたいんだろーな。めんどくせー……」

そうして二十三冊目の本を捲っている時に、目当ての記述が纏まっているページに行き当たった。

「ふー、俺のリアルラックも捨てたもんじゃないか。えーと、化身……化身の発現……」

比鷺はさっきよりも注意深く目を通していく。

化身は、カミが認める舞奏の才能を持った者に生まれながらに与えられる。また、鍛練《たんれん》を積み、カミに見初められるほどの技を身につけたノノウにも与えられる。そして、カミに相見《あいまみ》え、見初められた者に与えられる。

要約すれば、化身が出る条件はこの三つだ。

ここから照らし合わせてみると、遠流は二番目のパターンだろう。浪磯を出て努力家に進化してしまった幼馴染を思い出す。一番目は無いし、三番目はあやふやすぎて分からないから、消去法で二番目だ。けれど、今の遠流を見ているとしっくりくる。

ぱらぱらと捲ったが、化身に対する情報はそれくらいしかない。化身が出たことによって人格が大きく変貌するという記述も無い。つまり、遠流は平常運転ということだ。やっぱり都会とは恐ろしい。芸能活動は毒なのだ。

「ま、そうだよな。化身が出たからってそうそう変わらんて」

やっぱり、遠流の変貌は芸能界の魔によるものだったのだろう。失われた幼馴染の優しさに涙が出そうだ。可哀想に。

それにしても、と比鷺は思う。こんなもので覡の才能が判別されるなんてやっぱり馬鹿げている。

比鷺は化身というものにあまり良い感情を抱いていない。良くも悪くも、比鷺の人生は化身というものに大きな影響を受けてきた。あっても無くても人生をハードモードに変えてしまうものだと思っている。

比鷺の化身は、空から墜ちる鳥のような形をしている。と、自分では思っている。周りの人間に言わせると、これは流線形の雷の形であるそうだ。星座の解釈のように見たい物を見るもんなんだな、と他人事《ひとごと》のように思う。

対する遠流の化身は、花の形だ。菊に似た花が、細くしなやかに咲き誇っている。遅咲きの花は美しく、初めて見た時はまじまじと見つめてしまった。こちらの方がまだ、雷に見えなくもない。

ただ、この間見た遠流の化身は、それとは違っているように見えた。

印象の問題なのだろう。相変わらず美しい花の形をしていたが、よく見るとそれは何本も頭の分かたれた蛇のような形でもあった。……あの化身は、遠流の才を認めて与えられた贈り物であるはずだ。しかし、どこか別の意味を含んでいるようにも見える。あれが遠流の努力に酬いるものなのかと思うと、妙に意味ありげだった。

さて、知りたいことは調べ終わった。本を棚に戻し、ぶらぶらと書架を巡る。奥の方には比鷺が小さい頃に読んでいた漫画や、ベストセラーになった萬燈夜帳《まんどうよばり》とかいう作家のシリーズや、家族のアルバムなんかが収められていた。ここは分類不能なところなのだろう。

その中に、スクラップブックが大量に置かれている箇所があった。並んだ背表紙はどれも年季が入っている。一冊取って開いてみると、どこかから持ってきた資料や、手で転写したノートなどが挟まっていた。どうやら、これは資料になっていない舞奏関連の情報をまとめたものらしい。

「うげー……どれだけ舞奏マニアなんだよ。自分で言うのも何だけど、この家の人間ってちょっときもいな……」

そうは言いながらも、ページを捲る手が止まらない。中には、舞奏社に所属していた覡が突然妻子を捨てて山に消えた話や、火事に遭ったはずの館で起きた集団失踪事件や、覡の一人が突然目の光を奪われた話などもあった。こうした真偽の分からないエピソードも逐一収集しているらしい。

「ええ？　何これ。不気味な話ばっかじゃん」

ノートにそれらをまとめている字は綺麗で、熱心にこういった話を集めていたことが分かる。勿論、舞奏によって奇跡が起こり、人々が救われた話や、舞奏によって平民が姫と結婚するという分かりやすい立身出世譚なども ある。一概に気味の悪い話ばかりではない。カミに関わるものを集めているうちに、少し気味の悪い話も混ざってしまった、という感じだろうか。

その中で、一際多くページを割かれているのは以下のような話だった。舞奏競そのものを取り扱っている話である。

――大祝宴に辿り着いた二衆の舞奏衆が、開化舞殿に足を踏み入れた。そして二衆は、カミの前で最後の舞奏競を行った。それはそれは素晴らしい舞奏であった。

しかし、二衆の舞奏が終わり、勝った衆の願いが叶えられるという段になって、奇妙なことが起こった。互いの力量を大いに認め合った二衆は、互いに相手の衆が勝利したと言い合ったのだ。カミの目からも二衆の舞奏は同等に優れていた為、議論は終わらなかった。

そこで、一人の覡がこう言った。

「いずれ明年まで」

このままでは埒《らち》があかないと思ったのだろう。その覡は、翌年再びここで二衆が舞奏を奉じることを提案した。一年の間互いに力を付け、翌年決着をつけようということである。

カミは覡の「いずれ明年まで」という言葉を聞き入れ、勝敗の行方を次に持ち越すことにした。その際に、カミは覡の大切にしていた首飾りを対価として受け取った。約束の証である。

しかし、その時の覡達はこの約束を果たさなかった。彼らは舞奏社を捨て、どこかへ消え去っていってしまった。翌年の再戦は果たされず、その回の舞奏競は本願成就には至らなかった。

「『いずれ明年まで』かあ。上手いこと言ったもんだよね」

それにしても、覡達はなんで再戦をしなかったのだろうか。相手の衆には敵わないと悟ってしまったからだろうか。それとも、もう一年舞奏の稽古に励むことに嫌気が差したのだろうか。後者の気持ちなら比鷺にも分かる。

今は『舞奏競が終わるまで』という期限が定められているから何とかやろうと思えるが、それが延々と引き延ばされることを考えると、正直キツい。逃げ出したくなってしまう。覡達だってもう頑張りたくなかったに違いない。わかるわかる。

ただ、それで終わらせるには少し引っかかるところの多い話でもあった。この他愛の無い昔話に、どうしてこんなに引きつけられるのだろう？

いつもより真面目に考えを巡らせる。数ページの話にあるポイントと、結末を結びつける。すると、比鷺の頭にとある別解が浮かんだ。

「で？　どうして僕の自主練を邪魔しに来るんだよ。今日は舞奏社には来ない日だろ。くじょたんタイムとかいうのはどうした」

「だって、お前しか話せる相手いないんだもん。三言はまだ仕事中だろ？　名探偵くじょたんの話聞いてよ」

舞奏社に来るなり、比鷺はそう言って目を輝かせた。今日は待ちに待ったお休みの日だが、昨日思いついた話を誰かに聞いてほしくてたまらなかったのだ。だからこうして、一人で練習していた遠流のところに突撃してきたわけである。

遠流は心底嫌そうな顔をしていたが、舞奏に関することだと言うと、渋々話に応じてくれた。掻い摘《つま》んで、昨日資料で見た『いずれ明年まで』の舞奏競の話をする。最初は眠そうだった遠流だが、終盤に近づいてくるにつれ真剣な顔で聞くようになった。やはり、この話は昔話としてはかなり面白いらしい。

「でさ、俺は思ったわけよ。どうしてカミが首飾りなんか欲しがったのかって。だって、カミなんだよ？　願い叶えられるくらいの力を持ってる存在なんだよ？　首飾りが欲しいなら硯から取らないで作ればいいじゃん！」

「お前は昔話にケチをつけるつもりか？　そのうち川から桃が流れてくるのはおかしいとか言い出すんじゃないだろうな」

「ひってー！　そういう話じゃないんだってば！　どうしてってところがポイントなの。何でカミは首飾りをもらったんだと思う？」

「……性格の悪いカミが、硯の大切なものを奪ってやろうと思ったから？」

「ははーん、なるほど。ふふふ、実は、遠流の答えが正解なんじゃないかなって思ってる」

「……どういうことだ？」

「カミは、硯が大切にしてるものが欲しかったんだよ。だから、この昔話はちょっと伝わり方が間違ってて、カミが求めたのは対価じゃなくて担保なんじゃないかなって。この首飾りを返してほしければ、来年必ず頑張るんだぞって。でも、硯にとってその首飾りは諦めても構わないようなものだった。だから、一人残らずみーんな戻ってこなかったってわけ。どう？　この解釈」

全知全能であるはずのカミが、歓心以外のものを求めることにずっと引っかかっていたのだ。でも、こうして考えてみたら辻褄が合う。カミは有能な覡を逃がしたくない。ずっと舞奏競で戦わせたい。このことに気づいた時、比鷺は自分の冴えが恐ろしくなるほどだった。やっぱり俺って天才っぽい！

しかし、聞いている遠流の反応は芳《かんば》しくなかった。唇を引き結んでじっと比鷺のことを見つめている。興味が無いわけではなさそうだが、比鷺の結論が不服らしい。

「……それじゃあ、カミは覡が舞奏競から逃げるのを防いでるってことになるだろ。なんでだよ。逃げ出すくらいなら、そもそも舞奏競に出なきゃよかったのに」

「わかってないなー、遠流は。人間はそんなに頑張り続けらんないんだって。よっしゃー！やりきったー！　で、もう一年ってなったら嫌にもなるって」

「お前みたいなやる気の無い覡がそうそういると思うな」

「いーや、いるね。百人に一人の割合くらいでいるね」

そう言って胸を張ると、遠流が呆れたように鼻を鳴らす。ストイックに頑張っている今の遠流には分からない感覚かもしれない。けれど、デビュー前の遠流なら絶対に同意見だったはずだ。多分。

「カミの誤算は、人間の大切なものを分かってなかったことだね。首飾りなんかじゃ何の担保にもならないって。それがどんだけ高価なものでも、逃げたい時は逃げるもんね。ゲーミングパソコンだって泣く泣く諦めると思う」

「……じゃあ、何なら担保になるんだ？」

「う、うーん……す、スマホ……」

「大して変わらないだろ」

「やー、ゲーミングパソコンはデータクラウドに上げられるし、スマホは全ロストからの機種変がキツいっていうか。遠流は？　何を奪われたらやだ？」

「僕は——……」

言いかけた遠流の言葉がはた、と止まる。

その顔がさっと青ざめていた。何か、とても嫌なことを思い出したというような顔だ。思わずぎょっとした顔を向けると、遠流が小さく舌打ちをした。目の前に比鷺がいることを忘れていたとでも言わんばかりの仕草だ。

「……こんなこと話しても意味無いだろ。気が済んだか？　なら、さっさと行けよ」

「えーなになに、急に冷たくない？　赤ちゃん《バブ》並に気分が変わりやすいなお前」

「貴重な練習の時間を割いてやってるんだから冷たくもなるだろ。僕、この後一旦都内に戻ってインタビュー受けないとだから。お前との馬鹿話で無駄にする時間は無いんだよ」

遠流がつっけんどんに言う。突き放すような口調が気に食わなかったが、それにもまして内容が気になった。

「え？　今日また都内戻るの？」

「櫛魂衆での合わせは明日だろ。それまでには戻って来れるから」

「そうじゃなくて……マジで大丈夫なの？　お前。そんな忙しくしちゃってさ」

「いつものことだろ」

「そうなのかもしれないけどさ……」

言いながら、改めて遠流のことをまじまじと見る。

心なしか血色が悪いような気がする。元から遠流の肌は白いが、今は血管が透けて見えてしまいそうだ。心なしか声に元気も無い。遠流の身体には確実に疲労が溜まっている。比鷺相手じゃなければ誤魔化せただろうが、生憎とこちらは目敏《めざと》いのだ。隠していることくらい分かってしまう。遠流は隠しごとが上手いが、それ自体を悟られないようにするまでには至っていない。

「ちょっと休んだ方がいいって。お前が忙しいのは分かってるけどさあ」

「大丈夫。睡眠時間は減らさないようにしてるし、時間のやりくりなら出来る」

「……あっそ、なら別にいいんだけど」

これ以上踏み込んで心配をしたら、余計に頑なになられるだけだ。それをよく分かっている比鷺は、ここらであっさりと引いた。他人に厳しい分自分にも厳しい遠流を赦せるのは彼だけだ。両手を挙げて降参のポーズを取っていると、遠流がなおもじっと見つめてきた。顔立ちが整っている分、鋭く見つめられると怖い。

「な、何？　もうあれこれ言うつもりないから、ほどほどに頑張ればいいじゃん」

「そうじゃない」

「じゃあ何──」

「舞奏について調べるのも、カミについて探るのももうやめろ」

「は？　どうして？」

「……そんなもの調べてもオカルト染みた噂しか出てこないからだよ。お前はそういうのに影響されやすいんだから、妙な陰謀論とか都市伝説に惑わされたらチームメイトとして困る」

「ひってー！　俺ほどネットリテラシーに精通してる実況者もいないんですけど！　俺は炎上する度にリテラシーに強くなっていくフェニックス型実況者なんだからね！」

「リテラシーがある人間はそもそも燃えたりしないんだよ。この焼き鳥アホ太郎。練習の邪魔だから居酒屋に帰れ」

「ぐう……遠流の馬鹿！　本当に帰るからな！」

そう言って稽古場の扉のところまで行き、もう一度遠流の方を見たが、特に引き留める様子はなさそうだった。引き続き一人で練習するつもりらしい。

都内に戻る予定があるのなら、ここにいられるのもあと一時間半くらいだろう。そのくらいだったら、自主練に付き合ってあげなくもないのに。本当に心の底から気が進まないけれど、遠流がどうしてもとねだるのなら、ちょっとくらいは付き合ってあげてもいいのに。

けれど、遠流はこちらを見ない。比鷺だって「付き合うよ」とは言わない。調子が悪そうな遠流を心配しているのは本当のことなのに。

この部分が、自分達のよくないところなのだろう。分かってはいるけれど、比鷺は遠流に一歩踏み込むきっかけを見失っている。


外は、お誂え向きの月夜だった。

都内での仕事を終えて浪磯に帰っている最中、遠流は比鷺の話について考えていた。身体がどうしても怠《だる》くタクシーを使ったので、考えをまとめる時間は十分ある。

今日比鷺が語った話は、今まで立てた仮説の中で最も正解に近いように思えた。いずれ明年までの約束。奪われた首飾り。戻ってこなかった覡。それがいつ頃の話かは知らないが、カミにとっても苦い思い出だろう。きっと、忘れていない。カミはそういった目に遭う度に、人間がどうやったら舞奏から離れられなくなるかを学んでいるんじゃないだろうか？

こうして見ると、カミというよりは、得体の知れない生命体のようにも感じる。どういう原理で動いているかが分からないから、翻弄されるばかりだ。

比鷺の話と同じように、遠流も対価を求められた。

あれがただの対価ではなく担保だったとしたら、辻褄が合う。遠流は自分の知っている六原三言を取り戻すべく、舞奏競に向かった。どんなことがあろうと、遠流は逃げ出したりしないだろう。三言の存在は、諦められる首飾りではないのだ。

こうして、自分達はカミに誘導されているのかもしれない。担保を取られた覡は、取り戻す為に一層熱心に舞奏を奉じるだろう。担保に取られたものへの執着心が、そのまま舞奏への執着心に繋がるのだ。この流れは合理的ですらある。

——本願を成就させるという分かりやすい見返りと、担保を取るという非情さの妙で、カミが成り立っているのだとしたら。

開化舞殿で別れた四人目の幼馴染は、何をモチベーションに舞奏競に挑んでいるのだろう？　そもそも、本当に挑んでいるのだろうか？　彼は今、どこにいるのだろう？

考え事をしていると、ますます頭が痛くなってきた。頬が熱くなり、意識がぼうっとする。比鷺の前で虚勢を張ったくせに、熱を出してしまったらしい。心の中で舌打ちをする。明日は三人で揃って稽古出来るのに。舞奏披まで日が無いのに。

運転手さんに断ってから、目を閉じる。こんなことならマネージャーの城山《しろやま》に送ってもらえばよかった、と思わなくもない。けれど、彼女の前で具合の悪いところを見せれば、無用な心配をかけることになるだろう。無茶な道を選んだのは自分なのだ。自分で責任を取らないと。

体調が悪くて心細い時は、三言のことを思い出す。それが一番奮い立つし、心強い気持ちになる。

三言との思い出で一番印象に残っているのは、出会った時のことだ。

あれは、小学校に入ったばかりの頃だった。

公園で子供達が遊んでいるのを、幼い遠流がじっと見つめている。仲間に入れてくれとは言わない。遊んでいると、遠流はすぐに眠くなってしまうからだ。眠くなったからといって鬼ごっこの途中で抜けると、周りの子供達に迷惑をかけてしまう。

だから、遠流はぼんやりとみんなのことを眺め、眠くなったらベンチで寝た。「公園に行ってくる」と言った遠流が、こんな風に過ごしていることを、母親は想像もしていなかっただろう。

その日も、遠流はベンチで一人眠りかけていた。子供達の嬌声が遠くに聞こえる。好きなだけ眠れる状況は嬉しい。でも、輪に入れないのは寂しい。そんなことを考えながら意識を手離す。

そして目を覚ました時、遠流は隣にいる誰かの存在を認めた。

「あ、起きたのか」

鼻の頭を赤くした、快活そうな少年が遠流のことを見下ろしている。公園のベンチなのだから、彼が座っても問題無いのだが、今まで眠っている遠流の隣に誰かが来た例《ためし》は無いから、不思議な気分だった。

「……君、誰？」

「俺は六原三言っていうんだ。お前は？」

「……八谷戸遠流……」

眠い目を擦りながら、遠流も自己紹介をする。そして、自分の身体が知らないもので覆われていることに気がついた。していなかったはずのマフラーと帽子が自分を暖めている。

「何？　これ」

「俺のだよ。遠流がベンチで寝てるのを見て、寒そうだなって思ったから貸したんだ。あったかいだろ？」

確かに暖かい。でも、それはその分だけそっちが寒くなったということじゃないのか。そんな思いを視線に込めると、三言は「俺は動き回ってるけど、遠流はじっとしてるから寒いだろ」と笑った。

「これから鬼ごっこやるんだけど、遠流も入るか？」

「……入りたい、けど。鬼の時に眠たくなったら困る。途中で抜けたら困るでしょ」

「じゃあ、鬼なのに眠くなった時は、俺のこと呼びなよ。そうしたら代わってやるから。遠流が遊びたいだけ遊べばいいんじゃない？」

あまりにも都合のいい提案に、まじまじと三言のことを見つめる。そうまでして自分のことを混ぜてやる理由は無いはずだ。けれど三言は、躊躇いなく右手を差し出してきた。化身の宿る手を、遠流はしっかりと握り返す。

あの手の温かさが、今も自分の中に残っている。消えることのない篝火《かがりび》のように、今も胸の内にある。それから三言は何度も遠流を輪の中に入れてくれた。三言がいるから、遠流は安心してどこでも眠るようになったのだ。

それに、三言のお陰で比鷺にも会えた。……四人目の幼馴染との出会いのきっかけも三言だったのだろうか？　思い出を辿ろうとしても上手くいかなくて歯噛みする。

三言にちゃんと報いなければならないのに。失われたものを取り戻さなくてはいけないのに。正直な話、焦っていた。相変わらず比鷺とは妙に嚙み合わない。ちゃんと動きを丁寧に追っても、隣に立つ比鷺のことを意識した瞬間に、動きに乱れが生じてしまう。このままではいけない。

だが、遠流自身にもどうしたらいいのか分からなかった。

櫛魂衆を結成する時に、自分と比鷺は多少歩み寄ったはずだ。だが、それより先が続かない。罪悪感と苛立《いらだ》ちと憧憬が綯い交ぜになって、上手く距離がはかれないのだ。比鷺も比鷺で、まだ遠流のことを扱いかねている節がある。これでは息が合うはずがない。

もし自分達がちゃんと互いのことを受け容れて、昔のような親友として舞えたなら、変わるだろう。そんなことが出来るのだろうか？

おまけにこの体調不良だ。明日までに治るか分からないのが不安でたまらない。目を閉じて大人しくしていても、頭痛が全く治まらない。タクシーが家の前に着いた瞬間だけ、安心した。

身体が重くて、一歩一歩が遅い。家までの道のりが酷く遠く感じられる。

駄目だ。倒れる。玄関まで辿り着いた時点で、遠流の身体が崩れ落ちた。迎えに出た母親が駆け寄ってくるのが見える。朦朧《もうろう》とした意識の中で、遠流は最後の力を振り絞ってスマートフォンのロックを外した。

次に意識を取り戻したのは自分の部屋のベッドだった。外は明るい。自分の額には冷却シートが貼られている。時刻を確認しようとした瞬間、聞き慣れた声に迎えられた。

「あ、起きたっぽい？」

スマホを手にしたふてぶてしい顔の青年が、遠流のことを見下ろしている。

「………比鷺？」

「うわっ、何その疑問形。まさか親友の顔忘れたわけじゃないでしょ」

「なんでここに……」

「ひっでー！　あんな死にそうな声で電話掛かってきたら、いくら俺でも見舞いにくらい来るって！」

そうだった。昨日、意識を失う直前に、遠流は比鷺に連絡を取ったのだ。細かい言い方は覚えていないが、とにかく明日の稽古には行けそうにないことを伝えた覚えがある。いや、治ったら行く、くらいの意地は張っただろうか？　何にせよ、遠流は比鷺に事情を説明したのだ。

「だからって、なんで家《うち》……」

「実は俺、お前のお母さんとも仲良いんだよね〜。比鷺くんならって通してくれたの。やっぱ俺社会的信用があるわ〜。だから、来てやったわけよ」

「…………そう」

「にしても、疲れて熱が出る体質って大変だよな。お前がよく寝てたのって体力回復の為だったの？　燃費が悪いのはお前の方じゃん。隠れ外車め」

比鷺がそう言って、遠流の肩をぐりぐりと押してくる。結構容赦無い力でやられて痛い。日頃の仕返しだろうか。

「今日の稽古は休むって三言に言っておいたから。お前のことだから出るって言いそうだったので先回りしておきました」

え、と小さな声が漏れる。それじゃあ、と口を開きかけた遠流に向かって、比鷺は緩く首を振った。

「大丈夫。誤魔化しといたよ。三言には『急な仕事が入ったみたい』って言ってある。さっすが俺、もしかして俳優とかにもなれちゃったりして〜。実はお前より演技の才能あるかも」

「……おい」

「ひっ、すいません。遠流の仕事を舐めてるわけじゃないです。すいません」

一転してびくびく怯えだす比鷺に、溜息を吐く。熱が出ているせいか、言葉が上手く出てこない。そうして次の言葉を探しているうちに、何を勘違いしたのか比鷺がぽんと肩を叩いてきた。

「お前、三言にはこんな姿見せたくないんだろ。だから俺に電話してきたんだよね？　だいじょーぶ。告げ口とかしないからさ。大人しく寝てなよ」

その通りだ。色々立て込んでいたとはいえ、倒れたことなんて三言には絶対に知られたくない。無理をしていると思われたら、無用な心配をかけてしまう。

それだけじゃない。櫛魂衆についていけないと思われたら嫌だ。才能が無いのだと見切られたくない。折角ここまで来たんだ。ここで倒れている場合じゃない。八谷戸遠流は責任を取らないと。大祝宴まで三言を連れていかないと。

「おいおい、また怖い顔になってんだけど。まだ文句あんの？　てか、ありがとうの一言くらいくれてもいいんじゃないの？」

比鷺が子供っぽく唇を尖《とが》らせる。それを見た瞬間、泣きそうになった。

――なあ、比鷺。僕はお前の親友を二人も守れなかったんだよ。それどころか、一人は自分の所為で奪われてしまった。お前の大切な三言を、カミに取られた。それを知ったら、お前はやっぱり僕のことを責めるのかな。そう思うと、自然と言葉が口を衝いた。

「…………ごめん」

「は？　へ？　ちょっ、い、いきなり謝んないでよ。却《かえ》って怖いんだけど……」

「全部、全部僕の所為なんだ……僕の所為で、こんなことに」

曖昧《あいまい》で何の説明にもなっていない言葉だ。こんなものは自己満足でしかない。比鷺は遠流の嘘に気づかない。罪も知らない。でも、謝っておきたくて仕方なかった。

ややあって、比鷺が呆れたように言った。

「あのさー、自意識過剰過ぎでしょ。何の話してるのか分かんないけど、遠流の所為なわけないって。熱出ると弱るよなあ。俺も小さい頃に風邪《かぜ》引くとそうなってたよ。んで、弱って泣く俺の横で馬鹿兄貴が微妙に不安になる子守歌を歌うんだよな」

ここにいない兄を思い出したのか、比鷺の顔が顰《しか》められる。そんな比鷺に対し、遠流はなおも続ける。

「……自意識過剰なんかじゃない。僕の所為なんだ。僕は取り返しのつかないことをしたんだ。どう償っても償いきれない……。それを知ったら、お前だって三言だって、僕を赦さない……」

「じゃあさ、お前の所為でも別にいいよ。遠流だもん」

果たして、比鷺はあっさりと言った。思わず比鷺の顔をまじまじと見てしまう。彼の瞳が、赤朽葉色《あかくちばいろ》に輝いていた。

「何も言わずに出て行った時、俺ほんっと腹立ったんだよ。もう二度と顔も見たくないって思った。でもさー、やっぱこうして浪磯にいる遠流見ると嬉しくなっちゃうんだよね。たとえお前が芸能界の荒波に揉まれて、俺に冷たくするブリザード遠流になっちゃったとしても」

「……誰がブリザード遠流だ。変な渾名を付けるな。それに、僕がお前に冷たいのは芸能界の荒波に揉まれたからじゃなく、お前が気に食わないからだ。勘違いするなよ」

「ひい、絶対零度《れいど》………でも、こんな遠流でも、やっぱり帰ってきてよかったよ」

比鷺が遠流の手をゆっくりと握る。不摂生《ふせっせい》が祟《たた》っているのか、比鷺の手はいつでも冷たい。ただ、その冷たさが今は心地好《よ》かった。

「お前は色々抱え込んでぐるぐるなってるみたいだけどさ。お前のせいでどうにかなっちゃっても、俺も三言も怒んないよ。親友だもん。しょーがねーなで付き合ってやるよ。……絶対に、遠ざけたりしない」

比鷺の手に力が込められる。まるで、遠流のことを繋ぎ止めるみたいに。

「…………あっそう。じゃあいい」

ふっと力を抜いて、目を閉じる。相変わらず身体は熱くて重いはずなのに、さっきより随分楽になった気がする。

「ちょっ、いきなりその態度何!?　もっとこう、王子様スマイルでありがとうって言えよ！」

「病人にどこまで求めるんだ、お前。仕事でもないのにあんなの出ない」

そう言って、軽く息を吐く。すると、頭上から比鷺の嬉しそうな声が出た。

「あ、出たわ」

「……は？」

「遠流今ちょっと笑ってたよ。なーにが仕事でもないのに出ない、だよ。親友スマイル出てたぞ。ふへ、お仕事以外では滅多に出ないらしい八谷戸遠流くんの笑顔もらっちゃいましたー。珍しいもん見たし、今日はソシャゲのガチャ引きまくっちゃおーかなー！」

「……お前にとっては珍しいものかもしれないけどな、三言の前では、僕はそこそこ笑うぞ」

「ちょっ！　それ今日一《きょういち》傷つく発言なんですけど！　信じらんねー！　もーやだ！　俺帰る！」

そう言いながらも、比鷺は手を離さなかった。帰ろうとする素振りも見せず、ただそこにいてくれる。

「さっさと寝ろって。明日の稽古は出たいだろ？　ほれ、寝ろ寝ろ」

「……勝手なことを……」

そう言いながらも、遠流の意識はどんどん眠りに落ちていく。その間にも、握られた手の感触だけがずっと寄り添ってくれていた。

翌日、遠流は無事に回復した。今までの疲労が嘘のように身体が軽く、何でも出来そうな気分だった。枕元には比鷺が置いていった見舞いの品が残っていたが、それがことごとく辛い菓子だったので微妙な気分になった。あいつは病人を何だと思ってるんだ、と思わず笑ってしまう。

舞奏社に来た比鷺は、全く昨日のことを話さなかった。いつも通りの調子で、なんとか舞奏に向き合っている。

「おはよう、比鷺」

「ひゅっ、うえ」

「僕が挨拶したくらいでそんなに怯えるなよ……」

「だ、だだだだってもう夕方だし、遠流がそんな甘い声で俺に話しかけるわけないし！」

「現場に入る時は何時《いつ》でもおはようなんだよ」

「出たー!!　業界人仕草だ！！！」

「おはよう、遠流！　昨日は忙しかったみたいだな。大丈夫か？」

「おはよう、三言。ごめんね。どうしても外せない仕事だったから」

「そんなのいいんだ。遠流が活躍してるのは嬉しいしな」

三言が笑う。それを見て、改めて比鷺に感謝した。あの時電話が繋がってくれて良かった、と思う。

そして、いつものように舞奏を合わせる。神楽鈴を持ちながら、音楽に合わせて勢いよく振るった。すると、三言が驚いたように言う。

「変わった」

「え？」

「なんだろうな……。二人とも、前より息が合ってる気がするな」

遠流と比鷺を交互に見ながら、三言が呟く。思わず比鷺の方を見てしまった。比鷺にも同じ驚きがあったのだろう。大きな目とかち合ってしまい、自然と微妙な笑みが漏れる。

「これなら舞奏もずっといいものになるんじゃないか？」

「……だってよ、遠流くん。もう少しお稽古頑張りな」

「それはこっちの台詞だ。お前、通しが一回終わるごとにスマホを触りに行くのをやめろ」

「いいじゃん別に！　息継ぎだよ！　今この瞬間にもエゴサの検索結果が増えてるかもしんないじゃん！」

清々しいくらいブレない発言に、思わず苦々しい表情を浮かべてしまう。こういうところの価値観はいつまでも理解出来ない。

だが、理解が出来ないことに折り合いが付けられただけ、進歩はしているはずなのだ。


今日の遠流と比鷺は、今までに無いほど息が合っていた。今までが信じられないくらいだ、と三言は思う。舞奏披を週末に控え、お互いに呼吸を合わせようという意欲が出たのだろうか。それとも、前のような仲の良い二人に戻ったのだろうか？　いずれにせよ嬉しい展開だった。

このままいけば、素晴らしい舞奏が披露出来ることだろう。そのことが自分自身でも楽しみだった。稽古を終えて舞奏社を出ても、三言はまだ浮き立つような気分だった。以前までは完璧な舞奏を奉じることだけを考えていたのに、それそのものを楽しんでいるような気がする。幼馴染と一緒に舞奏をするというのは、こんなに楽しいものなのだろうか。あまりにもそれが楽しくて、まるでズルをしているような気分にすらなってしまう。

ちゃんと舞奏が奉じられれば、それで十分なはずなのに、この三人で大祝宴まで辿り着きたいと思ってしまう。

——もし、この中の誰かより優れた舞奏を奉じる人間が現れ、彼と新たな舞奏衆を組むように言われても、三言は抵抗してしまうだろう。

そのことが間違っていると知っていても、だ。思わず、カミに新たな化身持ちが現れないように祈ってしまいそうだった。こんな不純な願いをカミに届けるわけにはいかないと思っているのに。三言にとって、一番大切なのは舞奏そのものであるはずなのに。

その時、意を決したように比鷺が口を開いた。

「今日、この後時間ある?」

「時間？　俺は大丈夫だけど……比鷺はこれからソシャゲのデイリーを消化しなくちゃいけないんじゃないのか?」

「澄んだ瞳で心配するな！　ソシャゲのデイリーは大事だけど、それが全てに優越するわけじゃないの！　遠流は?!」

「……僕も、そんなに遅くならないなら、いいけど」

「よしオッケー。じゃあ浜辺に行こう」

珍しく意気揚々とした足取りで、比鷺が先導する。目的が分からないまま、三言はその後を追った。

「ふふん、二人ともちゃんと俺を崇《あが》め讃《たた》えることー」

浜辺に辿り着いた比鷺が取り出してきたのは、夏によく売られている手持ち花火のパックだった。大容量、と書かれた文字が眩しい。

「ちゃんと折りたたみバケツとかも持ってきたから。ばっちり出来ちゃうよ。やろ」

「もう秋だけど」

「秋だから、俺のよく行くコンビニで叩き売られてたんだよ！　俺らってこういう夏っぽい遊びとか全然してなかったじゃん！　折角の十代なんだよ？　花火くらいやんなくてどうすんのさ！」

言いながら、比鷺が手持ち花火の一本を押しつけてくる。

「ほら、蠟燭《ろうそく》立ててあげるから。三言が最初にやりな」

「いいのか？」

「昔は『俺が一番にやる！』って譲んなかったのに、大人になっちゃってまあ……いいよ。やりなよ」

促されるまま、花火に火を点ける。すると、赤い火花が勢いよく迸《ほとばし》り始めた。

「うわっ、久しぶりにやると勢いにびっくりするな……」

「ちゃんと俺らのメンバーカラーが入ってるやつにしたからね」

「僕はメンバーカラーなんか決めた覚えないんだけど」

「アイドルの八谷戸遠流と同じでいいでしょ！　はい青！」

遠流に花火を渡すと、比鷺もいそいそと着火に取りかかる。いつ決まったのかは分からないが、比鷺の持っている花火からは黄色い火花が散った。そのまま、夜に赤と青と黄色の光が走る。

「わー、やっぱテンション上がるじゃん。青春って感じ！　俺らに足りないのは幼馴染の感触だと思うわけよ。昔みたいな青春パワーが必要なわけ。ね？　遠流もそう思うでしょ？」

「……僕らのメンバーカラーとやらを合わせると、信号機みたいな色になるんだな」

「色々とぶち壊しにするようなこと言わないで！　ねー三言、今のは遠流が悪いでしょ？　怒って怒って？　……三言？　聞いてる？」

「……ああ、うん。ちゃんと聞いてる」

返事が一拍遅れたのは、手の中にある光があまりにも目映《まばゆ》かったからだ。その光に見とれて、気が逸れてしまう。手持ち花火なんていつぶりだろうか。そもそも、自分がこの浜辺で手持ち花火をしたことはあるのだろうか？　赤い光を見つめながら、ぐるぐると考える。

「あ、……消えた」

「まだまだあるから。そんな悲しそうな顔しないでよ」

燃え尽きた花火が引き取られて、次の花火を手渡された。火を点けると、今度はオレンジ色の火花が散っていく。

「三言、どう？　楽しい？」

「楽しい。……比鷺に感謝しないとな」

「ふふん、そうでしょそうでしょ。もっと褒めていいよ」

「花火の発明者みたいな口振りだな、お前」

呆れたように言う遠流も楽しそうに笑っていて、水入りバケツにゴミを放るなり次の花火に手を伸ばしていた。

「……あのさ、俺ね、こうして三人で色んな思い出作りたいんだよ。離ればなれになっちゃっても、こんなことあったなって思い出せるような。だから、今日みたいに……またなんかしようよ。舞奏の邪魔にならないよう、ちょっとでいいから」

比鷺がたどたどしく言う。まるでこちらの様子を窺っているような口調だ。もしかすると、三言の反応を心配しているのかもしれない。そう思うと、自然と言葉が口を衝いた。

「そうだな。俺も、三人での思い出を作りたい」

「本当に？　……そう思ってる？」

「何で遠流が食い気味なわけ？　三言が引いたらどうすんの」

「作りたいよ。……勿論、舞奏のことが一番大事だとは分かってるんだけど、この舞奏競の中で……二人と思い出を作れたら、と思う」

揺れる火花を走らせながら、揺れる言葉をこぼす。

「おかしいかもな。舞奏競は全力で挑まなくちゃいけないものなのに、楽しもうとしてるなんて」

「おかしくないって！　こんなの楽しくていいんだよ！　俺なんか、三言と遠流がいるからなんとかやってんだもん！」

「楽しむってことは歓心が向いているってことだから、三言が楽しんだらカミも喜ぶんじゃないかな」

　二人が口々に言う。残りの花火の本数が少なくなっていく。

「……最近、俺は少しおかしいんだ。もし、俺より舞奏の上手い覡が現れたり……遠流よりも才能のある覡が現れたら、相模國の舞奏衆は、俺達じゃなくその誰かが組むべきだと思うだろ？　優れた覡を集めなければ勝てないんだから」

「ちょちょちょ、それってちょっとドライすぎない？　勝負に勝つ為に環境デッキ使うのってさ、間違っちゃいないけどそれってどうなの？　みたいな」

「いや、そうすべきなんだ。舞奏競に勝つ為なんだから」

　比鷺の言葉に、三言ははっきりと答える。

「でも、俺は多分、そうなったら嫌だ」

「嫌だっていうのは？」

「……俺は、遠流と比鷺と櫛魂衆を組みたい。抜けるのも抜けさせるのも嫌だ。……こんなの間違ってるのにな」

「なら、僕らが最高の舞奏衆であればいい」

間髪入れずに遠流が言う。

「勝とう、三言。そして、櫛魂衆が僕ら三人であるべきだと証明しよう。……三言が舞ってい て一番楽しい舞奏衆で、勝とう。僕は君を、必ず大祝宴まで連れて行く」

遠流が迷いなく口にした瞬間、三言の持っていた最後の花火が燃え尽きた。辺りが一気に暗闇に包まれて、二人の表情が見えなくなる。

「うわ、終わっちゃったね。目が明るいのに慣れてたから、やけに暗く感じる……」

比鷺が目を瞬《しばた》かせながら言う。遠流も同じように暗闇に目を慣らそうとしていたが、不意に上を向いて小さく溜息を漏らした。

「……なんだ、空は明るいね」

三言も釣られて空を見上げる。

そこには、浪磯の星空が広がっていた。当たり前すぎて普段は意識すらしない、満天の星々に息を呑む。

遥《はる》か昔に生きた人々が星座を見出したのは、星の位置を忘れない為だったと言われている。そこに在ることを忘れない為に名前を与え、物語を託して繰り返し歌った。

星はその物語を受け止め、道標《みちしるべ》としてそこに在り続ける。

「三言は僕らの北極星だよ」

ぽつりと遠流が言った。聞こえるか聞こえないかの小さな声だ。

「北極星？　俺が？」

「あ、……えっと、そう思っただけなんだけど。うん。三言はいつだって、僕達の北極星だった」

「え、それ俺も入ってんの？　ちょっと恥ずかしい形容なんだけど。いやまあ間違ってないよ？　ずーっと、俺の基準は三言だったわけだし……」

北極星に喩《たと》えるのはいくらなんでも過大評価だ。そう、三言は思う。自分はそんなに大した人間じゃない。さっきだってあれこれ悩んでいたくらいだ。

でも、そう言われることが妙に嬉しかった。その名前を背負って立っていこうと思わせるくらいには特別なものに感じる。どうしてこんな気持ちになるのだろう？　二人からの信頼が嬉しいからだろうか。

頭上に光る本物の北極星は、燦然《さんぜん》と輝いている。

その星を見て、三言はとあることを決意した。


翌日、三言はとある番号に電話を掛けた。社人を通して、わざわざ調べた番号だ。相手が出るまでの時間がやけに長く感じる。ややあって、電話口に目当ての人物が出た。

『……はい』

「六原だ。いきなりごめん」

三言が名乗ると、電話越しの達巳が緊張するのが分かる。切られる前に急いで言った。

「日曜日の舞奏披、来てくれないか」

『それがどんだけ残酷なことなのか分かって言ってるの？』

「ああ。俺は多分、酷い人間なんだ。でも、俺が組んだ相手を、……櫛魂衆の舞奏を見てほしい。八谷戸遠流と九条比鷺が、一体どんな舞奏を奉じるのかを」

それだけ言うと、向こうから電話が切られた。

やるべきことは——言うべきことは言った。

あとは、舞奏披で今出来る最高の舞奏を奉じるだけだった。


そうして迎えた舞奏披の日は、小雨が降っていた。

相模國舞奏社の観囃子席には、一応の屋根がある。しかし、気温が低い上に、風次第では雨が吹き込んできてしまう。あまりいいコンディションとは言えなかった。大いに賑《にぎ》わうはずだった出店も、天気が回復するまで開店を一時見合わせている。

それを差し引いても、舞奏披にやって来た観囃子の数は多かった。応援してくれている地元の人々や、八谷戸遠流のファンらしき若者達が席を埋めている。天気が悪い上に、初めての舞奏披にしては上々だろう。心の底から感謝の気持ちが湧き出てくる。だからこそ、こうして寒い中に待たせているのが申し訳なかった。

おまけに、舞奏の開始時刻自体も大きくずれ込みそうな気配があった。今日の舞奏披では伝統曲を三曲やることになっているのだが、そのうちの一曲が社側のトラブルで流せないかもしれないのだという。ギリギリまで調整してもらっているが、どうなるかは分からない。

「……もしかしたら、あの曲は無理かもしれないね」

舞奏装束に着替えた遠流が、神妙な顔で言う。アイドルとして場数を踏んでいる彼は、現場の空気に誰よりも敏感だった。

「えええ、じゃあどうすんの？　ど、土壇場《どたんば》で中止とか」

比鷺の顔色が一気に青ざめる。普段から丸い背がますます丸くなって、このまま折りたたまれてしまいそうだ。今日舞奏社にやって来てから、比鷺はずっとこんな感じだ。今日の舞奏披は両親どころか九条家のお手伝いさんまで来ているというから、緊張しているのだろう。

「中止にはならないだろうが……このままだと時間が押しそうだな。ただでさえ天気が悪いのに……」

舞台袖《ぶたいそで》から空を仰ぐ。厚い灰色の雲が空を覆い、太陽が全く見えなかった。この雲の向こうに、浜辺で見た浪磯の星空があるとは思えないほどだった。

けれど、見えなくても星はそこにあるのだ。惑うことのない北極星は、地上のことなど全く気にせずに、そこに輝き続けている。ややあって、三言は言った。

「なあ遠流、比鷺」

「どうしたの？」

「なーに?」

「今日の舞奏披だが、──伝統曲三曲じゃなく、本戦で使う舞奏曲一曲にしないか」

「え?」

「社人に言えば、まだ変えられるかもしれない。問題があるのは伝統曲の二曲目だろ? なら、それを取りやめればいいんだ。それに、このまま観囃子の皆さんを寒い中にいさせるわけにはいかないだろ。一曲で切り上げた方がいいと思う」

舞奏の時間自体は短くなるが、伝統曲よりも本戦で使う舞奏曲の方が動きが派手だし、見栄えがする。三人とも振りは入っているし、力量の上でも問題は無いはずだ。

三人の息がしっかりと合えば、の話だが。

案の定、比鷺が眉を顰《ひそ》める。

「えっ、本戦で使うやつって……あの難しい方だよね? そりゃ確かに稽古はしてたけどさあ、心構えもしてないのにそんないきなり言われても……」

「でも、動きも歌も入ってるだろ?」

「そりゃ入ってるけど……」

「三言、僕はそれでもいい。やりたい。やってみせる」

遠流がまっすぐに言ってのける。

「え、マジで? マジで言ってんの?」

「お前だって出来るだろ。覚悟決めろよ」

「そ、そんな、でも失敗するリスクがあるなら、もう伝統曲二曲だけやって終わりでも……」

「大丈夫だ。比鷺なら出来る」

「そんな断言されても」

「するさ、断言くらい」

そして三言は、曇り空を指差した。

「どれだけ空を雲が覆おうと、星はいつだってそこに在り続けるだろ。俺を北極星に喩えてくれるなら、きっと俺は揺らがないから。だから、信じてくれ。俺の信じる比鷺を信じてくれ」

灰色の空は光を通す素振りすら見えない。けれど、比鷺は大きく頭《かぶり》を振って「そこまで言うならわかった、わかったよ！」と小さく呟いた。

「俺がなんかミスしたらカバーしてよね、リーダー」

「任せてくれ、比鷺」

「僕も精一杯やるから。……信じてるよ、三言」

「ああ。……ありがとう、遠流」

空をもう一度睨んでから、社人のところに向かう。

櫛魂衆の舞奏披は、きっといいものになるだろう。

そうでなければならない。

何故なら、三言は櫛魂衆を最高の舞奏衆だと信じて揺らがないからだ。

舞台から見た観囃子席は、想像よりもずっと広かった。

「俺達は相模國の舞奏衆、櫛魂衆です。今日は大いに楽しんでください」

最初の挨拶を済ませ、全員が位置に着く。

三言の神楽鈴が鳴ることで、舞奏が始まる。そこから先は、観囃子との戦いでもあり、自分との戦いでもある。自分が鳴らす一音が、後戻りの出来ない旅の号令のようで緊張した。でも、今の三言は一人じゃない。大きく息を吸って、最初の一音を発した。

それに合わせて、背後の二人も動き出す。鈴の音が合わさって、観囃子席の彼方《かなた》まで届く。

このままではまだ足りない。まだ改善の余地はあるだろう。詰めたい部分は沢山ある。後ろの遠流と入れ替わる時に、一拍遅れた。比鷺は歌も振りも完璧だが、観囃子の方に視線が向いていない。恐らくはまだ観囃子の視線に慣れないのだろう。それらに気を取られている自分も、恐らくは最高の舞奏を奏じられていない。

けれど、楽しかった。遠流の動きは滑らかで美しく、視界の端に映るだけで目を奪われる。比鷺の声はよく通っていて、遥か遠くまで響いていく。

そして何より観囃子の熱が伝わってくることが喜ばしかった。さっきまで悪天候に顔を顰めていた観囃子が、全てを忘れて三言達に——櫛魂衆に歓心を向けている。まるで宝物を見せびらかしているような気分だ。

まだスタートラインに立ったばかりなのに、達成感で胸が焼けそうだった。随分遠くまでやって来たような気がして、喉の奥が詰まる。一人で舞っていた時とは違う多幸感で、指先までが張り詰めた。この感情をどうしたらいいか分からなくて、三言は一層声を張った。届くように、見つめる視線に応えるように。

歌う自分の声に、重なるように誰かの歌が聞こえる。一人で舞奏の稽古をしている時に聞こえてくる、懐かしい声だった。三言にしか聞こえない歌が、惑わないように導いてくれる。正しい場所へと引き戻してくれる。その声を、懸命に追った。

全力で舞った最後の一節が終わる。神楽鈴を大きく振って、幕引きの音を鳴らす。

その瞬間、厚い雲の切れ目から光が差し込んだ。

晴れ間が見えた瞬間、観囃子からの拍手が鳴り響く。文字通り万雷の拍手に、一瞬だけ戸惑う。何度も大きく礼をして、その拍手に応じる。

そして、三言は見つけた。

拍手をする観囃子の中に、達巳がいた。相変わらず苦しげな表情で、それでも一心に手を叩いてくれている。櫛魂衆の舞奏を讃え、歓心を向けてくれている。

それをぼんやりと見つめていると、不意に頬を雨が叩いた。空は晴れてきているが、まだ雨は止まないらしい。

「うわ、雨が吹き込んできた。そう上手くはいかないか」

「え？　本当に？　晴れたように見えたけど……」

遠流が不思議そうに振り返る。その目が驚きに見開かれた。隣にいる比鷺もぎょっとしたように口を開けた後、呆れ混じりで言う。

「ベタだなー、三言ってばマジでベタすぎ。そんな演出使い古されてるっつーの。それ、しばらく止まないよ」

「え……」

雨粒が頬を濡らし続ける。太陽が舞台を照らすのに、雨は止まない。終いには視界までが滲んできた。流れ続ける涙を拭いながら、三言は心底不思議な気持ちで言う。

「どうしてだろうな。こんなに幸せな日なのに涙が出るなんて変だ。泣き止もうと思ってるんだが」

「泣き止まなくていい。泣き止まなくていいよ。三言はちょっとくらい泣いた方がいいんだって。ていうか、釣られて俺まで泣けてきちゃったんだけど。勘弁してよ」

言いながら、比鷺も目を潤《うる》ませる。

「お前はいっつも泣いてばっかりなんだから、こういう時は我慢しろ。なんか三言の涙に乗っかっている感じがして腹が立つ」

「わざわざマイク切って王子様スマイルで言わないでくれる？　クッソ、全部バレて大火傷《おおやけど》すればいいのに」

「僕はそんなヘマしない。……………ねえ、三言」

マイクを切ったまま、遠流が三言の方へ寄ってくる。そして、ゆっくりと遠流が三言の身体を抱きしめた。普段の遠流からは考えられないほど強い力だ。三言の存在を繋ぎ留めようとしているみたいだった。

「言えないことが沢山ある。言ってないことも沢山ある。……でも、ごめん。身勝手だけど、これだけは言わせてほしい」

「なんだ？」

「……この舞台に立たせてくれてありがとう」

一語一句を噛みしめるように、遠流が言う。それはこっちの台詞だと返すより先に、遠流の身体はすっと離れた。観囃子に向けて、いつものように完璧な王子様の笑顔を向ける。時間にすると十数秒も無かったが、遠流の体温はまだ残っていた。

拍手は止まない。雲を裂く光の筋が増えていき、舞台を照らし始める。雲が晴れれば万里まで見渡せそうだ。

「ねえねえ、晴れてきたしさ、アンコールとかやんない？　観囃子の人達も盛り上がってるみたいだし……。社人さん達に言ってみようよ」

「……比鷺がそんなことを言うなんて珍しいな。出番が終わったんだからさっさと帰ってデイリーを回したいって言われるかと思ったんだが」

「ねーえ？　三言？　俺のＳＳＲなやる気を削がないでくれない？　こんなこと滅多に無いんだからね？」

「観囃子の皆さん！　もう少しだけお付き合いして頂けますか？」

先んじて遠流がそう尋ねると、観囃子から歓声が上がった。舞台袖の社人が慌ただしく準備をしている。少し面倒を掛けるかもしれないが、許してほしい。三言はまだ、この興奮の中にいたかった。

その時、三言の目に一層強い光が入ってきた。光は分かたれて反射し、灰色の空を大きく裂く。

――――虹だ。

現れた虹霓《こうげい》に向かって手を伸ばす。三言の化身が、微かに光を放っているように見えた。

「神神化身」用語集

開《かい》化《か》舞《まい》殿《でん》

大祝宴で舞奏を奏上《そうじょう》する舞台。踏み入れることができるのは舞奏競で勝利し、御秘印を最も集めた、優れた舞奏衆2組のみ。

「カミ」

人間が対象の神を限定せず、漠然と「神様」に対して祈りを捧《ささ》げた時の信仰心によって出来た八百万一余《やおよろずひとあまり》の神。信仰心が向けられるのではなく、信仰心があったが故に逆説的に存在が確立している。古代の人々のコミュニティーの発展において大きな役割を果たした川や海や山などの自然、あるいは象徴的な動植物などに神性を見《み》出《いだ》すというアニミズム的な信仰を起源としているが、信仰の対象を具象化することなく、非人格的・超自然的な力の観念そのものを信仰の対象とすることで成立した。

櫛《く》魂《し》衆《しゅう》

相模國《さがみのくに》の舞奏社に所属する舞い手の集団。なお、相模國の舞奏は従来3人組を想定したものとなっている。衆の名称である「櫛魂」は地域に根差す祭事から名付けられた。

闇《くら》夜《やみ》衆

武蔵國《むさしのくに》の舞奏社に所属する舞い手の集団。衆の名称である「闇夜」は地域に根差す祭事から名付けられた。

覡《げき》

社に所属し、「カミ」に舞や音曲を奉納する舞い手。神職。覡になる為《ため》には舞や歌の能力の他に「化身」が必要とされており、覡は身体《からだ》の何処《どこ》かしらに「化身」がある。覡が奉じる舞や歌により、地域の平安および願いが「カミ」に承認されるといわれている。

化身《けしん》

覡の素質を持った者にのみ発現する痣《あざ》。痣が顕《あらわ》れるタイミングや仕組み、意味合いは未《いま》だ明らかになっていない部分が多い。形は個人で違うが、特定地域の舞奏社に集う者に顕れる痣は同系統のものになる傾向がある。

御秘印《ごひいん》

舞奏競で勝利した舞奏衆に授けられる「印」。集めた数がすなわち舞奏衆としての優秀さの確証となる。

大祝宴《だいしゅくえん》

三年に一度、陰暦の閏月《じゅんげつ》の朔旦《さくたん》に行われる。各國の覡の力を見せる最高の舞台であり、大祝宴にて舞奏を披露《ひろう》し「カミ」を喜ばせることであらゆる「心願（本願）」が成就《じょうじゅ》するといわれている。

ノノウ

「化身」が現れていない舞い手の意。化身を持っていない「ノノウ」が覡を超える技量の舞や歌を披露することがあり、果たして「化身」の有り無しで舞奏衆のメンバーを決めるべきなのだろうかとの声も、舞奏社・観囃子の両方から出ている。そのため現在一部の舞奏社ではノノウも覡として正式な所属が認められている。

舞《まい》奏《かなず》

舞い手が「カミ」に奉じる舞や音曲の総称。歌と踊りの快楽に興じる民衆の娯楽としての「舞奏」が先に存在し、それに行事としての大義を与える為に祭事としての性格を与えたものと考えられている。現代においての舞奏はカミに奉じるものという流れを汲みつつ、エンターテインメントとして成立している。

舞《まい》奏《かなず》競《くらべ》

各國の舞奏社に所属する覡・舞い手による舞奏の戦い。観囃子の歓心をより多く得た舞奏衆が勝利する。

舞《まい》奏《かなず》衆《しゅう》

覡（舞い手）が組むチーム。各國につき1組。人数は特に定められていないが、3人組は縁起が良いとされ、推奨されている。

舞《まい》奏《かなずの》社《やしろ》

舞い手を取り仕切る為の組織。各國に設置されており、舞い手の稽古《けいこ》が主な役割。優秀な覡を所属させることが地域の平安や國力の強さにも影響し、舞奏社が國の中枢を担《にな》う組織とされた時代もある。最古の舞奏社が何処かは分かっておらず、全国に偶発的に発生し始めたという。

舞《まい》奏《かなず》披《ひらき》

舞奏社に所属している覡が舞奏競に挑む前に行う一般の観囃子向けの舞台。自分達がどんな舞奏を奉じるのか、どんな舞奏衆であるのかを知らしめる重要なものであり、舞奏競に際して何度か行われることが常である。

観《み》囃《やは》子《し》

舞奏競を拝観《はいかん》する観客。端的に表現すると「ファン」。観囃子の歓心は勝敗の行方を左右する要素である。

社《やしろ》人《びと》

舞奏社において覡や舞奏のサポートを行う役職。覡とノノウの管理の他に、稽古《けいこ》のスケジュール組みや様々な申請を行うのが主な仕事。

あとがき

お世話になっております、斜線堂有紀《しゃせんどうゆうき》です。「神神化身《かみがみけしん》」春惜月《はるおしみづき》の回想《かいそう》をお手にとって頂きありがとうございます。二〇二〇年五月から「神神化身」公式アカウントにて、連載している小説では明かされていなかった覡《げき》の過去の物語であり、カミという得体の知れない存在に関わる人間達《たち》の伝奇小説です。これ一冊からでも楽しめるよう心がけました。

「線上《せんじょう》の十三階段《じゅうさんかいだん》」

ある一人の探偵が、探偵を辞めるまでの物語です。皐所縁《さつきゆかり》と怪盗ウェスペルがとても近い価値観の下で、世界を良くしようとしていた頃の話でもあります。

「机上《きじょう》の桃源郷《とうげんきょう》」

カミに近い性質を持った人間・萬燈夜帳《まんどうよばり》の物語です。彼もまた、闇夜衆《くらやみしゅう》に出会って良かった側の人間なのかもしれません。

「至上《しじょう》の独擅場《どくせんじょう》」

闇夜衆は全員が別の物語の主人公であり、奉じる舞奏《まいかなず》も一種の戦いである、という前提を表す物語です。そうして向かうは至上の独擅場。昏見有貴《くらみありたか》の物語としては「線上の十三階段」と鏡合わせになっている物語でもあると思います。

「天涯比隣《てんがいひりん》(forever friends ROUISO)」

櫛魂衆《くしじゅう》の物語は世界観解明に密接に絡《から》んでいるので、その点でも書いていて楽しかったです。幼馴染《おさななじみ》と約束の物語です。六原三言《むつはらみこと》を中心に結びついていた彼らが巻き込まれた、運命の前日譚《ぜんじつたん》です。

「掌中之珠《しょうちゅうのたま》(promise of departed days)」

世界が書き換えられてしまったことと、親友を書き換えてしまったことを自分だけが知っている八谷戸遠流《やつやどとおる》の物語です。

「前程万里《ぜんていばんり》(come from nowhere)」

幼馴染がもう一度幼馴染になるまでの舞奏披《まいかなずひらき》を描いた物語です。舞奏競《まいかなずくらべ》本戦では三人で一つの生き物のような舞奏を奉じた櫛魂衆の、最初の一歩が描けてよかったです。伝奇小説としては、根が聡明《そうめい》な九条比鷺《くじょうひさぎ》の解明パートが読みどころです。

これからも広がっていく「神神化身」の世界を何卒《なにとぞ》よろしくお願い致します。「神神化身」は小説と楽曲で両軸展開をしているプロジェクトですので、こちらの書籍から入った方は、是《ぜ》非《ひ》CDの方もお手にとって頂けますと幸いです。（詳しくは「神神化身」公式サイトを見てください）

彼らの願いは叶《かな》うのか、見届けて頂けると幸いです。

「叶う願いが　願いなものか」

初出
本書は書き下ろし作品です。

IIV

神神《かみがみ》化身《けしん》 壱《いち》

春惜月《はるおしみづき》の回想《かいそう》

著　者｜斜線堂有紀《しゃせんどうゆうき》

画｜秋赤音《あきあかね》

2021年 3 月25日　初版発行

発行者｜鈴木一智

発　行｜株式会社ドワンゴ

〒104-0061

東京都中央区銀座4-12-15 歌舞伎座タワー

ＩＩＶ編集部：iiv_info@dwango.co.jp

ＩＩＶ公式サイト：https://twofive-iiv.jp/

ご質問等につきましては、IIVのメールアドレスまたはIIV公式サイト内「お問い合わせ」よりご連絡ください。

※内容によっては、お答えできない場合があります。

※サポートは日本国内のみとさせていただきます。

※Japanese text only

発　売｜株式会社KADOKAWA

〒102-8177

東京都千代田区富士見2-13-3

https://www.kadokawa.co.jp/

書籍のご購入につきましては、KADOKAWA購入窓口0570-002-008(ナビダイヤル)にご連絡ください。

印刷・製本｜株式会社暁印刷

ISBN978-4-04-893078-9　C0093

Printed in Japan

神神化身
Dance and Music for KAMI
IIV
©神神化身